Portrait of a Scoundrel

Eden Phillpotts

論創海外ミステリ

Ronso Kaigai MYSTERY

166

極悪人の肖像

イーデン・フィルポッツ

熊木信太郎○訳

論創社

Portrait of a Scoundrel
1938
by Eden Phillpotts

目次

主要登場人物

アーウィン・テンプル＝フォーチュン……テンプル＝フォーチュン準男爵家の三男
ハリー・テンプル＝フォーチュン……テンプル＝フォーチュン準男爵家当主。アーウィンの長兄
ニコル・テンプル＝フォーチュン……テンプル＝フォーチュン家の次男
ステラ・テンプル＝フォーチュン……ハリーの妻
ルパート・テンプル＝フォーチュン……ハリーの息子
ニタ・メイデュー……ルパートの乳母
ノーマン・パクストン……ロンドン警視庁の警部
ジェラルド・ポータル……ロンドンの金融業者
ジェラルディン・ポータル……ジェラルドの娘
ウィリアム・ホワイトヘッド・ローレンス……ロンドンの医師
ウッドベリー……ロンドン警視庁の主任警部

極悪人の肖像

序文

利己心は常に、不和や軋轢を招く反社会的な悪徳に違いないが、その影響は様々である。平均的な利己主義者は人間という素材と、善意の総和から引き出される膨大な潜在的活力の無駄遣いを示しているに過ぎない。その行動によって傷つくのは自らの魂だけであり、自我を求める絶え間なき苦闘が社会を損なうことはない。こうした人間は善あるいは悪に対し、梨の種ほどの貢献をなすことすらなく死んでゆく。しかし大いなる知性と意志とを兼ね備えた、病的なまでの自己中心主義者《エゴマニア》は、歴史上の独裁者やいわゆる〝雄弁家〟が如実に示す通り、はるかに恐ろしい悪を生み出す。アーウィン・テンプル＝フォーチュンの回想は、道を誤った天才による恐怖に満ちた記録である。復讐を求める本能や願望がいかなるときも自制されねばならない一方、自分自身を見舞う究極的な悲劇の他、悪人を打ち負かすネメシス（応報天罰の女神）が存在しないこともまた確かなのだ。

第一章

　数多い格下の家柄のならいに従い、テンプル＝フォーチュン家は良かれ悪しかれ多くを語らず何世代も生き延びた。他人に害をなすことも、興味をかき立てることも、誰かを傷つけることもなかったわけだ。一族の生存を可能たらしめたのは、ある種の健全かつ人間的な狡猾さだった。歴史を見ると、この一族は常に一番大声を張り上げる者の側に立ち、また国家の危急存亡の際には態度を明らかにせず、全ての危機が去るといつの間にか勝者の側に立っていたのである。

　一族の創始者が、知性をはじめ幾多の才能に恵まれていたのは間違いない。彼はその当時において名声を勝ち取り、巨万の富を築いたうえ、長年の功績により準男爵の爵位を授けられた。その子孫でかくも偉大なる業績を挙げた人間はいないものの、一家はその後も繁栄を続け、一族に根づいた勤勉の精神、そして代々引き継がれた金銭への愛着のおかげで、世界各地に散らばる家産をますます大きなものにしていった。先祖代々の地所も拡大を続け、ファイアブレイスは今やイースト・デヴォン地方で最も広大かつ豊かな土地となっていた。

　一方で危機の瞬間がないわけではなかった。ジョージ王朝時代の初期、当時の若き当主が親族の眉をひそめさせるほどの奇矯な行動に及び、代々受け継がれてきた家産を湯水の如く浪費するなど、それまで一族には無縁だった性向を見せつけた。だが幸運なことに、テンプル＝フォーチュン家の屋台骨が揺るぐより早く、この常軌を逸した若者は決闘で命を落とし、彼の後継者――テンプル＝フォーチュン家の血をより色濃く引き継いだ弟――が危機を救ったのだった。

これらはいずれも、死と相続税が数多い旧家の血統を断ち、古い秩序を破壊するとともに、資産の所有権を複雑なものとする以前の話である。

それ以降も放蕩者が出ることはあったけれど、いずれも直系の人間ではなく、たいてい神の鋭い注意によって放埓は抑え込まれてきた。だがついに、連綿と続く一族が、ひときわ深刻な危機に瀕するときが来た。テンプル＝フォーチュン家の没落と、それに続く滅亡の物語は特筆に値すべきものでありながら、それでいて全く知られていない。そこで私は、事実が忘れ去られる前にそれを伝えようと決意した。かくも密接に関わった事件を語れるのは、もはや私しかいない。一族の血筋が絶えて広大なファイアブレイスが魅力的な開発地へと変貌する前に、私はこの奇妙な物語を詳しく述べるつもりである。完成した段階で文章を破棄するか、それとも後世に残すかはまだ決めていない。しかし事実を提示しつつ、私自身の記憶を蘇らせるだけでも、読み応えは十分にあるはずだ。それと同時に、疑問の余地のない真実を明らかにしたところで、今や誰かが傷つくことはなく、しかもそれは、私自身の記憶に依るしかない。これから述べる物語は必ずや読者の興味を惹くだろう。高徳なる者による弱々しい名声よりも、極悪人による名声のほうがひときわ印象に残るものだ。

過去を振り返るにあたっては、典型的な初期ヴィクトリア朝の人間である、サー・ヴィクター・テンプル＝フォーチュンより前に遡る必要はない。彼はファイアブレイスを統治し、素封家、主任司祭、医師、そして教師が一つの教区をなして民衆の要求に応えていた、かの平穏な時代における荘園領主の地位にあった。サー・ヴィクターは博愛の精神に満ち、召使いに対してもある種の礼儀をもって接するのみならず、邸宅に住む人間が残らず幸福に満ちていることを好んだ。笑顔が自分を幸せにする一方で、誰かのしかめ面を不快に感じることを、彼は隠そうとしなかった。サー・ヴィクターは、自分には想像もつかぬ経験から多くを学んだ貧しき者よりはるかに無知であり、しかも高貴な生まれの人間が身分の低い貧乏人の思考方法を理解することは不可能であるにもかかわらず、その方面で賞賛すべき努力をしていた。教育を軽んじ、その発展を国家への害悪として反対していたが、領民の衣食住を常に考え、働きに出る男たちだけでなく、その妻や子どもたちにも十分に食べ、服を着て、家に住む権利があるのだと常々語っていた。領民は、先祖を愛し敬うが如く、サー・ヴィクターを崇拝した。神を恐れ、自らの小さな世界を慈悲の心で治めたサー・ヴィクターが倒れたとき、同時代の人間は、彼のような素封家が今後現われることはないだろうと言い合った。ヴィクトリア朝におけるそれ以前の人間も、かつての領主が天に召されたときは同じように予言していたのだが。

サー・ヴィクターの最期は、不相応な運命の出来事によって暗い影を投げかけられた。当時、彼は議員になることを自らの義務と考えていたが、その意志を形作ったのは激しい義務感に他ならない。骨の髄まで田舎紳士だったサー・ヴィクターは都市の生活を嫌っており、政治的な問題については先祖から引き継いだ考え以上のものを持っていなかったのである。総選挙で自らの選挙区から立候補した彼は当選を疑わず、かなり大きな住まいをロンドンに借りるだけでなく、投票日前から将来の計画を立てていた。対立候補のホイッグ党員は一代で巨富を築いた成り上がりの男で、それをもたらした頭脳はかなりのものだった。甘い言葉と気前のいい約束で瞬く間に支持を集めるのみならず、選挙民を前に、自分が生まれたことすら知らないとして人々の無知を罵り、心を引き締めて勇敢に振る舞うよう訴えた。男は最初からサー・ヴィクターよりはるかに有利だった。自身も貧困の中から身を起こしたたけに、貧乏人が何を考え、感じ、そして何に耐えているかを理解していたからである。また優秀な選挙参謀を雇うのみならず、労働のなんたるかを知らない、品位と優雅さしか取り柄のない対立候補には不可能ななりふり構わぬやり方で、自らも精力的に活動した。しかもこのホイッグ党員は、公私にわたってサー・ヴィクターの行動を規定していた古くからの伝統や忠誠心に縛られずにいた。彼はこの準男爵について、他人を語ることも考えることも生まれつきできないのだ、とまでこき下ろした。こうした意見の相違と辛辣な言葉とに戸惑ったサー・ヴィクターは、演説の場で雄弁をふるおうと腐心した。しかしなんと言っても想像力というものに欠けており、ファイアブレイスの外からやって来た聴衆を前にすると、善意だけが取り柄の無力なラクダ、あるいは身軽な敵に翻弄される哀れな闘牛に映るのだった。しかも最近通過した改革法のせいで野次という新たな忌まわしい経験をすることになり、内心の当惑を押し殺すのが常だった。そして最終的に、この悪名高き法律にサー・ヴィクターは屈した。選挙は敗北に終わった――僅差だったのは確かだが、落選に打ちひしがれ、これより後、以前の自分自身と冷静さを取り戻すことはなかった。悲劇はそれにとどまらず、敗北に打ち沈んだ妻も全く別の女性になってしまい、程なく七十一歳でこの世を去る。さらに、後を継ぐ長男までもが戦地で命を失い、後継者の座はバートラム・テンプル＝フォーチュンに移った。だがバートラムは商業の世界に飛び込んでいて、そこから足を洗う気などさらさらなかった。またサー・ヴィクターには、貴族に叙されていた娘があった。美しく利発な彼女は十九歳のときにある子爵を射止め、王女の侍女となった。しかし、ふとしたきっかけでヴィクトリア女王と喧嘩になってしまい、壮麗たる内宮から永遠に追放されたのである。私は少年の頃にこの女性と会っているが、その記憶はほろ苦くそれでいて今なお鮮明だ。彼女はオペラグラス越しに私を見つめ、こう言った。「テンプル＝フォーチユン家の男たちは例外なく端正な顔立ちだけど、あなたはそうじゃないわね。たぶんまともな脳味噌をしているのよ。そんな顔つきだわ」

彼女は正しかった。確かに、私にはまともな脳味噌がある。

サー・ヴィクターの死に伴い、次男のバートラムが後を継いだのは述べた通りである。しかし有り余る精力のはけ口として商売を続けることを許され、自身もその爵位でなく、製鉄業者と呼ばれるほうを好む有様だった。

バートラムは妻ロザムンドとのあいだにハリー、ニコル、そしてアーウィンという三人の息子をもうけた。このうちハリーとニコルは典型的なテンプル＝フォーチュン家の人間である。背が高くハンサムで、髪は金色、人間的に空虚だが愛想だけはいい。しかしアーウィン――この物語の語り手、すなわち私――は、隔世遺伝という言葉では説明できない異なるパターンを見せていた。まずもって色が黒く、身体もどちらかと言えば小柄である。しかし額が広く、意志は強固で、一族をよく知る者から「生まれたときにすり替えられた子」と判断されかねない性格だった。先祖の肖像画に私とよく似たものが一枚あり、父からも昔の準男爵の一人によく似ていると言われたことがある。記録によると、その準男爵は反社会的な気質を持っており、ジョージ一世の時代に世情の不安を煽ったという。とは言うものの、私と父が喧嘩になったのは一度しかない。自分の後を継いで製鉄業者となり、鋳造所に入ることを父が望んだ、それが原因である。だが私は別の方面における特異な才能を持っており、むしろ医師になることを望んでいたので、父の希望を拒否した。幼い頃、カエルがどう動くかを確かめようと生きたまま切り刻んで、母親を恐怖に陥れたことがある。医学を志そうと決意したのはこのときだ。かくして、ハロウ校でテンプル＝フォーチュン家の人間にしては並外れた才能を発揮した私は、ケンブリッジに進んで首席で卒業し、医学の道へと足を踏み入れたのだった。

当時サー・バートラムは隠退生活に入っており、長男のハリーを後継者に据えていた。しかし父親の持つ精力や支配力は兄になく、商売を嫌い、自宅や田舎の共同体における娯楽のほうを好む仕末。虚栄心が強くすぐに興奮するたちで、精神のバランスを崩しがちだった。しかしそれを気に病むような父ではない。ハリーの商売嫌いは重々承知で、自分が死んだら会社組織にすればよいと考えていたのだ。そのためか、私が後継者とならなかったことをしばしば嘆いていた。

「自分の才覚で食卓の塩さじを一杯にできるのは、一族でお前だけだ。しかしお前はその才能を、全く無駄な職業に浪費している。二人の兄は揃いも揃って間抜けだし、生まれてくる子も間抜けだろう。しかしお前なら、もう少しましな将来を一族にもたらせたはずなんだ」

父は二年前にこの世を去っていた母を追い、莫大な富を遺して息を引き取った。かくして、我々三人が後に残された。後継者のハリー、健康に不安を抱きながらほとんどの時間をファイアブレイスで過ごしている腑抜けのニコル、そしていまや開業医となり、骨の折れる仕事にいくぶん退屈しかけている私である。父は私に、望むならハーレー街で開業できるほどの金を遺してくれたが、私としては世界を回り、リューマチについての著作を書き上げることが目下の願いだった。世界各地で見られるこの病について、私の知識はすでに医師としてのそれを越えていると信じていたのだ。

父の死から六ヵ月後、四十五歳になっていたハリーは製鉄の世界から足を洗い、子どものいない未亡人と結婚した。彼女はハリーより二歳だけ若く、優雅かつチャーミングな女性で、以前からハリーに求愛されていた。元夫の死から一年後に二人は挙式を行ない、さらに一年経って息子をもうけた。その出生は二つのことをもたらした。母親は異常なほど健康に気遣うことをやめ、また父親のほうには、大抵の男が第一子に対して抱く水準をはるかに超えた、激しい愛情の波が生まれた。それ以降、ハリーの生活はゆりかごを中心に回るようになる。実際この乳児は、いわば無意識のうちに父親を支配していた。それは精神を安定させて寛容にするなど、好ましい影響をハリーに与えるとともに、彼を愛情に目覚めさせた。私の判断するところ、ハリーが自身以外にそうした愛情を抱くなど有り得ないことだった。大抵の男はこうした大仰な感情を抱くことなく、自分の子どもを天からの授かり物くらいに考えるものである。しかし兄にとって、この子は天の恵みであり、自分を大きく変える――もちろんいい方に――存在だった。兄が乳児にかける期待を周囲は笑ったが、私にはよく理解できた。ハリーが妻とのあいだにこれ以上子供をもうけるのは不可能であり、また兄が子供を授かったという事実は、虚ろで無力な魂をニコル――かわいそうなニコル――が引き継ぐことを意味していた。ニコルは恋というものをしたことがなく、心臓が鼓動を続けているかどうかにのみ関心のある男だ。しかしテンプル＝フォーチュン家の伝統により染まっているハリーは、息子がいずれ自分の跡を継ぎ、一族の続く限り古い秩序を保っていくものと期待していた。

　私は成長を続けるミッドランドの医院を売ってハーレー街を一時的に去り、旅行の計画を立てると、出発を前に兄二人へしばしの別れを告げるべく、先祖代々の地で一週間過ごすことにした。

　ハリーとステラ――彼女は相変わらず健康を害していた――が私を歓迎する横で、ニコルは医師の私から見ても奇妙な症状を呈していた。兄二人はこれ以上ないほどの言葉で私を褒めそやし、私が精神的に優れていることを認めたうえで、テンプル＝フォーチュン家で唯一、真に並外れた人間だと持ち上げた。それは本心から出た言葉であり、私も到着後すぐ二人と打ち解けた――ただの兄弟としてでなく、いつもの善意に満ちた寛容と友情の精神をもって。そのときから、以下に記述する一連の出来事が始まったのである。

第二章

ステラが食卓を離れてからも我々兄弟はそこに残り、クルミをかじりながらポートワインを飲んでいた。この時間は三人にとって何かの前兆に満ちていて、感覚の鋭い人間であれば、古めかしい食堂に漂う悪意を感じたはずである。しかしこの私さえも、そうした忌わしき存在など意識できず、三人の会話から生じたその巣、あるいは卵といったものを後で振り返って初めて、我々を覆う存在、つまり何気ない会話における私自身の意見から生まれた、悪魔の存在を感じたのだ。

まわりを取り囲む先祖の肖像の中に、私が自分に似ていると感じた、いくぶん醜い紳士のものがあった。これら巨大な肖像画の大部分は、芸術的観点から見れば無価値なのだが、Rの頭文字を持つ三人――レイノルズ、レイバーン、ロムニー――だけはいずれも際立っていて、なんらかの価値があるのではと思われた。

文学に対するハリーの関心は犯罪小説に限られていたものの、その分野ではかなりの専門知識を誇っていた。このときも出版されたばかりの小説を激賞したところ、この分野で一番評価している専門家は誰かと、ニコルが私に訊いてきた。

くつろいだ雰囲気になっていた私は、その話題に乗ることにした。

「殺人小説の隆盛は、戦争の時代に遡るんだ。若い世代の荒みきった心を捉え、喜んで受け入れられたんだよ。それからというもの、我々の不安にうまく付け入って、大衆にふさわしいものを提供してきたのさ。こうした小説はどれも同じようにストーリーが進んでいく。つまり低次元な策略が、より優れた善なる策略と激しく対立するんだ。そして結末はいつだって同じ。善の勝利、犯罪者の敗北と罰さ。だからこれらの空想物語は、善という名の下に真実や現実からかけ離れる傾向にある。芸術としてはたいてい無価値で、人間の性質について真実を語ることも稀だ。最も優れたものであっても、せいぜいチェスの戦術か、あるいは数学問題の解答を明らかにしているにすぎない。もちろん犯罪というのは人間の諸問題における一つの大きな要素であり、ギリシャ悲劇の時代から芸術の豊かな土壌を提供している。だけど古代ギリシャ人は、それをぞんざいに扱ったり、探偵小説などに貶めることはなかった。それは我が国における黄金時代の巨匠たち、またはそれに続く偉大な小説家たちも同じだ。

全ては物の視点、心のあり方、そして今の時代における意識が到達した、現代的な態度次第なんだ。古代の人々も犯罪や罰はよく理解していて、犯罪者の過ちは悪意からなされたものでなく、それらから生じる忌まわしいジレンマも全く不当なものだけど、古代の偉大な作品はどれも彼らを待ち受ける天罰を基にしている。しかし罪とか罪の意識とかは、より微妙ではるかに恐ろしい概念であり、精神的な悔悟や自虐心——ギリシャやローマの理論にはない苦悩だ——に通じている。頭の中で罪を犯し、心に生じる不滅の怒りに苦しめられることは、後に生まれた宗教の遺産だよ。しかし僕自身は無神論的な精神に満ちているから、そうした現代的な障害に悩まされることはないけどね。

もちろん、僕の精神に犯罪的な傾向はないけれど、もしそういうものがあったなら、犯罪というものを真剣に捉え、平均的な探偵小説作家よりもはるかに高い次元で取り組むはずだ。完全犯罪の条件を考えれば気づくだろうけど、赤ん坊がミルクを飲むが如く、犯人は血の海に浸らねばならない。つまり、死が疑いを生じさせてはならない、あるいは犯罪を想起させてはならないのさ。そして、小説ではこうした完全犯罪が決して成功せず、間の抜けた殺人犯が例外なく突き止められる。しかし現実の世界では、こうしたプロセスが違う方向に進むのは間違いない。完全犯罪を見たいのなら現実世界に目を向けるべきだが、だからといって明確な実例を見ることはできない。殺人の謎が解き明かされることはないのだから、遂行した人物が高い評価を得ることもない。殺人に疑惑の目が向けられることなく、殺害犯も決して疑いを招かない――これこそが偉大な作品の条件だ。かくも才能に恵まれた犯人が引き起こす死は、推測の対象以外にはなり得ない。その行為が発覚することも、あるいは高らかに宣言されることもないからね。こうした巨匠は姿を消したままで満足なんだよ。こうした構造を持つ精神は、成果を吹聴する精神よりも優れているのであって、卓抜した力を持っているという感覚こそ、彼らにとって唯一の報酬なんだ。そう、大きな報酬に違いない。表向きはどう偽ろうとも、いかなる形であれ卓抜した力を意識できる人間など、我々の中にいるだろうか?」

「それなら、高級な殺人とはどういうものなんだ?」ハリーが尋ねる。「その卓抜した力とやらの実例は?」

私はとびきり上等のポートワインをもう一飲みしたものの、その質問には首を振るしかできなかった。

「他のあらゆる分野と同じく、犯罪の分野でも進化があったに違いない」私は答えた。「つまり、優れた犯罪を望むなら将来に目を向けなきゃならないんだ。僕もそうした殺人は知らないけれど、巧妙かつ能率的な――そのうえ安全な――殺人など存在しないと言うつもりはない。絶対的な安全、それこそが完全犯罪の条件だからね。

きっと将来の卓越した殺人は、全人類の理解を超えた芸術活動と同じ次元で行なわれ、見えざる神のやり方にならって犠牲者の運命を決するようになる。心理的な技巧こそ、将来の名匠を特徴づけるものになるだろう。彼らは殺人につきものの、嫌悪を催す忌まわしい諸々の要素を取り除くはずだ。犠牲者の思考に集中し、性格の秘密を突き止め、弱さを計算し、強さを計り、そして徐々にかつ確実に、自らの犯罪にふさわしい精神状態を作り上げたうえで、死に至らしめる可能性を誘発する。それと同時に、生贄の命の砦を弱め、傷つけ、不安定にして、最後には破壊するんだ。暗示というものは、鈍器や『自動拳銃』、あるいは植物由来の珍しい毒物とは違う謎に満ちた武器であり、獲物の繊細な精神に狙いをつけることで最終目的を達成できる。しかも精神の破壊を通じて、犠牲者を苦悩に陥れた者しか説明できない究極的な破壊を、肉体にもたらすんだ。そうして誘発されるのは自殺、あるいは焦燥や錯乱状態であり、命取りの事故に結びつく無益な危険を繰り返し冒させることで、標的から生への執着を奪い去る。こうした質の高い殺人者はある一つの雰囲気を作り出し、その空気で犠牲者の精神を満たしたうえ、やがて窒息させることに腐心する。しかし犠牲者が死に至ったところで、それとの関係で『殺人』という言葉が想起されることはなく、またそれを引き起こした人物も、その死と結びつけられることはない」

「つまりおまえは、いわゆる完全犯罪なるものを見つけたんだな?」

「完全というものは、いかなる状況にあっても僕たちの理解を超えたものだよ」私はそう答えた。「無意識だけが完全性に到達するんだ。意識自体は完全性を妨げる。僕たちは常に、最高以上の何かを心に思い描くものだからね。しかし完全犯罪と呼ぶにふさわしい殺人が、目に見えない潜在的な過程を経て行なわれることに疑いの余地はない。そうしたことは、おそらく過去にも成し遂げられていただろう。精神の領域に確たる証拠は存在し得ないのだし、いかなる証明も不可能だ。疑いの種になり得るものも、逮捕や裁判につながるものも、また謎に満ちた犯人と、彼の犠牲になった不幸な人間とを結びつけるものも、そこから浮かび上がることはない」

私はさらに続けた。「こうした心理操作の中には、今や常識になったものもあるけれど、それは洗練された集団ではなく、考え得る最も原始的な環境でこそ見られるんだ。ここで働く小作人だって、今も『呪い』なんてことを言うし、魔女や魔法使いには遠くから人を殺す力があると信じているからね。昔はこの馬鹿げた迷信によって、無実の人間が大勢焼き殺された。しかし、ごく最近行なわれた探検行によれば、帝国内部の未開の部族では今もこの習慣が盛んらしい。ある探検家は、オーストラリアのクイーンズランドに住む原住民の、プリプリという呪術のことを記している。謎に満ちた死が立て続けにおきたんだけど、教養のない原住民はあらゆる死を不自然なものと考えているので、その全てを自己暗示のせいにしたんだ。部族の長でもあるプリプリの呪術師によれば、犠牲者はいずれも『プリ』に取り憑かれ、自らの想像力で死に至ったんだそうだ。

さっき話した想像による心理的殺人の場合、状況はもちろん違うし、想像のものであれ現実のものであれ、犯罪を指し示す要因は表に現われない。こうした殺人犯はカタツムリほどの痕跡も残さないんだ。化学者が精神に作用する毒物を発見できず、分析官もその存在を明らかにできない、またロンドン警視庁《スコットランドヤード》の全力をもってしても、こうした悲劇を人間の仕業に結びつけることができない以上、表に現われるものは何一つないだろう。目に見えず手で触れることのできない死が遠くから飛んできても、その形を識別したり、静かな羽音を聞いたりは誰にもできないのさ」

「たいそう難しいな」ハリーが言った。

「十分な才能を持つ人間ならそうでもないよ」と、私は指摘した。「つまり、鋭い精神そして知能という卓越した武器を持つ人物だ。この二つがあれば、遅かれ早かれ勝利を収めるはずさ。犠牲者に関する詳しい知識が犯罪の基礎を形作る。非常に優秀な心理学者なら上手くやれるかもしれないけれど、精神医学は学問として確立されたばかりだから、さっきも言ったように絶対的な完全性は僕たちの手が届かないところにあるんだ。それでも、知能の低い人間を惑わせるだけの賢さがあれば十分だ。良心や悔悟に影響を受けない鋼のような魂があれば、その人物は心の痛みや恐怖を感じることなく目的を遂げるだろう」

「そうだとしても、ひどく難しい」ハリーはなおも言った。「殺人事件では常に予期せざることが起きるんだ、アーウィン。殺人に手を染めた瞬間、犯人の心理は以前と全く違ってしまうんだよ。行為それ自体にとてつもなく大きな影響力があって、思考回路をすっかり変えてしまう――ときには完全な機能不全に陥れ、犯罪者自身感じるとは思わなかった恐怖や悔悟の感情を湧き上がらせるんだ……探偵に犯行を告白することで全てを終わらせるのも、まさにこの感情なのさ」

「その『探偵』とやらが関わっている時点で、完全犯罪とは到底言えないよ」と、私は説明する。「確かに困難はあるだろうが、それは突き止められる危険性とは無関係だ。心理的殺人を犯す人間が困難に直面するとしても、それは犯行の前であって後じゃない。そのために犯行が失敗に終わり、獲物を逃すこともあるだろう。究極の困難はそこにある。つまり、自らの精神的苦悩に打ち勝ち、苦悩をもたらす責め苦と闘おうとするほど犠牲者の意志が強い、という仮説だ。やがて病の進行が明らかになれば、今度は諸個人の愛情や善意が盾になる。と言っても、それを説明できるほどの力はないけどね。しかし犠牲者の性格や知識を完璧に理解すれば、防御できない毒ガスを送り込む隙間が見つかり、獲物はそこから逃れられない。対抗できる人間はほとんどいないし、あとはその人間のアキレス腱を見つけるだけだ。さて、コーヒーをもらおうかな。あとハバナ産の葉巻を一本もらえればありがたい」

「なんということを！」ニコルが声を上げた。「アーウィン、どうか私を殺さないでくれよ！」

「僕は人を生かしはするけど、殺しなんかしない」私は答えた。「兄さんは、なんて厄介な奴だと思っているだろうね。だけど、大抵の医者は温かい心の持ち主なんだ。その上に冷たい胸当てを付けてはいるけど。この職業は感情というものに無縁でありつつ、裏にはそれが溢れている。一流の殺人者は医者でなく、むしろ抽象を扱う科学者のほうだ。科学の世界が自ら育てた悪に立ち向かい、自分たちを汚す反社会的な創造力を犯罪だとして弾劾すれば、将来の母親たちは安全に子どもを育てられるだろうし、現代の無知な大衆だってガスマスクや防空壕の使い方など知らなくていいはずなんだ。地下というのは死者を埋める場所であって、生者を死から守る場所じゃない。大衆は出生率の低下を嘆いているけれど、文明国を自称するどの国でも、大量殺人をもたらす忌まわしき科学がその主な原因であることに気づいていない。大規模なものであれ小規模なものであれ、殺人者というのはあらゆる文明において憎むべき汚点であり、僕は同情するつもりなどない。イギリス人は原則として血を見るのを好まないし、人殺しに使う武器の使い方を子どもたちに訓練することもない。乳児は愛情深い母親と父親の腕の中で育っていて、他国の軍隊を殲滅させる武力を我が国の軍隊にもたらすことすら難しい。我々が武器をとるのはそうする必要があるからで、我が国の破壊を望む者から独立を守るためなんだ。殺人は地球を覆う雷雲であって、僕は何にも増してその忌々しい単語が嫌いだ」

それから私は話題を変え、兄二人の個人的な趣味について順番に語らせた。機転をもって適当に話を合わせ、兄たちを喜ばせていたところ、それまで思いもつかなかった奇抜な考えとアイデアが不意に浮かんだ。つまらないお喋りの中から幻のような着想が生まれ、奇妙かつ新鮮な衝動が心の中に入り込んだのである。私は人間の肉体的構造について幻想を抱いていなかったから、それが恐怖を引き起こすことはなかったけれど、かなりの興味と一つの悔悟を生み出した。思わず喋りすぎたのが、一瞬残念に感じられた。しかし、それとの関連でハリーとニコルを考えてみても、悔いる必要はやはりあるまい。二人はなんの変哲もないパターンに従って育ったので、片方の耳に入った事柄も、すぐさまもう片方の耳から出て行ってしまう。したがって、私の言葉も泡沫《うたかた》の夢の如く、すぐに忘れ去られるはずだ。

第三章

ファイアブレイス荘園には典型的な古い村落の範疇を越えて昔ながらの教会と草葺きの家々が立ち並び、かなたに広がる牧草地や森林、耕地の中に農家が散らばっている。それはまさに心休まる光景だった。教会の通路の下にはテンプル＝フォーチュン家の代々の遺灰が祀られていて、祭壇の右手には智天使《ケルビム》と頭蓋骨、そして交差した骨をあしらった家紋に取り囲まれる形で、一族の創始者の墓所が飾られていた。しかし一族の過去については、これらよりもふさわしい事績が他にある。先祖の一人に木々を愛する勤勉な人物がいて、見事な松樹園を作り上げたのだ。それは今や立派に生長し、堂々たる針葉樹が群生している。その世界ではかなり有名な存在であり、熱心な樹木愛好家がヨーロッパ中からここを訪れ、我が家のセコイア、ヒマラヤスギ、そしてトウヒやマツの巨木を愛でるのだった。ここで私は、赤いリスと灰色のリスとの生死をかけた闘いを見たことがある。この闘いは、文明に関する理論と実践を完全に体現していた。つまり、より鋭く力強い歯と爪を持った侵略者が勝利を収め、元から居ついていたほうを死においやったのだ。

園芸に命を捧げた先祖がもう一人いる。彼が作り上げた壮大なオレンジ栽培園は、ファイアブレイス・ホールに附属するキューのヤシ温室と比べ半分ほどの広さで、巨大な陶製パイプから吹き上がるシャボン玉のように、麗々しい光を放っていた。

ここでは亜熱帯で見られる数多い自然の神秘に加え、集め得る限りの柑橘類を栽培していた。しかし、このオレンジ栽培園はずっと昔に枯れていたので、ハリーはそこを処分しようと試みたが、天気が悪いときの完璧な育児所になると考え直し、息子の将来のために温室を保存していたのである。

ここでもう一つ、かの有名なグレイ・レディーズ・ドライブに触れねばなるまい――邸宅の前庭から二百ヤード離れたところを起点とし、オークやトネリコ、ブナの木々が高貴に立ち並ぶ海岸線沿いの、全長一マイルはあろうかという小道だ。デヴォン地方随一の芝生が広がり、両側の樹木の下には常緑の月桂樹やシャクナゲが生い茂っている。名前の由来となっているグレイ・レディーだが、彼女の歩く姿が目撃されると、厄災そして突然の死が領主を襲うという伝説があり、それを今なお信じる古老もいるほどだ。

ファイアブレイス・ホール自体はイタリア風建造物の例にならい、建物の周囲をけばけばしく飾る壮麗な柱廊が特徴の、巨大かつ鈍重な邸宅だった。邸内には二十五もの寝室と広々とした居室があり、父はそれらを近代風に改築して快適すぎるほど快適にしていた。そのため常に数多くの召使いを必要としたのだが、いずれも我が家に代々仕えてきた人たちである。古くから仕える一家は若い召使いを次々と産み出し、中には曾祖父母の時代から百年間、忠実に仕事を務める家庭もあった。邸宅は海からわずか半マイルのところにあり、敷地に含まれる全長二マイルの海岸線は、有史以前の地滑りによって独特の形をしていた。そのせいでファイアブレイス荘園のうち二千エーカーほどが海のほうに下っていて、海中に高台をなしている。その高台は本土とつながっているものの、周囲は高さ五十フィートほどの切り立った崖である。木々が生い茂るその場所は自然の美で満ちており、ピクニックで来る人々や植物学者を惹きつけた。またそこには我が家専用の港と波止場――労賃が今より安い時代に作られたものだ——があって、ヨットと海洋旅行で有名な先祖がいたほどだ。しかし今、海に喜びを感じるのはニコルしかいない。彼は若い頃にボートの扱いやセーリングを習い、小さなヨットを所有してささやかに楽しんでいた。ところがケチそのものの性格ゆえに、造るヨットはどれもみすぼらしく、そのうえ勇気にも欠けているので、英仏海峡の真っ只中で嵐に遭う危険を犯してまで世界に船出することはなかった。ニコルは航海について語ったり、三十トンのカッターでヘブリディーズ諸島などへ船出する計画を立てたりしたこともある。だがそのような冒険が実現しなかったことは誰もが知っており、ニコルの率いるヨットが陸地の見えなくなる場所まで遠出したことがないのは確かだった。

銀灰色の崖から突き出た波止場のうえには、見晴台あるいは監視塔に似た建物があって、一階は快適な部屋になっていた。ここがファイアブレイスにおける、私のお気に入りの場所だった。少年の私は隔離されたこの場所が好きで、お付きの人間が私の姿を見失ったとき——そういうことはよくあった——も、ここを探せば必ず見つかるのだった。

私は今そこにいて様々な考えに没頭しつつ、日暮れまで家族から離れられるという心地よい意識に浸っていた。ハリーは隣町で陪審員を務め、ディナーの席における不健全な会話から一夜明けた翌朝、ニコルはニコルで友人をヨットに乗せる約束をしていたのである。かくして、私は椅子に座って夏の海を見下ろし、カモメの鳴き声が織りなす音楽に耳を傾けた。そして、ドーセット海岸に向かってしずしずと遠ざかってゆく、兄のボートの白い帆を見つめつつ、心掛かりの問題に戻ったのだった。

その日は七月とあって、不吉もしくは不気味な前兆などあろうはずもなかったが、日光がきらめく今の時間、人生に関係する驚くべき啓示が目の前に現われた——つまり現実が新たな方向に進みつつある事実と、一つの恐るべき目的が初めて鮮明に浮かび上がったのである。兄二人を喜ばせつつ、我々の理解を隔てる溝を示すために昨夜話したくだらないことが、今になって蘇ってきた。だが最初は、不安、動揺、そして不満が形をなして目の前に浮かんだ。私は自分の立場と目的、人生の初期における様々な可能性、そして長男でなく三男に生まれたというつまらない偶然に思いを馳せた。それから兄たちの能力と才能を自分のそれと比べ、ハリーの持つあらゆる力がいかに浪費されているか、天から恵まれた幸運がどれほど無駄遣いされているかと考えずにはいられなかった。だからといって兄を責めるわけではない。幸運は片手で何かを与えつつ、別の手で何かを持ち去るものであり、精神的または体質的にそれを十分活用できない人間に、大きな可能性をもたらすことがままあるからである。

さらにここで、私自身のことを少々語るとともに、この瞬間まで心に秘めていた物事を明らかにしよう。

理性は道具に過ぎないという言葉はおそらく真実である。そうだとしても、人間が持つ道具の中で最良かつ最も信頼できるものであり、私はそれをいつも念頭に置きつつ理性を研ぎ澄ませ、その助けを借りて道を切り開いてきた。私が最初に抱いた理性は、人間に関していかなる錯覚も持たないよう私に教え込んだ。パスカルによれば、人間とはすなわち「森羅万象の誉れにして屑である」という。私はそれに、「誉れの大半は邪悪な諸物の放つ光沢に過ぎず、その下にある屑を隠している」、と付け加えたい。「堕落しきって移ろいやすく、しかも軽蔑すべきうわべだけのこの世界」から、いかなる価値あるもの、あるいは清浄なものを望めようか？　さらにもう一つの疑問が、物心ついたばかりの私を苦しめた。果たしてパスカルに「森羅万象」を語る資格はあるのだろうか？　偉大であろうとなかろうと、目の前にあるこうした巨大な事柄において、いかなる形であっても人間の優位性など主張できようか？　その問題は後に回すとして、とりあえずは人類について考えよう。太古の昔に人類が知性を獲得して以来、我々の本質に大きな変化はないものと思われる。この点については、より劣った生物の集団——我々が許す限りにおいてこの地球で平和に暮らしている動物たち——と否定的に比べれば、我々は基となった原生動物と同じく今なお利己的である。一例を挙げると、犬は犬を食べないが、人間には広い意味において人肉食の習慣があり、より弱い人間を絶滅させることで自らの食欲を満足させている。あらゆる資本主義国家は人食い人種であって、人類が出現して以来、絶えざる戦争こそが常に道徳面での原則であり、卓越した支配力だったのである。私はこの現状に異議を唱えるつもりはない。その中に生まれ、それを自然なものとして受け入れているからだ。こうした物事は、それらに象徴される歴史の中で燦然と輝き、その旗印の下で今に生き延び、不滅の大義を押し進めている。また私は、我々の太陽に増して巨大な太陽の周りを回る別の惑星があって、その星には、永遠の寿命を持つ一方、より高次な原理と偉大な真実に導かれた、人間以上に高貴な精神を持つ生命体がいるという、見せかけだけの望みを共にするつもりもない。惑星外の生命体がいるのは確かかもしれない。しかし我々同様彼らにとっても、利己心のない生命は考えられないのである。利己心は生命という血管を流れる血液、その体内で脈打つ心臓なのだ。生存に最も適した者だけが生き残るのであって、我々が害獣——ネズミ、ゴキブリ、あるいはハエ——を利己的だとすることはないものの、人間にとっては、不滅の眠らぬエゴティズムという鎧こそが成功に不可欠なのは間違いない。国家同士、人間同士、子ども同士における闘争では、最も鋭い牙と爪を持つ者が常に勝利を収めてきた。これは根源的な事実であり、国際連盟の如き利他的な夢によって変わるものではない。しかし我々の大半は、自分自身だけでなくあらゆる人間について、それとは逆のふりをし続けている。そして人間の本質という問題をあらゆる知識の中でかくも難しくしているのは、普遍的な欺瞞に潜むこの根深い要素なのである。

およそ二万五千年にわたる実験が我々の意識に刻み込んだのは、自身についての真実こそが最も隠すべき対象であるという事実であり、我々はその才能を持ってこの世に生まれている。自分自身に関する真実をはっきり示す、あるいは真実を思いつくまま口にすることは、そう試みる人間を必ずや破滅に追い込み、その結末は死か精神病棟送りである。あらゆる文明は偽りの上に作られている。我々が持つ自己保存という本能は、他者に「見通され」ないことを必要不可欠としているのだ。そして見通されることを恐れるあまり、我々の大半は臆病な動物になることを余儀なくされ、我々自身の隠れ場所や塹壕に不安げで油断のない目を向けつつ、群れをなして生存を計りながら、永遠の偽りに対する脅威が現われたとき、あるいは我々自身の真実が明るみに出たと疑われるとき、いつでもそこへ飛び込めるようにしている。この本能は万国共通のもので、王国同士の外交もそれが土台にある。我々のつまらない世界を動かしているのははったりであって、愛ではないのだ。

一方、その職業的な性質のおかげで、医師は人間の本質をつぶさに観察できる特権を有している。鎧を脱ぎ防御を解いた状態で向き合うことができるからだ。原則として、医師がこの特権を利用することはない。しかし私は常にそうしてきたのであり、その経験も人類に対する崇敬を増すことはなかった。

私が他にどのような確信を抱くに至ったかは、物語を進める中で明らかにしよう。しかし、ファイアブレイス荘園を手に入れるという考えが初めて頭に浮かび、それとともに、意識を持った存在としてのわずかな生存期間において、この目標が私の幸福を増すとともに、自分の力を強め、個人的な利益と優位性とを証明するという信念を抱いたときの私は、上記のように確信していた。ここにおいて、私の人生観が奇妙に狂っていることに誰もが気づくだろう。そうしたものを手に入れるという極めて大きな願望が、私にとっての重大な問題をぼやけさせ、気づいたときには吟味したくとも不可能にしているのだ。自分の内なる本質と才能とを見つめても、それらがどのような形をとるのかと自問することはなかった。私の能力でこうした巨大な食物を飲み込めるのか、あるいは莫大な資産を突然手中にする前に、自分の個人的限界、偏見、そして力を計ることができるのかと考えたこともない。つまり、私は子どものように、手に入れたら何をできるのかと真剣に考えることもなく、「あの月がほしい」というのと同じ程度の圧倒的な欲求を感じていたのである。

この発想全体の根底にあるのは、自由に対する不合理な衝動だろう。さしあたり、私のささやかな思考能力は停止状態にあった。この鬼火がしばらくのあいだ私——自由などという理想のくだらなさを、他の誰よりも知っているこの私——を惑わし、それを求めさせようとしていたのである。私は自由という虚構を、人生における一つの刺激、挑戦、そして力をもたらす新たな香辛料の域に高めていた。それは偽りの炎によって過去を奇妙なまでに色褪せて見せ、愛に直面した人間が一時的に変身し、愛によって自らの存在を彩るのとは裏腹に、私が以前に抱いていた野望や目標は今や灰色にくすみ、唾棄すべきものにさえ映っていた。ファイアブレイス荘園を相続しつつ、与えられたわずかな時間をリューマチの研究に捧げる人間など、自分の他に誰がいよう？　莫大な資産がもたらすであろう肉体と精神の自由、意志と思考の自由よりも崇高なる成功を目指す人間など、他に誰がいるだろう？

私が何かに興味を抱くことは、これまでほとんどと言っていいほどなかった。しかしこのような問題を生み出した知識の頽廃から、つまらない気晴らしを得ることはできる。私はそれを、自分と同じ人類に対する軽蔑によって説明するものだが、人嫌いの人間以外にかくも完全なる間違いを犯す者、あるいは、そうした絶望的な価値観の混乱に囚われる者はいないはずだ。

それが私だった。そして今、見晴台の中に独り座って海を見つめながら、私は自らの思考を明るみに出そうとしている。殺人こそが私の思考を占めていた。それによってのみ目標を遂げられるからである。三つの生命が私とファイアブレイスとのあいだに立ちはだかっていた。完全なる成功を収めた殺人犯という、想像もつかぬ未知の聖堂に座を占め、完全性という何物をも通さないカーテンをもってそれを覆い隠すためには、三本の糸を断ち切る必要があった。

第四章

我が長兄には、高貴な生まれの人間に似合わぬ欠陥があった。古くからの家系にしては珍しい俗物で、人々の尊敬を望み、それを勝ち取るためならいかなることも厭わないという、下品と言えなくもない傾向があったのである。しかしいささかなりとも知性があれば、くだらない行為に敬意など抱くはずはない。ハリーは母親に甘やかされて育った。母にとっては長男こそが一番のお気に入りなのだ。その望むところは低く、屋外のゲームで勝利を収めたり、馬鹿げた勇気を見せたりするだけで満足していた。青春時代、ハリーはスポーツを生き甲斐にしている人間を友人に選び、今もそうした仲間を一番好んでいた。肉体的なものを除くあらゆる文化は、彼にとって埃を被った書物に過ぎぬ。騎手のように体重に気を遣い、健康を保とうとあらゆる努力を払っていたが、それが何かにつながることはなかった。ハリーは気まぐれでバランスを欠き、何事も行き過ぎるきらいがあった。虚栄心、つまりゴルフ場や猟場で目立ちたいという願望だけが、ハリーを抑制したのである。かくして大いなる潜在的能力はつまらない享楽に浪費され、知性の欠落が必ずや生み出す忌わしき環境の中にハリーは入り込んでいた。常識が無謀な勇気を抑え込むことはなく、愚か者から賞賛を浴びようと馬鹿げた危険を冒すことがままあった。幼い息子への無分別な愛情が示す通り、あるいはその子に対する態度から推測される通り、ハリーはいつも極端だった。彼にとって息子は偶像であり、崇拝の対象である。そして将来における息子の幸福と重要性でもって、自分の人生そのものを彩らせていたのだった。

ハリーがこうした新郎特有の精神構造を持っているなら、次兄のニコルはなんの変哲もない船乗りや沖仲士《おきなかし》に例えられるだろう。しかしそこに勇気を見出すのは難しい。彼にとっては健康こそが唯一の関心事であり、そのつまらない自然の摂理を、自分はいかなる過ちも犯さないことを運命に命じられたという、残酷な試練にまで誇張していた。そうして、ありもしない不満を常に漏らし、それによって怠惰かつ無価値な人生を正当化していたのである。ニコルは海を愛し、そこにいれば優れた存在になれると感じていた。その一方で海を恐れ、心から信頼することはなかった。人生に対する打ちひしがれた態度の一部は見せかけに過ぎなかったが、自らの中でそれを膨らませ、ついには自身にとって重荷になるだけでなく、他人にも迷惑をかける有様だ。結果として、ニコルはややもすると孤独な人間になったけれど、それが彼を悩ませることはなかった。召使いには寛容に接しながらも多くの仕事を求め、自分のためになら骨を折っても、彼らのために行動することはなかった。ニコルは夏を通じてファイアブレイスで過ごしており、ハリーは私などより寛容な態度でそれを認めていた。また毎年冬になると、信頼するイギリス人医師が開業しているカンヌへ赴いた。その一方、ニコルは私にも大きな信頼を寄せていて、自分が抱える慢性的症状にふさわしい薬を処方してくれたと、満足げに感謝したこともあった。

「私に余裕があれば、おまえの才能を独り占めし、この絶え間ない苦しみに専念させるだけの手当を支払うんだがな」と、ニコルはあるとき言った。

私はそのありがたい言葉に礼を述べ、呼んでくれればいつでも来ると言った。いかに唾棄すべき人間であろうと、私は二人の兄と口論したことはない。またハリーも私に一目置いており、誇りに思うとさえ述べたことがある。

「お前はテンプル＝フォーチュン家でただ一人、優れた頭脳を持つ人間だ」などと、たびたび言われたものだ。

かくも未熟な存在を正当化しようとするなら、他者にとっての価値を論じるしかない。人は自分より優れた人間のためなら大いに働く。封建制が過ぎ去り賃金も高騰している昨今では、怠惰な金持ちの要求こそが大量の貨幣を流通させているのだ。

ハリーとニコルのいない世界を考えると、二人がいることの利点が頭に浮かぶ。私は利己心、人生と幸福に関する貧相な概念、そして力の無駄遣い——つまり無知——を理由に、二人を責めることはなかった。ただ私ならば、二人の取るに足らない世界に存在するよりはるかに多くのものを、こうした幸運な境遇から引き出せるのに、と感じただけである。ここで頭に浮かぶのはゲーテの言葉だ。「真に尊敬できるのは、自分に頓着しない人間である」と、かの哲学者は記している。しかし現実の人生は、それにまつわる聡明かつ真実と思しき物事の多くを否定しており、自分に頓着しないという最も利他心に富む人間など存在しない。自然の法則からは誰も逃れられないのだ。

このかけがえのない二人について考えた後、私は昨夜の発言に思考を移し、それが熟慮のうえ決断した企てに影響していることを認めた。私のような精神の持ち主にとっては、ほんの軽いひと言にも何かの特徴が潜んでいる。蛇の毒と同じく、蛇のように狡猾な賢明さも、それを解放せんとする衝動さえあれば自ずと広がってゆくものだ。

二人の兄がより優秀な人種に属していれば、そのとき抱いていた企みに今なお突き立てられることはなかっただろう。二人に数多くの友人がいて、尊敬すべき様々な人たちから評価されていたことや、ときに敬意さえ払われていたことは、私も知らないではなかった。立派な振る舞いや、他者への心優しき配慮に対する賞賛の声も聞いたことがあるし、他にも知られざる美徳があったかもしれない。だが、立案中の計画がそうしたものに妨げられることはなかった。

繰り返すが、大きな困難に妨げられるようであれば、あの目標を諦めていたのは十分有り得ることだ。しかし実際には、私の精神を苛立たせるような困難は存在しなかった。私はポートワインを二杯あけながら、一夜にして解決していたのである。実際、私は会話の中で、自分も知らなかった博識ぶりを見せ、何気なく語った殺人に関する自説がごくふさわしいものだったことに驚きさえしていた。その適切さがなんともおかしく、ジグソーパズルのピースをぴたりと当てはめた子どものように笑いたくなったと記憶する。かろうじてそれを抑えたのは職業上の本能だった。明白な事柄を疑うことこそ、科学的鍛錬の一部なのである。

次に、この困難における別の要素へと考えを移し、その結果、高揚するような経験を楽しんだ。初めはとてつもない困難と思われたことから、勝ち誇るべき有益な発見が生まれ、私の現実的な性向に大きく報いるとともに、善なる理想を前進させたのである。

現時点における準男爵の相続者について考えだしたことが、そのきっかけだったように思われる。乳児の人生を奪うことに、さしたる問題はない。人はその行為を倫理的に正しいとさえ見なすだろう。無理に生かされるくらいなら最初から生きないほうがいいのだが、自らに降りかかった事態を知る前に死を勝ち取るのが次善の策である。だが、そのとき私を導いていた思考の中に、乳児の占める場所はなかった。暗示は効かない。まだ幼いのが仇となり、与えようにも与えられないからだ。ルパート・テンプル＝フォーチュンの命を奪うには、他の方法を考えねばならぬ。しかしそれは、その死が持つ重要性に比べれば些細な問題だ。先に述べた勝利が姿を現わしたのはここである。ルパートの死にははるかに大きな意味があり、それが実現すれば前もって決めた道を大いに進められる。この乳児が世を去る日こそ、私が一石二鳥の利を得る瞬間だと言えよう。息子の死は他の何にも増して、父親を過度の嘆きに陥れ、まさにその性格によって自らの命をも危うくするに違いない。聖書にある恐ろしい言葉はかくして逆の順序をとり、哀れなルパートが死という酸っぱい葡萄を口に含んだ瞬間、父親の歯がその縁に触れるのだ。

私のような知性を持つ人間は感情とは無縁の数学的性質を身に付けており、氷山が船に接近して容赦なく沈めるように、あらゆる問題に対して無機質に取り組むものである。かくして、将来に関する一つの些末な側面が、ほんの一瞬私の思考を占めた。つまり、殺害の順序である。乳児がこの世を去った瞬間、ハリーの後継者となるのはニコルである——それは望ましからぬ事態だ。ニコルがたとえ五分間でも後継者の座を享受することになれば、彼の番になったとき、相続税を二重に取られてしまう。ゆえにニコルが最初でなくてはならない。またそれを避けるべき理由もこれといってなかった。そして後は、ハリーの死が国家に巣くう吸血鬼を満足させるのだ。

こうしたとりとめない思索を終えた私は立ち上がって見晴台を後にし、グレイ・レディーズ・ドライブを通って邸宅へと戻ることにした。そこは滅多に人と出会うことがなく、私のお気に入りの散策路だった。しかし、その日の午後は例外で、二人の人間が森から姿を見せた。私の前に現われたのは女と乳児である。ルパートは乳母車の中で眠っており、ニタ・メイデューがゆっくりした足どりでそれを押していた。ニタは土地の人間だが、それに似合わぬ活発な精神と野心とを備えていた。彼女が見せる素早い機転は、生粋のデヴォン人でないことを物語っている。これらの性質は祖母のおかげらしい。過去にメイドとして仕えていたスペイン生まれのその女は猟場の番人と結婚し、古くから伝わるメイデュー家の血筋に独自の個性を加えたのだ。にもかかわらず、ニタの外見はカスタネットを連想させる。瞳は焦茶色で、漆黒の素晴らしい髪を持ち、意志の強そうな美しい口の上唇は繊細そのもの。ところが、引き締まったたくましい体つきは、優雅というより屈強という言葉が似合っていた。ニタは子どもの頃から乳母を目指したようである。それが彼女にとっての情熱であり、その職業で頂点に立つべくロンドンに赴いた後、オーモンド街で身を粉にして働き、十回もの試験を経て自らの天職における最高級の賛辞を勝ち取った。いずれは大病院の看護婦長になることを夢見ていたものの、そのとき、あらゆる職業の中で最も賃金が低いこの仕事で望めるよりも、はるかに多くの収入を得られる誘惑が目の前に現われた。機会があれば彼女を雇おうとしていたある高名な医師を通じて、義姉のステラが彼女の評判を耳にしたのである。そしてハリーは、しばらくのあいだ野望をあきらめて、少なくとも五年間にわたってルパートの世話に専念するなら巨額の給料を支払うと、ニタに提案した。子どもの扱いに長け、かつ惜しみない愛情を注ぐことで知られていたニタはそれに同意し、精力的な献身をもってルパートの養育に集中することになった。とは言え、この仕事によって彼女の将来に暗い影が落ちたわけではない。それどころか、今や彼女にとって事態はますます好転していて、ファイアブレイスで貯めた資金を元手に自らの保育園を開く日もそう遠いことではなかった。

当時二十三歳だったニタは、私を尊敬している様子だった。私は彼女と一緒に歩きながら、この乳児について話し合った。ニタがルパートを愛しているのは間違いなく、仕事に喜びを感じている。その一方、途切れがちな会話の中で、彼女の職業において一つの原則であるそうした倫理的特質と、誠実さという時代遅れの感覚とをときおり露わにした。そして今も、彼女はそれを見せていた。

「ときどき思うんです」ニタはそう切りだした。「ルパートさまのお世話の仕事、わたしにはもったいないんじゃないかって。簡単なお仕事なのに、こんな大金をいただけるんですもの。なんだか恥ずかしいですわ。同じように暮らしている他の女性が、わたしの何倍も働いていることを考えれば……」

「物事にはそれだけの価値があるんだよ、ニタ」私は答えた。「君には並外れた仕事をする資格がある。長年にわたって懸命に働き、大きな経験を得ることで、それだけの価値がある女性になったんだ。卓越した才能と必死な働きぶりが、医者をとても価値のある人間にするようにね。医者というものは、喜んで支払おうとする人間が大勢いない限り、高額の報酬をとることはない。そしていま言った理由で――つまりナイフを扱ったり、歌をうたったり、あるいはフィドルを弾いたりすることには、それだけの価値があるのだから、高額の報酬をとることに良心の呵責を感じる必要もない」

私はさらに続けた。

「君の場合、この健康な赤ん坊の世話よりはるかに大きなことが肩にかかっている。君はルパートの面倒を見るだけじゃなくて、サー・ハリーとテンプル＝フォーチュン夫人の信頼と満足を完璧に勝ち取っているんだ。二人はどうあっても君を手放すことはできない。ルパートは彼らにとって何よりの宝だから、君がルパートをいつまでも守り、またそうするための知識を君が持っている事実に安心しきっているのさ。それに比べれば、君が得ている報酬などごくささやかなもので、君がルパートを守っている限り、二人は大いに幸せで満足なんだ」

「そう考えるように頑張りますわ」彼女は答えた。

「ぜひそうしてくれ。だけど研鑽を怠らないこと。身の回りで起きているあらゆることに注意を払って、いつか保育園を開くとき自分の知識が時代遅れになっていないように」

乳母車の中で目を覚まし、にこにこと微笑んでいるルパートをくすぐってから、私はこの忠実なる乳母と別れた。ルパートにはすでに父親の面影があり、同じ道を歩む運命なのは間違いなかった。

その晩、私はディナーの席でルパートの両親を喜ばせる言葉をかけ、ステラに別れを告げた。翌日の早朝に出発するので、会うのはこれが最後になるはずだった。そして新たな方針に従ってニコルを旅行に誘い、もし来るなら二週間後に出発すると告げた。しかし次兄は感謝を示しつつもそれを断った。

「熱帯には行ったことがないんだよ。この身体が高温に耐えられるとは思わない」

私の記憶によると、その夜の会話は出生率の低下へ移ったように思われる。ハリーはそれを深刻な問題と捉える人々と会ったらしく、不安を隠そうともしなかった。彼は常に、砂漠の如き精神に滴り落ちた一番新しい意見に影響を受けるのだ。

「心配することはないよ」私は言った。「むしろ健全な現象と捉えるべきなんだ。ニーチェだって、ヨーロッパの人口は四分の三に減るべきだと言っているじゃないか。そうなれば呼吸をする余地が増えて安心だと。しかし誰がその選別をするのか、それが問題だ。自然に任せるのが最善だろうけど、ロシアで最近起きた革命の事態になれば、この好ましい事態も失敗に終わって、淘汰されるべきでない人々が淘汰されるだろう。戦争といった革命的現象はいつだって過程を混乱に陥れ、大事な人々を無駄に死なせるんだ」

「笑い事じゃないんだぞ、アーウィン」ハリーが言った。「おまえはリューマチとの闘いという大事業に誠実に取り組んでいる。それは私も立派だと思うよ。しかしそのせいで、私のような人間にのしかかる様々な問題にまで目が届かないんだ。この田舎地主にも大きな問題が数多くあって、労働者階級が危険な水準にまで数を減らすという見込みは不安をもたらすんだよ。そこに良心が入り込んできて、多くの農民をより忍耐強くして自らの土地に専念させるため、何かすべきではないかと考えるんだ」

ハリーはこうした意味を成さない話し方をすることがよくあった。

私は兄を安心させることにした。

「自然はそうした過ちを正すか、それが妄想であることを証明するものさ。だけど良心に囚われちゃいけないし、何より悪い良心を培ってはだめだ。それはリューマチ以上に治すのが難しい、本当に厄介な病気なんだ。悪い良心を持つくらいなら、良心なんて持たないほうがいい」

それから一時間後、長兄のハリーはビリヤード室で新たな愚かさを明らかにし、この男ならさもありなんという野望を我々に打ち明けた。

「貴族に列せられるべきだと思っているんだ」彼は言った。「その血筋でないにもかかわらず、人の上に立つ者もいるからな。だが当然ながら、利己心から貴族になるわけじゃない」

「それなら誰のために?」私は訊いた。「ステラのためじゃないだろうね?」

「いや、違う――息子のためだ」ハリーは打ち明けた。「彼のためだよ、アーウィン」

「にわか男爵になるよりも、長い歴史を誇る准男爵のほうがいいじゃないか」ニコルが口を挟む。

「そんなのはくだらないよ、ハリー」

「いや、そうじゃない」ハリーはあくまで言い張った。「おまえはどう思う、アーウィン?」

「もちろん、不可能じゃないだろう」私は答えた。「そうしようと思えば、名誉の泉から湧き出る輝かしき名声を買える立場にあるからね。それに、兄さんの仲間の主だった人たちも、どうしたらいいかを教えてくれるはずだ。だけどそれだけの価値があるのかい？　金を払うだけの価値が？　僕もニコルと同じ意見だよ。ルパートのためだとしても、それが利益になるのはずっと後のことだ。あの子が兄さんの後を継いだときには、貴族院なんて消滅しているかもしれない。いや、拠点となるファイアブレイス荘園すらないかもしれないんだよ。これだけは言えるけれど、現在の労働党政府はこのまま政権を維持し続け、ルパートが成人するよりずっと早く、イングランドのあらゆる場所でその意志を実現させているだろう。ファイアブレイスは地図から消えてなくなっているかもね」

この言葉に、ハリーは悄然と押し黙った。

「どちらを向いても暗雲か」と、ようやくため息混じりに呟いた。「もう寝るとしよう。おやすみ」

翌朝、ハリーは私を車で駅まで送った。一夜の眠りで精神は回復したようだ。

「気をつけてな。ダマスカスに立ち寄ることがあったら、本物の古い鉄器を土産に買ってきてくれ。家の武器庫に入れておきたいんだ。金に糸目は付けないが、無駄に使うんじゃないぞ。抜け目のない連中がわんさかいるからな」

かくして我々兄弟は半年以上にわたって離れることになり、私は大いなる野望を胸に秘めて世界を回った。各地を巡る中でその野望を捨て、より有益な別の関心を抱くかもしれないと考えていたが、現実にはそうはならず、帰国した段階で最後の決心は固まっていた。

第五章

私の巡礼の旅については、物語に関係するエピソードだけここで触れておく。いずれも外国旅行という貴重な経験ではなく、むしろ精神活動に関係するものだ。行く先々で目に入るのはありふれた景色ばかりだし、将来の目論見以外に関心があると言えば職業上の問題だけなので、することと言えば外国の病院を訪れ、異国の治療方法を我が国のそれと比べるくらいだった。

この旅行はもっぱら知的要素が強く、私は一歩一歩前に進みつつ、最初は驚きとともに確固たる大地に立って後ろを振り返り、計画を温めるべく手探りで努力した。モンテーニュが述べたように、懐疑は均衡のとれた頭脳にとってよき枕であり、私も見えざる将来をあるがままに任せ、過度の期待を抱くことはなかった。しかしこの旅は、将来の展望がいまだほとんど曇っていることを明らかにした。人間を相手にするときは、起きてほしいと願うことを実現させるだけでなく、こちらの行為に対する相手の反応を考慮に入れる必要がある。人間はしばしば予測不能な存在なのだ。我々は他人の性格を知っていると錯覚する一方、その人間を突如として未知の条件、あるいは経験したことのない精神的重圧の下に置きながら、結果として驚かされ、本来の仮定を混乱させられるのだ。かくして現実の人生は人間の心理を当惑させ、いかなる予測をも無駄なものにしている。だが私の計画の中に、予想外の事態が入る余地はなかった。

こうした仮の思考がもたらす小さな価値の一例として、ルパート・テンプル＝フォーチュンの殺害における準備段階のアイデアを挙げてみたい。私はあの女性、すなわちニタ・メイデューの存在を真剣に考慮しており、彼女の助力を得る可能性さえ考えていた。殺人に用いられた共犯者や凶器が、犯行後、何も言わず煙のように姿を消した実例は無数にある。忠実なる僕《しもべ》が結果的に排除された大いなる実例を、我々はロシアで目撃しており、彼らが死をもって主人の前から消え去るとき、罪の告白をする間もなく襲いかかった事態を考えると、思わず笑みが浮かぶではないか。

しかし必要不可欠な権威を欠く私は、自分の仕事をこのように危うくしてはならないと感じた。男の分身――大抵の場合、不滅の献身的愛情によって結び付く女性である――だけが無条件に信頼できるものの、私にそうした分身はいなかった。

この事実が疑念をある程度まで取り除き、計画の基礎を形作った。その一方、人間に関する私の新たな経験は、私に内在している人間への軽蔑を増すだけだった。私がリューマチの謎に取り組んでいるのは人類のためでなく、ただ探求心を満足させるためであり、ファイアブレイス荘園とそれに付随する巨万の富をどう使うべきかと気休めに考えるときも、人類にどういう利点をもたらすかは計算の外にあった。「最大多数の最大幸福」は不滅の決まり文句である。しかし明晰な頭脳の持ち主にとって、大衆は嫌悪以外の何物でもない。個人として捉えようと、あるいは群れとして捉えようと、人間は地球上における最も不快な生物である。理性の力などと無駄口を叩くあいだも我々の堕落は進み、意識を持たぬ他の動物の本能が、その生活様式を我らのそれよりも高貴なものにしているのだ。

人類の拠って立つ混乱を改善しようなどと、私は考えたこともない。さらに、私の決意を支える偉大な論拠を見れば、それが妨げられるなどあり得ない。少なくとも私は、人間の認知力を基に前進してきたのであり、現在の哲学者や科学者が否定する日の当たる場所を、理性に与えたつもりである。我々はそこから何を見出すだろうか？　自然は屋根に雨水を、木々に雷を、肺に病原体を、蜘蛛に蝿を、森に光り輝く秋の彩りを、そして厄災に満ちたこの地球に台風や地震、ペスト、あるいは疫病をもたらす。そして我々も、その混乱を共にしている。しかし人間は忌まわしき自己の中から、自然の与り知らぬ善と悪を生み出した。そのため我々は自然と反対の道を歩むことになり、あらゆる局面で自然に抗いつつ、永遠の破滅という当然の報いに向かって負け戦を続けているのだ。

私は国内にいるときから家族と連絡をとっており、読まれないのは承知で知性と情報に満ちた手紙を送っていた。そして帰国したときには、ハリーとステラ、そしてニコルのために数々の素晴らしいプレゼントを持参し、ハーレー街に居を構えて我が天職に取りかかるまで、しばらくファイアブレイスに滞在する旨を告げた。その後、一月にもう一度そこを訪れたときも温かい歓迎を受け、次兄のニコルが例年通り小さなヨットでカンヌを訪れていると聞かされた。言うまでもないが、そのヨットを自ら操って地中海へと航海したわけではなく、雇い入れた三名の男にそのいささか厄介な仕事を押しつけたのである。

私は居を移すにあたってなんら急ぐことなく、ロンドンとのあいだを行き来してリューマチの手引き書を執筆しつつ、ハリーの心によき印象を残すよう、いつものシニカルな態度を隠して四方山の話題に花を咲かせた。

「外国旅行はこうも心を和ませるものなのか」と、ハリーは言った。「顔が気品で輝いているぞ。お前が尊敬される人間になるのは間違いない！」

私は不自然な表情を見せないよう注意した。疑いを招くのは禁物である。兄の楽観主義がとりわけ苛立ちの種になるときは真実に頼り、自己満足に過ぎぬ戯言に現実という冷や水をかけてやるのだ。

「果物に湧くウジのようだな」私は答えた。「兄さんはこの世界全体を果物と考えているけれど、いつか誰かがそれを半分に割って、兄さんも一緒に真っ二つだ。そのとき初めて、自分の信念が見当違いなことに気づくのさ。他の多くの物事と同じく、人間の知能はそれ自体の成長によって歪められる。僕たちはいつも原因を無視して、結果だけを見て大騒ぎしているんだ。僕たちの利己心は逃れることのできない毒、身体を蝕む病原菌であって、組織そのものを消滅させることはなくても、きっと機能不全に陥れる。その一方で、進化の法則が人類の味方となって滅亡から救った。蒸気や電力のように、いつでも我々の役に立ってきたんだよ。しかし科学は最も抵抗の少ない道を選び、他の何にも増して重要な力への執着を避けた。つまり超人への道を自らふさいだのさ。人類は超人になることが難しいと知り、不可能に違いないと決めつけた。なるほど、恐るべき竜（アルフレッド・テニソンの詩集『追憶の詩』の一篇より）も同じようにしたかもしれない。だけど人類がその竜と同じ運命を辿るとすれば、我々を哀れむ星などあるだろうか？」

「いやいや、そんなことにはならないさ」ハリーが反論する。「こういうことに詳しいかと思っていたんだがな。アーウィン、古き良き民主主義国家に将来の期待を託し、その他のものは避けるんだ」

「兄さんのような人間が民主主義に固執すべきじゃない」私は答えた。「民主主義は他人に無尽蔵の利益を与えるため、ただ存在しているという理由で僕たちに課税している。民主主義から超人は生まれない。衆愚政治でこそ、それは存在していられるんだ」

しかしハリーの満足が長続きすることはなかった。あとは行動を起こすのにふさわしいタイミングを待つだけだったからである。富があらゆるところで潤滑油の役割を果たし、生活は普段通り安楽かつ秩序正しく営まれていた。ハリー夫妻は以前にも増してルパートに愛情を注いでいる。ニタ・メイデューは片時も目を離さず乳児の世話をし、午後になるとルパートを連れてグレイ・レディーズ・ドライブを散歩する。私はと言えば、見晴台に参考文献や書類を持ち込んで書斎としつつ、昔のようにほとんどの時間をそこで過ごした。私の仕事が終わりに近づきつつあって、ロンドンでの新生活に向けてファイアブレイスを去ることは、みなが知っていた。

早朝ハリーが狩猟に出かけることで、ファイアブレイスの一日は明ける。猟場はこの荘園の端にあった。彼が早い時間に戻ることはなく、またその日は特に穏やかな晴天だったため、ニタがルパートを連れていつもの散歩に出かけるのは間違いなかった。昼食を共にしたステラは、二週間後にリヴィエラへ出発するとあって嬉しそうな顔をしていた。ハリーは旅行にしぶしぶ同意し、もちろんルパートとニタも同行する。マントンの別荘に滞在したことがある義姉は、ハンブリー・ガーデンを訪れるつもりだという。彼女は熱心な園芸家で花にかけては詳しかったが、その他の知識は少なかった。

私は二時に彼女と別れ、見晴台に戻った。それからグレイ・レディーズ・ドライブとのあいだに並ぶ木々を通ってツツジの茂みに身を隠し、ニタが時間通りに乳母車を押してやって来るのを待ち構えた。あたりに人気《ひとけ》はなく、鷹やカモメの他にこの小道へ目を向ける者はいない。西に傾きつつある太陽が草を照らし、牧草地の端のそこかしこからウサギの尻尾が突き出ている。やがてニタがやって来た。私は空き地を横切って彼女の前に突然姿を見せ、立ち止まってから一緒に歩きだした。帰国して以来、この女を取り込もうと贈り物までしていたのである。おかげで我々はよき友人となり、彼女は私に好意と敬意を抱いていた。だが今は時間こそが重要で、突然の死が鳩小屋を騒がせるよりずっと早く、見晴台へ戻っているのが望ましかった。物陰からこの乳児を撃ち、乳母の命は見逃すというのが最初のアイデアだった。しかし危険を避けるに越したことはない。私はより確実かつ安全な計画を立て直し、この女も殺すことにした。

東洋のある地で兄のためにアンティークの刃物を物色したところ、自分の目的にふさわしい小さな武器が見つかった。それは一種の短剣で、長さ五インチの細い刃と、象牙でできた三インチの握りから成っている。そして今、私は右ポケットの中でそれを握っていた。ニタはルパートの乳母車を押し、あれこれ話しながら私の右側を歩いている。次の瞬間、死が彼女を襲った。私は旅行中の変わった出来事を話しながらナイフを取り出し、彼女の左胸の下に突き立てた。ニタは笑みを消す間もなく死んだ。雷もここまで即座に命を奪うことはできないだろう。彼女はそのまま後ろに倒れ、五秒後にはすやすやと寝息を立てていた甥もこの世を去った。私は小道を離れて森へ向かい、姿を隠しながら崖のほうへと戻っていった。落ち葉を乱すなど、森の中を通った証拠が残らないよう、これ以上ないほどの注意を払いながら。オークの下に積み重なった落ち葉を手で掻き分け、ナイフを地面に叩きつける。そうして刃と柄の境目でナイフを二つに折り、刃のほうは土の下に埋め、その上から落ち葉を被せた。一方の柄はそのまま持ち帰り、見晴台の脇にある崖の裂け目に投げ込んだ。柄と刃を別々に処分しなくても、一緒に地中深く埋めておけば大丈夫だと考えたこともあった。しかし結局このように計画し、実行したに過ぎない。私が海を見下ろすこの場所から離れていたのは正確に八分間であり、誰にも気づかれずに戻ったときも、呼吸はいつもよりほんのわずか早いだけだった。それから椅子に腰を落ち着け、書類を目の前に置きながら、眼下に突き出た絶壁に止まる海鳥の甲高い鳴き声を耳にした。海は完全に凪ぎ、海峡をゆく一艘の蒸気船がはるか水平線に見えるだけだ。

かくして第一段階は完全なる成功に終わった。私はそれを噛みしめつつ、空飛ぶ鳥を仕留めたような愉快な気分だった。死者が私を悩ませることはない。職業が職業だけに、遅かれ早かれ二人の顔を見ることになるのはわかっている。子どもを殺したのはバラのつぼみをつまみ上げるようなものだが、あの女にとっての人生は、その長さよりも質にかかっている。彼女は幸福な人生を楽しみ、中年に至れば避けることのできない精神的な苦悩や肉体の衰え、そして失望などに飲み込まれることなく、それを終わらせたのだ。彼女の死は、眠りのうちに死んだ者のそれと同じで羨望すべきものである。

思考はそこでハリーとステラに移る。現実の成果が頭の回転を早める中、私は本章の冒頭で暗示した数々の可能性を考えた。それらは極めて興味深く、中には不安を感じる者さえいるだろう。しかし自分の心理を疑う理由、あるいはいざ兄の番になって、事前の予測が大きく外れることを恐れる理由など何一つない。ステラにしても予想どおりに振る舞うだろうが、一種の思考実験として、考え得る不測の事態を検討し、私の企みを不首尾に終わらせるような二人の反応を想像してみた。

言ってみれば、私は彼らに脚本を書いてやり、状況を設定するのみならず、演じ方まで決めてやったのである。彼らの性格、能力、そして思考回路をじっくり吟味した上で、だ。しかし今、私は脚本を書き直し、違った結末を準備して本来の結末と比べるとともに、どちらがより現実的で人生の真理に近いかを考えていた。

ステラは性格的に弱く、当初の構想ではさほど大きな位置を占めていなかった。彼女は単純な思考と親切な心を持つ、穏やかで上品な人間である。ハリーへの愛情は並々ならぬものであり、夫からも愛されているけれど、肉体的にか弱く、強靭な精神や意志の力を持たない女性が、夫を待ち受ける恐るべき運命の中で助けになれるとは、どうしても考えにくい。むしろ自分自身も運命に打ちひしがれるだろう。しかし今、芸術家がスケッチし、見直し、こすり消してはまた描き直すように、私はステラをそれとは違う存在として捉え直し、自分自身のため強気に出る事態を予測した。ルパートの死を知った母親は、ファイアブレイス荘園における将来的な利益が、ルパートとともに消え去ったものと考えるはずだ。夫と力を合わせてもう一度後継者を産もうとするなど有り得ない。その一方、やがて訪れる状況のもと、ハリーが必要な行動を起こし、未来の妻とのあいだにもう一人の息子をもうけるかもしれない。それを十分可能性のある事態と見れば、自分自身の行動によってのみ、幸福に満ちた微笑みが夫に戻ってくると即座に理解するはずだ。か弱き自分がいなくなり、ハリーを自由にするのは簡単なことである。そうなれば、ハリーは再び結婚し、望むとあれば何人でも子どもをもうけられる。だがこうした結末は私を中途半端な状態に置いてしまう。二度もヘロデ（ローマ帝国初期のユダヤ王。猜疑心が強く数多くの身内を殺した）を演ずるなどできないのだから。

　呆然と悲しみに浸り、行き過ぎた危険な気晴らしで自分の命をさらに縮める兄の姿とは裏腹に、この嵐を乗り切り、新たな妻と子どもをもうけ、安全な避難港に辿り着いたもう一人のハリーを私は思い浮かべた。そこから想像はさらに二十年進み、裕福で妻に甘い、鷹揚な銀髪の人物が頭に浮かぶ。そしてステラとルパートは、かすかな記憶の中でかすかな存在になりゆくのだ。私はこの考えに挫けるのでなく、むしろ面白いと感じた。最初のアイデアがいかに健全なものかを認識できたからである。次は真実のステラと真実のハリーを考えねばならぬ。ステラはキリスト教の信仰に篤い、宗教心豊かな女だ。状況がどうあれ自ら命を絶つなど、こうした心の持ち主には思いもよらぬことのはずだし、思いついたとしても即座に拒絶するのは間違いない。むしろ苦悩に満ちた将来のどこかで訪れる、自然な死のほうを選ぶだろう。だがそれを早める行動はとらない。一方のハリーは、来るべき感情の波から生じる嵐に精神を苛まれ、そこから完全に逃れることはできまい。繊細な感情の持ち主ではないが、大きな恐怖と無力な怒りは、理性では抑えられない感情の奔流を生み出すはずだ。

やがて夕暮れが訪れる中、私は予期していた呼び出しを受けた。悲報に心を取り乱しつつ書類もそのままに、呼びに来た従僕とともに邸宅へと急ぐ。

「恐ろしいことでございます」見晴台にやって来た従僕は震える声でそう言った。「サー・ハリーが、グレイ・レディーズ・ドライブから東門を通ったところで、見つけたのでございます――その、死体――ルパートさまの死体を。旦那さまはそれを抱え上げ、そのままご自宅へお連れしました」

私は使用人の前で汚い言葉を吐かないようにしていたが、このときばかりはあえてそうした。

「死体？　ルパートの死体だと？　いったい何を言ってるんだ、ジョージ？」私はそう問い詰め、椅子に座ったまましばらく相手を睨み据えた。

「本当なんでございますよ。ドリューさんがあなたさまの居所をご存知だったので、私を呼びにやらせたんです」

私はそれ以上何も言わずに立ち上がり、邸宅目指して駆けだした。すると、言葉では表せない悲痛そのものの光景が私を出迎えた。それについては多くを語るまでもないだろう。そこで知ったのは、小道を通って帰宅したハリーが私の殺人を発見したという事実である。うつぶせに倒れているニタを見て馬を降りたところ、息子の死体を見つけたのだ。それから死体を抱え上げ、再び馬に乗って全速力で走らせたという。そして今、ピンクのコートに身を包んだハリーは呆然と広間を歩き回り、乳児の死体はステラの膝に置かれていた。私は彼女からルパートを取り上げ、小さな身体を調べた。

「心臓を刺されている」私は言った。

それからステラと、昔から我が家に仕える子守女のほうを見た。

「部屋で休んだほうがいい。すぐに行くから」と、二人に約束する。「ともかく、気を確かに。ところでニタは？　彼女のことは何も聞いていないんだが」

ハリーは口を開くこともできず、執事のトーマス・ドリューを指差した。ニタはまだ家に運ばれていないとドリューが説明していたところ、兄がようやく言葉を取り戻した。

「彼女も死んだんだ――あの小道で――そう、死んでいたはずだ――彼女のところに行ってやってくれ」

急いでその場を後にすると、二人の男がニタ・メイデューの死体を邸内に運び入れていた。

第六章

　こうした出来事に続く大混乱を横目に、私はステラにつきっきりだった。彼女はすっかり弱り切り、その夜は誰かが近くで見ている必要があった。ファイアブレイス荘園という偉大な装置は一瞬のうちに機能を失い、果てしない混乱が場を支配していた。警察は朝になるまでほぼ何もできず、かかりつけ医のモリソン老人もハリーのそばにいる。痛ましく、それでいて馬鹿げたことが数え切れないほど起こった。義姉が薬を飲んで眠りにつき、深い悲しみから無意識の世界へと逃れたので、私は兄のもとへ向かい、まずは狩猟用のコートを脱がせ、次に食事をとらせた。深夜過ぎ、モリソン医師は兄を私に任せ、感謝の言葉を述べつつ立ち去った。しかしメイデュー夫妻がいまは亡き娘の顔を見ようと訪れていたので、彼女が横たわっている一室で仕事が残っていた。

　ハリーは人間の耐え得る限度に達していたが、疲労がついに打ち勝った。やりどころのない怒りは静まっていて、すでに犯人を見つけたという妄想から負の安心を得ていたのである。

「誰が犯人か、疑いの余地はない」従僕と私の手を借りてベッドに入り、従僕が立ち去った後でハリーは言った。「司法が証明できなければ、自ら法律を行使するまでだ。犯人には必ず報いを受けさせる。いや、何度殺しても殺し足りない」

「何があったのかは、きっと突き止められるさ」私は言った。「だけど、犯人は精神異常者以外に考えられない。正気の人間があんなことをするなんて、僕には想像もできないよ」

「犯人はバーロウだ」ハリーは断言した。「間違いない」

「バーロウ?」私は訊いた。

「猟場の番人さ、三番目のな――解雇通知を出したんだよ。つまりこういうことだ。去年の八月、新しい番人を雇おうとヨークシャーへ行ったとき、そこでエヴァン・バーロウを見つけた。並外れて優秀な番人で仕事にも詳しいんだが、番人頭のパーシバルとそりが合わなかったんだ。パーシバルのことはお前も知っているだろう――デヴォンシャーから来た昔気質の男だ。礼儀正しくそつがなくて、それでいて愛想がいい。しかし礼儀にはうるさいから、バーロウのいかにも北部人らしいぞんざいな態度に我慢できなかったんだ。つまり水と油というやつで、私にとってはこの悪党よりパーシバルのほうが大切だから、ここを去るよう告げたんだ。誤解しないでくれよ。あいつは優れた番人だし、南デヴォンのケアリー家に住み込みで働けるよう、私もわざわざ骨を折ったくらいだ。バーロウは来週ここを去ることになっているが、後任はパーシバルに任せている。そう、これはあいつの復讐なんだ」

私はひと言も差し挟むことなく、正気を失ったこの人間がバーロウ犯行説を組み立て、語るがままにさせてやった。やがて喪失感が再び訪れたようなので、私はそばに座り、心身ともにすり切れたハリーが眠りに落ちるまで慰めの言葉をかけてやった。そのうち私も疲れてきたらしく、午前三時ごろだろうか、少々うたた寝をしてしまった。

事態は予想通りに進んでいた。予期せざる出来事は何も起こらず、また兄のバーロウ犯行説にも興味はなかった。劣った精神の持ち主には腑に落ちるのだろうが、詳しく検討すればその確信が揺らぐのは間違いない。翌朝、ハリーは警察とともに現場へ赴き、自分自身の行動と発見の経緯を説明した。夜のあいだ、乳母車は見張りつきでその場に残されていた。ニタの死体を運ぶときに私がそうするよう指示したのである。二人の巡査を連れた地元の警部が、その場を離れて両側の木立を調べたものの、めぼしい発見はなかった。ハリーは自分の意見をマーチン警部に伝えたが、相手は用心深く容易には頷かなかった。聞き込みの結果、バーロウは普段と変わらず働いており、遠くまで広まった恐怖と不名誉とを等しく感じているらしい。一方、兄はすでにロンドンへも電話をかけていて、スコットランドヤードの刑事が翌日ここを訪れることになっていた。ハリーはすっかり興奮して、バーロウを呼んで問い詰めたいと言ったものの、私は今の時点でそうすべきではないと反対した。

「彼が本当に犯人なら」と、理由を説明する。「警察を信用して任せるべきだ。それに今の精神状態で顔を合わせても向こうに疑いを抱かせるだけだし、そうなればきっと逃げられてしまうよ。とにかく、今のところは大丈夫だ。気づかれないように見張っているからね。ロンドンから刑事が来るまで放っておこう。警察も一帯を捜索して逃亡中の精神異常者がいないかどうか確かめているし、僕も現時点でそれが一番有望だと思う。この無意味で恐ろしい犯罪が、正気の人間によって引き起こされたとはどうしても思えないんだ」

警察と話を終えた兄は誰とも会おうとしなかったものの、やがて私にパーシバルを呼びにやらせ、自分の疑いを打ち明けた。その後は分別を失うほど酒を飲んで憔悴しきり、怒りと悲しみの合間に怨みの言葉を吐く有様である。しばらくして、彼はステラのもとに赴いた。自分たちの人生から消え去った平穏さを眺めつつ、互いを慰めようと無駄な努力をするのだろう。

その日は薄暗く、今にも雨が降りだしそうな天気だった。私はセイヨウカリンの木立を歩き、熟しきった果実を五、六個ほど食べて気分をすっきりさせた。午後のあいだ、私はニコルに宛てた手紙の中で一連の出来事を記し、犯人は精神異常者に違いないという私の確信と、兄夫妻に対する不安とを明かした。それからパーシバルに会おうと自宅に向かう。彼も我が家の悲劇を深く心配していたが、バーロウが忌まわしき事件の犯人ではないと断言した。

「わしもバーロウは嫌いですがね、アーウィンの旦那」パーシバルは言った。「だが、あの男を犯人と言うなら、ご主人さまは間違ってますよ。そりゃあ、あいつは口の利き方も知らない無礼な奴で、いなくなればせいせいだ。でも奴だって人間です。この悪事をしでかした奴なんて、ハイエナに過ぎませんよ。悪魔のような心の持ち主だって、乳母車で眠る赤ん坊を殺すほど落ちぶれちゃあいないでしょう」

「僕もそう思う」私は答えた。「錯乱した人間だけだよ、あんな忌まわしいことをできるのは。それに、行方不明の精神異常者はいまのところ報告されていないけど、人間というものに敬意を払うなら、狂人こそが犯人だと考えなければならないんだ」

「いずれわかるでしょうが、エヴァン・バーロウは犯人じゃない」パーシバルが言い切るので、私はそれを聞いて安心したと伝えた。

「あともう一つ」パーシバルはさらに付け加えた。「頭のいかれた人間がファイアブレイスをうろついてるなら、徹底的に探さなけりゃいけませんぜ。勢子《せこ》でもなんでも使うんですよ。あんな化け物がここにいるんじゃ、夜もおちおち眠られやせん」

陪審を伴った有能な検死官による死因審問が手続き通り行なわれた。しかし、それが事件に新たな光を当てることはなく、状況にふさわしい答申が出されただけだった。

「我々がここにいるのは」と、検死官は切り出した。「審問対象たる二人の命を奪った状況について、その結論を出すのが唯一の目的である。医師、警官、そして恐るべき事件の発見者から話を聞いたものの、女性と乳児が命を失った以外の決定的な事実は現われていない。また、二人が突然の暴力によって殺害されたのは間違いないが、その理由について我々は判断を下す立場にない。乳児が殺されたことに疑いの余地はなく、その事実から、なんらかの殺人的な衝動に取り憑かれた乳母が乳児を殺害し、その後正気に戻って自らの恐るべき行為に気づき、申し開きの余地がないと感じて命を絶ったという推測も可能だろう。だが、この説に根拠はない。当然発見されるべき凶器が見つかっていないからだ。凶器がどのようなものかはすでに聞いたとおりだが、そうしたものは今もって発見されていない。それどころか、警察は殺人犯の手がかりを一つたりとも発見していない。しかし事件は警察の手にあるので、我々としてはこの謎を解き明かすなんらかの報告が早期になされることを期待するだけだ。そうは言っても、我々が今後も骨を折るべき理由は見当たらない。我々がどう力をふるおうとも、公式捜査の助けにはならないだろう。この恐るべき事件に打ちひしがれた人々、とりわけファイアブレイス荘園の人々全員に深い哀悼の意を捧げ、当然出すべき答申を出す以外、我々にできることは何一つないのである。それはあなた方の仕事であり、私はあなた方にそれを任せるものである」

陪審はすでに意見を固めており、死者は未知の人物、あるいは人物たちによって殺害されたという共同意見の形でそれを表わした。

スコットランドヤードの刑事も審問に加わっており、ハリーともすでに顔を合わせていた。私は邸宅を宿舎にするよう申し出たものの、村の中心にあるスマグラーズ・ホルトという小さな宿屋に泊まるらしい。また部下を一人連れており、二人は通常の手順に従って、謎を解くべく丹念な捜査を始めた。彼らは葬儀が終わるまで我々と交わることはなかったけれど、最後の儀式には参列した――彼らなりの理由があったのは間違いない。かくして一族の霊廟にもう一つの遺骨が加わり、ニタ・メイデュー も祖先とともに眠りについた。

ノーマン・パクストン警部は中年に近い物静かな人間だった――見た目はなんの変哲もない、ごく漠然とした人物で、秘めているに違いない聡明さを外見から窺うことはできなかった。いくぶん小柄だが体つきは力強く、精力に満ち溢れている。顔にはどことなく哀愁が漂っているけれど、一瞬にして活発な表情になる。青白い小さな瞳は、青い瞳が本来そうであるようにきらきらと輝いていた。パクストンは昔ながらの刑事であり、高等教育や集中的な訓練を受けてはいない。それでいて刑事仲間のあいだでは有名であり、数多くの成果を自ら誇ることは一度たりともなかったが、彼の部下――年下の男で、教育の程度こそ高いものの、知能はパクストンを下回っていた――がパクストンのことを残らず私に語ってくれた。

一方の私は、警部との面談がもっと早くに行なわれるものと思っていた。しかし彼は捜査状況をハリーと私に逐一知らせ、質問するため邸宅を訪れることもしばしばだった。警部は口数が少なく、進展の報告を常に求め、そのたびに何も進んでいないと失望を漏らす私の兄をうまくあしらっていた。とは言え、この事件は非常に難しいと認めており、殺された乳母の親族から一週間にわたって話を聞くなど、異例の注意を払ったほどである。のみならず、外出中だった私と顔を合わせた――偶然を装ってはいたが、初めからその意図だったようだ――かと思うと、邪魔されないように邸宅から離れ、二人きりで話をしたいと持ちかけてきた。

私は間髪入れずに同意した。

「この荘園はくまなくお調べになったんでしょうね」私は言った。「それから、ここに住む人間も。見晴台があるのはご存知ですか？　港を見下ろす崖に建つ、あの小さな見張り小屋です」

「ええ、知ってますよ。そこで午前の大半をお過ごしになるんですよね」

「おや、どうしてお知りになったんです？」

「観察ですよ」相手は答えた。「これも仕事の一部でしてね。ご都合のいい時間をおっしゃってください。その時間にお伺いしますから」

翌日の午前十時、パクストン警部は見晴台にやって来た。私が赴くと彼は先に着いていて、崖の縁から海を見ていた。

「おはようございます、警部。どうぞ中へ」私は声をかけた。「煙草はご自由に。僕は夕食後まで吸いませんが」

パクストンは煙草を断り、小さいながらも澄んだはっきりした声で本題に入った。

「サー・ハリーの前では言いにくいことが一つありましてね」警部は言った。「当然と言えば当然ですが、あの方はこの事件に近過ぎるので、偏りのない客観的な見方ができないんです。そのうえ私を疎んじていますし、結果が出ないことに苛立ちを募らせています。しかしこちらとしては、これまでの進展を明かすのは得策ではないと判断しているんですよ。精神的に不安定ですからね。なので、兄上にはやむを得ずはぐらかしていますが、あなたとは率直に話をしたいんです」

「そういうことなら、いつでも助けになれたのに」私は言った。「僕だって、この忌まわしい事件にはショックを受けましたよ。しかし兄と義姉が感じているような、激しい恐怖は感じていません」

「夫人が回復なさるといいんですが」警部はそう答えた。「まだ彼女とは話をしていませんし、モリソン医師に会うまでは面会を強いることもできません。ですが、いつかは話を聞く必要があります。同じ女性ということで、ニタ・メイデューを我々と違う視点から見られますからね。とりあえずは彼女を中心に捜査を進めるつもりです――さほど期待はできないでしょうけど、他に中心とすべき人もいませんから」

私は肩をすくめつつ、首を振った。

「言うまでもありませんが、僕はこの土地をよく知っています。あの気の毒な乳母のことも、ここに来た日から知っていますよ。乳児が産まれた六週間後に雇われ、それ以来ずっと勤めていますからね。今から彼女の話をして差し上げますが、その前に、あなたはどうお考えなんです？　どういう仮説をお持ちなんですか――そういうものがあればの話ですが」

「わたしは仮説というものに時間を費やさないんですよ、先生。砂上の楼閣に過ぎませんからね。それに刑事が鉄壁の自信を持っていたとしても、犯人は十中八九そんなものを持っていないんです」

「いや、わかりました」私は言った。「こちらの仕事も似たようなものです。決定的な症状がない限り、仮説は危険なものですからね。今のところ、症状は一つもないんでしょう？」

警部は遠回しに答えた。

「経験に救われることが何度もありましてね。それは先生も同じはずだ。病人を診れば診るほど経験は広がってゆく。それと同じで、犯罪者の精神構造を見れば見るほど、新たな事件への準備ができるんですよ。この事件についても、我々は同じ仮説から始めました。この世界には人殺しを厭わない異常者がいて、それは平均的な人間が想像するよりはるかに多い。ゆえに、人の目の届かない場所で一人の乳児となんの罪もない乳母を殺すという、一見なんの目的もないこの事件に対処するにあたってまず頭に浮かぶのは、この犯行が精神に異常をきたした人物によってなされた、ということなんです」

「まさにその通り」私は言った。「僕もまずそう考えましたよ。この種の嫌悪を催す行動は狂気の結果としか思えませんからね。それでも、逃走中の精神異常者は報告されていないと反論を受けるかもしれません。僕ならそう言うでしょう。だけど、異常者の犯行という可能性は否定できませんね」

「いや、そんな反論をするつもりはありませんよ」警部は言った。「あなたがお持ちの専門的知識にはかなわないでしょうが、我々にも狂気に関する一般的な知識はあります。つまり、こうした悪党が殺人を犯した後で正気に戻り、最も近い親しい人間であっても恐るべき真相を推測できないケースがあるんです。私はそれを頭に入れ、これまでの聞き込みで考慮に入れてきました。同僚からも、一目見て異常なところがある何人かについて報告を受けています」

「それは素晴らしい」私は言った。

「いまのところは行き詰まりですがね。現実の世界では、こうした謎に満ちた殺人者は稀なんです。それに、ここに住む誰かを疑う理由も今のところはない。ですが、どう進展するかはわかりませんよ。例えば、サー・ハリー自身が犯人ではないと果たして断言できるでしょうか？　人は誰しも、世界の残りの人々だけでなく自分にも狂気の兆候を隠している――そうでない人間がいるなど、決して言い切れないんです」

「いくらなんでも言い過ぎでしょう」私は言った。「兄は異常なほど息子を愛していましたからね」

「ええ、知ってますよ――真剣にそう考えているわけじゃありませんし、言うまでもないですが、その方面で捜査を進めるべき根拠もありません。困ったことに、方向を指し示す事実すらないんですよ。

要するに、手がかりの欠片一つ得られていないんです。暗中模索というやつでしてね。エヴァン・バーロウとニタ・メイデュー。そしてバーロウが彼女のことをより深く知っていた可能性。偶然のきっかけでなんらかの秘密の関係が生じたのかもしれません。ですが、さすがにそうは思えませんし、立証する手がかりもありません」

「それはそうでしょう」私は忠告してやった。「バーロウについては、兄と猟場頭から聞いたことしか知りません。新入りなので面識がないんですよ。だけどサー・ハリー本人も、彼への疑いに根拠がないことを認めつつあります。バーロウについては、また後で話しましょう。彼とニタ・メイデューとのあいだになんらかのロマンスがあったかもしれないというお話ですが、それは的外れだと思いますよ。彼女のことは僕もよく知っていますし、高く評価しています。有能で志が高く――優秀な経歴を持つ、あらゆる面で優れた女性ですからね。ニタにとっては仕事が全てで、ここの恵まれた職場は通過点の一つに過ぎなかったんです。いつの日か自分の保育園を開くのが彼女の夢でした」

「なんらかの形でこの男と関係を持つようになったのかもしれませんよ――散歩の途中で会うとかね。そうして女はちょっかいを出していたが、やがて心変わりし、相手を狂気に駆り立てた。何しろ乱暴で思い込みの激しいタイプですから」

「そうかもしれません。確かに、男が女心を測るのは不可能だ。それでも、ニタに限ってそんなことはないでしょう。男を誘惑するような人間じゃありませんし、乳母の多くと同じで性格は冷静そのものですよ。それにこれは断言できますが、猟場の番人に想いを寄せるなど有り得ません」

「そうおっしゃいますが、バーロウはアリバイを証明できないでいるんです」警部はなおも食い下がった。「グレイ・レディーズ・ドライブから一マイル離れたところを巡回していたと言っていますが、それを裏付けるものはありません。それに彼女と会ってから、誰にも気づかれず猟場へ戻るのは簡単だったはずだ」

「猟場の番人がアリバイを証明するほど難しいことはありませんからね。一人で仕事をする以上、不可能と言ってもいい」私はそう指摘した。「あなたがバーロウにこだわるのは、他に誰もいないからでしょう。しかし彼よりもグレイ・レディーズ・ドライブにずっと近いところで、忙しく働いていた人間がもう一人いますよ。ともあれ、アリバイの証明がいかに難しいかをあなたは知っていて、しかもご自身の職業上の経験から、一見水も漏らさぬアリバイが前もって計画されたものかどうか、簡単に突き止められる。バーロウほどアリバイの証明が難しい人間はいないでしょう。仕事の性質として常に孤独であり、行動を監視するのは鳥や虫だけだ。そしてもう一つ。なんらかの理由でニタに殺意を抱いたものと仮定しましょう。それならば、自分によくしてくれている人物、なんら揉めたことのない人物の一人息子まで殺すのはなぜです？　赤ん坊の殺害からなんらかのヒントが浮かび上がることはないけれど、その事実ゆえ、バーロウは容疑者から除外されるんです」

「バーロウより近い場所にいたという人物は誰なんです、先生？　私にはあなたしか思いつきませんが」

「ええ、そうですよ。この場所から遺体が見つかった場所まで、直線距離で半マイル。木立のあいだを縫うように進み、犯行を遂げてからここに戻るまで、まあ十五分もあれば済むでしょう。それにアリバイと言えるものもありません。あの番人が猟場にいるのと同じく、僕も普段はここにいます。毎日昼食後にこの見晴台で仕事をするんです。誰にも邪魔されませんからね。それと、あの日の件についてもう一つ。午後は天気がよく穏やかだったので、ニタがいつも通りドライブを散歩するのはわかっていました。以前にもあそこで顔を合わせたことがありますよ。あの忌まわしき日の午後、気の毒な彼女は、ここから半マイルと離れていない場所で確かに死を迎えたのです」

警部は興味深げに私を見ていた。

「つまり、先生が言う仮説とは」しばらくの沈黙を経て、警部は口を開いた。「未知の偏執狂――突然現われて他人の血を流した後、普段と変わらず振る舞う人間――が犯人であり、しかも疑い一つ引き起こさないほど知能に優れ、かつ不自然なところもない、と？　そいつは無意識の欲求に駆られて人を殺し、それが満たされるや否や普通の状態に戻り、再び同じ欲求に駆り立てられるのを待っている」

「かなり荒唐無稽で、そんなことは考えたくもありませんがね」私は言った。「しかしそれ以上の説は思いつかないんですよ。無意味な仮説ではありますが、一つだけ確実なことがあります。邸宅の中にも外にも、あるいは村落にも、疑わしい人物の名をあなたに告げることのできる人間など、ここファイアブレイスにはいないということです。最近来たばかりの人間はバーロウだけですし、信用できることは間違いありません」

「狂気が治《おさ》まって通常の状態に戻った後、自分が何をしたか憶えているものでしょうか？」警部がそう尋ねるので、私は笑みを浮かべて答えてやった。

「何をお考えなのかわかってきましたよ。いや、実に正しいお考えです。なんらかの呪わしい欲求であの恐ろしい罪を犯したことが立証されても、目の前の相手は逮捕されることを特に後悔しないはずだ、そうお思いなんでしょう。僕は精神科医じゃありませんので、質問には答えかねます。自分自身にそうした忌まわしき狂気が潜んでいるとはこれっぽっちも考えておらず、また良心の呵責を感じることは何一つないとだけお答えしましょう。殺人に巻き込まれたのはこれが最初ですし、これで最後にしてもらいたいものです」

「あなたにそんなことはできませんよ」警部は言った。「長々と付き合っていただきありがとうございました。まだ捜査はこれからですし、実を言うと正気に戻る狂人という仮説にさほどこだわっているわけじゃないんです。何か見逃していることがあるはずだ――すぐそばにあるけれど、まだ光の当たっていない何かが」

「他の可能性も無視してはいけませんよ」私はそうアドバイスした。「我が家のような古い一族になると、あらゆる作法が糸となって、一枚の布を織りなすんです。父親の業績にいつまでもこだわったり、母親たちの貢献を忘れたりすることなどありません。遺伝というものをもっとよく理解すれば、性格に関する微妙な問題や不思議の多くは解決できるでしょう。しかしそれは研究対象にならず、いくら仮説を立てても役に立ちません。お望みならば書庫を調べてみましょう。我が家は何世紀にもわたって続いてきましたが、基本的になんの特徴もない一族だったようです。祖先の大半は一つのパターンに従っていて、それぞれにふさわしい配偶者を選んだようですね。だとしても、毒が入り込むことはあるんです。古くからの一族ならば、秘密の一つはあるものですよ」

しかし、警部は首を振った。

「ご自由にどうぞ、先生。私も自分の好きなようにやりますから」と、彼は答えた。「事件の真相が明らかになっても、それが過去に根ざすものとは思えませんね」

「何か考えが浮かんだら、どうぞ遠慮なくご相談下さい。時間にも金にも不自由していませんから。ところで、事件に光を当てる情報にサー・ハリーは報奨金を支払う意向なんですが、もうその段階なんでしょうか？　大金を払うために広告も出したいそうで、それについてはあなたと直接話すとのことです」

「まだその段階じゃありませんね」警部は答えた。「私の経験から言って、巨額の報奨金というのは、警察にとって無益な仕事の山を意味するんですよ。もう少しお待ち下さいと申し上げましょう。報奨金で貴重な情報が得られるのは稀なんです。何かを知っている人間は、密告の危険を犯すには事件に深く関わり過ぎているのが普通です。それにこの事件、私は単独犯行と考えていますが、そうなると広告を出すなんて時間と金の無駄遣いですよ」

「そうですか。繰り返しますが、身内の人間を見過ごさないこと」私は再び忠告した。「重要なのはそこですよ。色々なことを意味しますからね。兄の後継者が殺され、相続の順序は大きく変わってしまった。兄に子どもは一人しかいませんので、今のところ、次兄のニコル・テンプル＝フォーチュンが後を継ぐことになっています。彼が長生きさえすれば、当然の推移としてそうなるはずです。テンプル＝フォーチュン夫人はもう子どもを産めませんし、また繊細な女性ではありますが、ニコルの短命を望む理由はありませんからね」

　警部は頷いた。こうした点について、すでに調べていたのは間違いない。パクストン警部のような男は記憶力がよく、自分の手に負えない事件となるとなおさらだ。スコットランドヤードが謎を謎のまま終わらせることは決してなく、事件に光を当てる出来事があれば、すぐさま書類棚から事件ファイルを引っ張り出す。この事件において、そうした光が解決に結び付くとは考えにくい。しかし私だって不滅の記憶力を持っている。以後の事態は前もって決めた経緯を辿り、さらに血が流されることも、誰かが有罪になることもないだろう。

第七章

遺伝という謎に満ちた主題について、私はただ漫然とパクストン警部に語ったわけではなかった。彼に申し出た我が家の歴史に関する検証は、私自身がずっと以前に行なっていたのである。この主題は常に魅力的で、自分が一族のありふれた歴史における珍品であることを見出した私は、過去を両面から見つめ、この有り余る知性がどのような経路を辿って私に流れ込んだのかを確かめようとした。だが、その企ても無益だった。私の特異な素質や認識力について、手がかり一つ見出せなかったのである。特筆すべき才能を持った他の人間が、血管を流れる血を同じようにくまなく調べ、そして失望したのは間違いない。天分というのは微妙に配合された合成物であり、明確なる一つの源から個人に遺伝することは滅多にない。しかし、そうした天分が、その持ち主を境界線上に追い込み、理性と狂気を隔てる刃の如き境目に立たせることは、これまでに幾度も証明されたことである。例えて言うなら、独裁から誇大妄想までは、わずか一歩の距離に過ぎないのだ。

この時期、私はファイアブレイスにとどまり、ハーレー街における開業よりも兄夫妻の健康のほうが自分にとってはるかに重要であることを、ハリーに納得させようとしていた。

「あっちのほうは大丈夫だ」私はそう言って相手を安心させた。「僕の気の済むまで、兄さんとステラのところにいるつもりだよ」

やがて、ハリーにとって拍子抜けの時期がやってきて、元の生活に戻って以前の興味を取り戻す必要が生じてきた。そんな兄を私は注意深く見つめたが、さりとて失望したわけではない。ありきたりの同情を示し、悲劇をもたらした人間への強烈な憎しみを表わすけれど、それで苦痛を感じることはなかった。私はステラに意識を集中させ、彼女を外に連れ出し、受けたショックに立ち向かわせようとした。ハリーは事件の手がかりを得るために巨額の報奨金を支払うと言い張ったが、以前にパクストンが言った通り、反応は皆無だった。ハリーが広告に記した金額は一万ポンドだが、ルパートの命を奪った人間を絞首台に送り込めるなら、全財産を差し出してもいいと断言したほどだ。この頃には極度のストレスに晒され、大量の酒がなければ自分を保てないでいた。

大いなる苦痛を経験したことのない哲学者は、それこそが性格を作り出す刺激にして試金石であり、魂への強壮剤として機能するとともに、精神の高潔さを生み、苦悩する者に忍耐や不屈の精神など、あらゆる美徳をもたらすのだと声高に述べている。その一方で、自分が感じたことのない肉体的苦痛に触れ、苦痛とは才能を高め、堅忍不抜の精神を育む茨の道だなどと戯言を吐く者もいる。それらはいずれも嘘である。精神的・肉体的な苦痛は士気を高めるのではなく挫くものであり、それによって道徳的に向上する人間など万に一人もいない。襲い来る悪魔は徳性を殺し、活力を奪うのみならず、無傷で逃れることのできない、精神に対する毒を生み出すのだ。兄のささやかな知力では、そこから逃れられないのは確かだった。この打撃に耐える道徳的な防壁を持たず、試練は未知の経験である。生まれながらに銀の匙をくわえているハリーは、深刻なつまずきや本当の敗北に見舞われることなく、この歳まで生きてきたのだ。しかし今、彼にとって想像し得る最も苛烈な一撃が、文字通り青天の霹靂として降りかかった。他の何かなら、ステラの助けを得てそれを切り抜けただろう。だが兄を知り、父性が目覚めさせた並外れた愛情を目の当たりにするだけでなく、あらゆる期待が愛児に向けられていることに気づいていた私は、自分の一撃がハリーにとって命取りになると強く確信していた。これが通常の人間だと、こうした自信は荒唐無稽に聞こえるかもしれない。愛情が希望や幸福というものに貴重かつ不可欠な要素だとしても、それが打ち砕かれたところで何かを破壊することはない。しかしハリーという人間は、自分を燃え尽くすよう運命づけられた炎に対して、最も反応しやすい材料でできていた。彼は安楽な生き方に戻るつもりはなかった。その道は破壊され、予期せざる空白が眼前で口を開けていたからである。ハリーはその裂け目を埋める精神機能を持っておらず、過去にもたれかかって以前と同じ出鱈目な存在に戻りつつ、自分を失わせ、忘れられた存在にする出来事や冒険を歓迎するはずだと、私は確信していた。要するに、自分にできる唯一のこと、つまり狩猟などの気晴らしにふけり、熱意を蘇らせようとするに違いない。それだけでなく、以前の虚栄心と新たな自暴自棄をそこに持ち込むだろう。喪失感がハリーを深く食い尽くしていることは、私もほどなく気づいていた。激情が埋み火でなく大きな炎として燃えさかり、その猛威たるや、私が彼のもとを去るべきだと判断する以前から明らかだったのである。先に記した通り、兄は眠りを得るため酒に頼る一方、その性格から何かの行動を欲したときには大抵馬の背に乗り、あてもなく必死に馬を走らせるのだった。精神はほぼ完全に破壊されていて、あらゆる局面で些細な点への無関心さが見られた。だがそれは、私の最も歓迎するところである。以前のハリーには几帳面なところがあり、スポーツを支配するルールや規制に敬意を払っていた。それが今や全く無関心になり、こうした細かな点に注意を払わなくなっていた。日中だけでなく夜間であっても、彼は動作や行動を求める。不適切な時間に暴力的行為をするという馬鹿げた衝動が、今のハリーを突き動かしていた。危険に注意を払うことなく、危険を指摘されれば苛立ち混じりに反論する。しかし危険に注意を払わず、精神的な重圧の中で過剰に馬を走らせていれば、いずれ報いを受ける。現在の精神状態にあって、ハリーがわざと怒りにまかせているのは、私にもわかっていた。ハリーの人生を支配しつつ、それまでの努力が間もなく報われると私に信じさせたのは、至上の要素を欠いたまま人生を続けねばならぬことへの苛立ちだったのだ。

私は試みにほのめかしてみたものの、それはハリーの思慮の外にあるとわかっていることだけだった。つまり、以前の目標を追い求めてステラを南へ連れ出す、あるいは航海に出るべきだとアドバイスしたうえで、ファイアブレイスを数ヵ月離れれば二人の精神にとって健全な気晴らしになり、過去と未来とをつなぐ憩いのときになるだろうと指摘したのである。ステラはその考えを歓迎して乗り気になったが、ハリーは私の思った通り、そうしたことはしばらく考えたくないと言った。それで私は、ステラだけでも数週間カンヌに出かけ、ニコラのもとにいるべきだと言ってみた。しかし彼女は、夫を一日たりとも一人にできないと言ってそれを断ったのだった。

ステラの健康は快方に向かっており、宗教が与え、信仰が現実のものにする慰めをもって、愛児との死別を受け入れていた。しかし今、彼女はハリーに大きな不安を抱くのみならず、夫を支えようとする努力も無駄に終わっていた。ハリーの天分である暢気さが彼を救うことはなく、目下の苦悩がその効力を奪っていた。教区民の模範として、習慣や日曜の礼拝といったことに表向きは敬意を示すものの、そこにはなんの意味もなく、悲痛という新たな経験のために運命を呪い、目の行き届いた慈悲深い神への信仰は消え去ったとまで言い切るほどである。かくしてハリーは肉体的だけでなく精神的にも危険な生き方を送るようになり、話し方からも以前の謙虚さはすっかり消え失せた。服装にも関心を示さず、細かなマナーへの敬意が明らかに退化するのと比例して、言動は粗雑になり、骨折ろうとする人たちを敵に回そうとしているのでは、と思われるほどだった。悔やみを述べに来た多くの隣人に会おうともしないなど、彼の変わりようは村の聖職者にまで衝撃を与えた。さらに、目に余る容貌の変化だけでなく、自らの不運が招いた衰弱、消耗、意気消沈といった兆候を、従者はじめ多くの人間に見せていた。それは私の期待を上回るもので、いかに幅広い経験を持つ私といえど、精神状態がかくも急速に萎縮し衰えた例を見たことはなかった。ハリーは歳を取り、衰弱した。あとは苔と錆に仕事を譲り、ロンドンに戻って自分の仕事を片づけるときが来た。ハリーは私を引き止めようともしなかったが、私がなんらかの価値ある影響力を及ぼしていると信じるステラは、もう少しここにとどまるよう哀願した。

「あの人に話しかけられるのはあなただけなのよ」彼女は言った。「あなたが行ってしまうと、ハリーはもっとお酒を飲むわ。それがどんなに危ないことか、あなたにだってわかるでしょう?」

「兄さんには魂を治す医者が必要なんです」私はため息混じりに答えた。「数ヵ月でもいいからこの場所を離れ、僕がしたように新しい風景の中を旅してくれれば、きっといい結果が生まれるでしょう。自然もそれを助けてくれるはずです。でも、兄さんにそうするよう頼み込むのはもううんざりなんですよ。僕はしばらくここを離れなきゃいけません——そうしないと医師として忘れられてしまいますからね。でも、できるだけすぐ戻りますよ。あなたにもぜひ来てもらって、新居の準備を手伝ってもらいたいんですが、それも今となっては無理でしょう。兄さんを一人にはしておけませんから」

私がここを去るという挙に出たのは、慎重に考慮した結果である。私の支配する試練から脱け出し、私のことを考える必要性を忘れ、自由を感じさせたかったからだ。かくして、何かあったら連絡するようステラに命じた私は、医療という道化芝居を演じつつ、戦って征服しようと誓った病気の研究を進めるべく、ロンドンに旅立った。

ハーレー街に落ち着き、そこのしきたりに十分注意を払いつつ、私はロンドンに戻っていたパクストン警部に手紙を書き、都合のいい晩に食事をしようと招待した。ハリーの目から見て、警部はかなりの謎を残したままデヴォンシャーを去った形になっていて、それ以来、兄はスコットランドヤードとその仕事ぶりを嘲笑っていた。事実、この警官は捜査の失敗に遺憾の意を伝え、最大限の忍耐と集中力を注ぎ込んだにもかかわらず、この事件は自分を当惑させるだけだったと率直に認めるより他なかった。その後、ハリーは友人の熱心な勧めに従って私立探偵を雇っていたのだが、私が捜査のプロに質問——する振り——をしようとしたのも、この男に関してだった。

ノーマン・パクストンは時間通りに姿を見せ、私と食事をともにした。現在ファイアブレイスで調査を行なっている男は、有能かつ経験豊かな探偵として警察には知られているらしい。しかし個人的に顔を合わせたことはなく、能力や方法については何も知らないとのことだった。

乳母と乳児の死を話し合っていると、相手は自分の失敗にこの上ない悲しみと無力感を覚えていると告白した。

「先生、あのときほど力を尽くして、それが無駄に終わったのは初めてです。我々の仕事は十中八九、遅かれ早かれ結果が出るものなんです。つまり避け得ない袋小路からでも情報を得られるんですよ。しかしあの場合、私は最初から最後まで言わば落第生で、なんの変哲もない人たちのあいだを駆けずり回れば回るほど、犯罪の源はファイアブレイスから遠く離れたところに眠っている、あるいはなんら疑いをもたれていない狂人の心に潜んでいると、ますます確信するようになったんです。〝狂気〟という単語ほど我々が忌み嫌う言葉はありません。そういう単語を使わないどころか、袋小路の行き詰まりまで来て、人智の及ばぬ犯行としか説明できなくなるまで、その可能性を考慮することもないんですよ」

「誰もあなたを責められませんよ」私は言った。「あの犯罪は狂人による犯行です。私には最初から狂気の匂いがしていました。あなたが証明なさった通り、これといった動機が何一つないんですからね。それに、あなたは夜を徹して現場を調べ、にもかかわらず動機の影すら掘り出せなかった。ということは、狂気のせいにするしかないんですよ。それについては私も地元の何名かと話し合い、事実を隠しつつ二重生活を送っている人間の可能性を考えてみました。彼らが言うには、そういう実例があるんだそうです。チャールズ・ピース（一八三二～七九。一八五一年の強盗にはじまり、何度も犯罪を重ね、七九年に死刑に処された。その人生は映画や小説にもなっている）という犯罪者がそれで、最終的には絞首台行きになりましたけどね」

「ええ、確かにいました」警部も頷いた。「しかし、チャーリー・ピースは殺人犯じゃなかった。それに、なんらかの狂気が奴に巣くっていたとは断言できませんよ。ピースには芸術の素養があって、音楽を愛していたのは事実ですが、二重生活を送っていたわけじゃない。芸術を愛し、紳士のように振る舞う悪党は数多くいます。ピースはプロの強盗でした。それが奴の稼業で、その趣味が家宅侵入犯というイメージからあまりにかけ離れていたので、我々の目を曇らせたんです。ピースは逮捕間際に人を殺しました。そうしなければ捕まっていたからです。つまり、長期の懲役か自由かの選択だったわけだ。ところがこの事件は全く違う。捕縛を逃れるためにミス・メイデューとあの気の毒な赤子を殺したわけではない。私はファイアブレイスの老医師にもそれを話したんですが、狂人の仕業としか考えられないという返事でしたよ」

「あの医師は今でもそう考えています」私は言った。「狂気の殺人犯がそこにいる――屋敷の中に、あるいは村の中にいる――、そして我々の誰一人としてそいつの消息を知らないというのが、モリソンにとって今も変わらぬ不安の種なんです。とは言え、自分の知る限り疑わしい人間はいないと認めていますけどね。あの老人はファイアブレイスの人間を残らず知っていますが、疑う余地のある人物など一人としていないと言うんです。もちろん、心の弱い人間は一人か二人、確かにいますよ。どんな集団にも跳ね上がりはいるんです。しかし事件と関わりがある人間なんて考えられませんね」

「サー・ハリーの様子はどうです?」警部がそう訊ねるので、今なお悲劇を嘆き悲しんでいると答えた。

「気の毒な兄は、事件を男性でなく女性のように捉えているんです。ルパートへの愛情にはちょっと異常なところがありましたからね。あの子はこの世に生まれたときから、ハリーに奇妙な影響を及ぼしていたんですよ。兄は粗野だけど積極的な人間だ――あなたもその目でご覧になったでしょう。危険を恐れない一方で、自分の勇気、そして乗馬と狩猟の並外れた腕前にいつも自惚れていました。危険な要素がないスポーツなど、兄にとって興味はないんです。結婚前は熱心なハンターで、そうした人間が喜んで享受する危険をいつも受け入れていました。しかし妻の影響でそれをやめ、息子の誕生とともに落ち着いていったんです。それはまさに望ましい影響だったんですが、この恐るべき悲劇は逆の効果を与えてしまった。兄は危険に満ちた以前の享楽に舞い戻り、不必要な危険を冒しています。この不愉快な事態は兄に深刻な害をなしていて、私も大いに悩まされていますよ。医者が処置したり、取り除いたりできる類の害じゃありませんからね。息子は兄にとって情熱でした――いわゆるスポーツ上のリスクを喜んで受け入れる生来の気質、それを弱めるほど息子は彼にとって至上の存在でした。その息子が亡くなった今、以前の馬鹿げた行為以外にその穴を埋めるものを見つけられないでいるんですよ」

「たとえあなたでも、あの方を安定させることはできないと？」

「最善を尽くし、ときに成功したこともあります。しかし兄は規律というものを嫌う男で、それに屈したことなどありません。それでいて自ら傷を広げているんですよ。人生最初の一撃が最大の急所に命中したというのは、実に残酷な体験です。そのせいで発狂したんですから、まさに完全なる悲劇だ。別の子供をもうけ、それで傷を癒そうにも、兄には望むべくもありません。テンプル＝フォーチュン夫人が再び出産するのは不可能ですからね」

「確かに、それしかないでしょうな」パクストンは頷いた。

「ならば、別の方法を見つけねばなりません。私は感情に影響されやすい性質ではありませんが、この点をあらゆる角度から検討しました。兄が義姉さんに先立たれたら――そこから先は予測もつきません。とは言え、兄嫁は身体こそ頑強でないものの他に問題はなく、そこに変化が生じようとは思えない。兄は義姉さんを愛していますし、これまでもずっとそうでした。二人は強く結ばれた夫婦ですが、義姉さんには目標を成し遂げる強さとか、意志の力とかが欠けています。要するに、夫の助けにはなっていません。だけど、彼女自身ひどい打撃を受けたのに、気の毒なハリーよりも勇敢に耐えているのは事実ですよ」

警部は同情を述べるとともに、兄の将来が平穏なものになることを祈っているなどと、ありきたりのことを言った。

「忘れ去られることはありませんよ」彼は言った。「我々は決して忘れません」

「何か起きたら、あるいは実在すると思しき未知の狂人が再び凶行に及んだら、そのときは駆けつけてくれますか？」

「それはもちろん。私、あるいは別の者が向かいます。しかし、復讐の味は苦いですよ」

「それでも、誰もが復讐を望んでいるんです」私は言い切った。「そうすべきではなくとも。一日の苦労は一日にて足る（『マタイによる福音書』第六章第三十四部より。取り越し苦労をするな、の意）、ですよ」

　辞去しようと警部が立ち上がったとき、電話が鳴った。やがて伝言を携えた従者が私を手招きした。現代の恋物語において、電話は人を呼び出す適切な手段と言えるだろう。しかし私の経験が証明するところ、現実世界の重圧の中で電話というのは嫌悪を催す迷惑な存在になってしまった。私は急いでその場を離れ、ほどなくファイアブレイスにいるステラの声を聞いた。屋敷を去ってから一ヵ月が過ぎており、その間、彼女から多数の手紙を受け取っていた——失望にくれた文面もあれば、より快活なものもあった。しかし今夜の彼女は深い不安に怯えていて、今すぐ戻るよう私に懇願した。詳しいことは言わず、極めて深刻な事態が持ち上がった、ハリーのことが心配でならず、この状況を救えるのは私しか思いつかない、などと伝えるだけである。私は翌日そちらへ向かうと約束し、気を落ち着かせて寝室のドアの鍵を閉め、なんらかの危険が迫っているのなら用心するようにと言い残して受話器を置いた。

　パクストンが別れの挨拶を言おうと玄関で待っていたので、私は手短に事実を伝えた。

「義姉さんからでしてね。さっきの会話と奇妙に一致しているんです。何かあったらしく恐怖に震えていました。疲れて仕方ないんですが、明日には行ってやらねばならないでしょう」

「私にできることがあれば、スコットランドヤードに電報を打ってください」警部は言った。「そうならないことを願っていますが」

警部が去った瞬間、私はただちに行動を起こした。無限の活力が溢れているにもかかわらず、目下の生活は退屈で停滞していた。ハーレー街に掛けた看板など、私が今していることに比べればなんの価値もないのだ。

警部が我が家を後にしたのは十一時半近くであり、その三十分後、私はパディントンから西部地方に向かう深夜の郵便列車に乗っていた。

第八章

偉大な犯罪者も最後は哀れな末路を迎えるものと、一般的には考えられている。だが思うに、こうした弱みを抱えているのは高名なる悪の遂行者ではなく、よりありふれた職業で成功を収めた人間のほうである。私はと言えば、自分がこの時代になんらかの足跡を残すよりも、時代のほうが私にいかなる足跡を残すかに関心があった。それは芸術家にふさわしい物の見方であり、練達の悪人が悪名を轟かせるのも死後になってからである。なぜと言うに、生きているうちに悪名を得てしまえば、あるいは身の自由に期限を切ることになれば、それは失敗を意味しているのだから。

私は芸術というものに熱意を覚えた経験がなく、せいぜい人生における鎮静剤、機能を失った現実認識に対する一種の治療薬としか捉えていなかった。偉大なる詩と高貴な音楽はともに手を携え、実在という真理を永遠のものにするという古い格言も、私にとっては戯言に過ぎぬ。しかし今、新たな発見が幕を開けようとしていた。私は自分の中に創造的な素質を持っていて、生存を豊かなものにする何かをそこに見出していた。その天分は花開きつつあり、私はすでに秘めたる豊かさを尊敬し始めていた。最初の冒険でいともたやすく成功を収めるなど望むべくもないが、電話を通じたステラとの会話は、報酬がもはや手中にあることを約束していたのである。

私はまず、肉体的な問題が不安の理由なのかを訊いた。しかしステラが言うには、ハリーは精神を除いてなんの問題もないらしい。そうした厄災が不安の理由ではなく、実体を伴った何かがハリーを捕らえ、それで不安に怯えているのだという。私は無駄な推測をやめたものの、今なお不安定な脳の問題に違いないと当たりをつけた——そして、その考えは私を元気づけた。時間が持つ治癒効果、つまりハリーのような底の浅い人間が抱える苦しみなど、時の流れがすぐに消し去ることを、完璧に認識していたからである。週を追うごとに私が望んでいた破滅の希望は潰えてゆき、ハリーは正常に近づいてゆく。だが私はそれに対し、彼自身の性質と、絶望に起因する不摂生とに賭けていた。後者がハリーを蝕めば、後は一瀉千里だ。

翌朝、予想よりもずっと早くファイアブレイスに姿を見せることで、私は兄嫁を驚かせ、かつ喜ばせた。最寄りの駅から車を走らせ、出迎えた使用人に朝食を準備するよう告げたのは、九時半を回って間もなくである。ステラはまだ床に入っていたが、ハリーはすでに出かけていた。フォックスハウンドの大会があるらしく、馬丁と二番目にお気に入りの馬を連れて朝早くに出立したという。

私の到着を知ったステラはすぐに姿を見せ、新たなトラブルを語って聞かせた。夫を心配してはいるが、私と気兼ねなく話をできるとあって、早朝の外出を有り難がってもいた。

「狩猟の時期は終わったばかりなんだけど」ステラはそう切り出した。「ハリーったら、あの恐ろしい事件以来ずっと家に引きこもっていたのに、また馬に乗って狩猟に出かけたの。あの人のためにはよかったと思うわ。これまで二度出かけて、今朝が三度目。昨日なんて、今年はもう狩猟に出ないと言ってたの。その後よ、恐ろしいことが起きたのは。ここから一、二マイル離れたマーティンズ・ヒースが狩猟の場所なんだけど、ハリーは元気過ぎるほど元気だったから、見送る私はかえって心配になって。だけど、いったん馬に乗ったらもう大丈夫だったわ。えっ？　よくわからないって？　つまりね、昨日ここに来た狩猟グループのリーダーを嫌っていて、引き上げる前にその人と揉め事を起こしたの。ひどい言い争いになったらしくて、帰ってきたときは怒り狂ってたわ。口論の内容は誰にもわからないそうだけど、この地方の隅々まで話が伝わってるのは間違いないわね。それで昨夜、ハリーはひどく酔っぱらって、キャプテン・エイムズに決闘を申し込むと口走ったのよ。それはもう恐ろしいほど我を失ってて、悪いと思ったんだけどあなたに来てもらったの。許してちょうだいね」

「いや、呼んでくれてよかったですよ」私はそう言って安心させた。「対処できる人間はここにいませんし、面倒を見るのはぼくの義務です」

「今の時代、決闘なんて有り得るかしら?」彼女がそう訊いたので、私は不可能だと断言した。

「とんでもない！　決闘の時代はとうの昔に終わりましたよ。エイムズがそんな馬鹿げた挑発に乗ってくるなど有り得ませんね。物静かで謙虚な男ですし、素晴らしいスポーツマンですから。エイムズが正しくて気の毒なハリーが間違ってるんじゃないかと、それが心配です。まあ、スポーツに関する限り、兄さんはいつもルールに厳格ですから、それは考えにくいですけどね。だけどエイムズは紳士だし、口論になるとは考えられないな。きっと何かあったんだ。でも、それは問題じゃない。とにかく、詳しいことがわからないとどうしようもない。戻ってきた兄さん次第ですけど、話し合って気を静めてみますよ」

「あの人、ちょっとしたことでも気に病んで、今まで見たことないほど怒り狂うのよ」ステラは言った。「それからがっくり気落ちするの。ふさぎ込んじゃうこともあるわ――こっちまで怖くなっちゃうくらい。なのに神経を落ち着かせる方法を何も知らないから、お酒に走っちゃうのね。狩猟をすればよくなると期待してたんだけど、その結果がこれでしょう」

私は困難を認めつつも、楽観的な見方をしていた。だが、決闘という考えは、ステラにとって十分真実味のあることだった。彼女も苦しい思いをずいぶん耐えてきたに違いない。

「こうも考えられますよ」私は声を落とした。「あなたに対するハリーの愛情が、この恐ろしい事態ではかえって毒となったに違いない、と。あなたを想うあまり自分の苦悩など忘れてしまう人間だと、僕も思い至るべきでした」

「ときには今の状況を脱け出そうと頑張るんだけど、あの出来事は彼をすっかり駄目にしちゃったわ」ステラは続けた。「時間が解決する見込みもないみたい。夜が明けるたび、毒を含んだ雲のようにのしかかるのね。もうあの人の神経では耐えられないんじゃないか、そう感じることもたびたびあるわ」

「兄さんのためにも、あなたがしっかりしなくちゃ駄目ですよ。兄さんが自分にとってどんな存在なのか、思い出させてあげるんです」私はそう助言した。「義姉さんはその意味で救世主ですし、とても勇敢な人間だ。だから兄さんの自己中心的な考えを変えられるよう、頑張ってください」

「これまで辛抱強く愛してくれたあの人を失望させてしまって、その報いかもしれないわね」ステラは告白した。「あの人に関する限り、なんの希望も持てないの——これって、私よりあの人にとって悲惨なことだわ。子供をとても愛していたんですもの。一人しか子供を持てないことは、前からあの人には十分悲しいことなのに、今ではもっと悲しい思いをしている。一切の愛情をルパートに注ぎ込んでいたから——子供十人に注いでも有り余るほどの愛情よ。それがああした恐ろしい形で奪い去られるなんて——子供への愛情をもう二度と注ぐことができない。あの人にとっては十分過ぎるほどの仕打ちだわ」

「時間が解決すると信じなくてはなりませんよ、ステラ。私立探偵――有能だという評判ですが――はまだ何もしていないんですか?」

「ええ」彼女は言った。「それに、もうここにいないわ。紳士なのは確かで、ハリーにも気に入られていたんだけど、一週間ここにいて、手がかりとなるものは何一つ見つけられなかったと告白したの。こう言ってたわ。『この事件は現実とは思えません。捜査の土台となる確固たる基盤も、梃子となる支えもないんですから』で、なんらかの推論はできないかとハリーに訊かれた探偵さんは、狂人の仕業としか考えられないと答えた。『いつの日か糸口が見つかるでしょう。あなたが想像なさるよりも早くに』探偵さんの考えは、パクストン警部の考えと同じのようだわ。思い悩んだ人間は、再び同じことをするものだと。探偵さんはこの恐ろしい事件にものすごく悩まされたんでしょう、お金を受け取らなかったくらいだから」

「ロンドンに戻ったら会ってみますよ」私は約束した。「あなた方に話せないけど僕には話せることがあるかもしれませんしね」

我々はその後、数時間にわたってハリーのことを話し合った。私は彼女の心をいくらか和らげてやったが、その安心も束の間のことだった。昼食をとっているところに兄が帰ってきたのだが、馬には乗っていなかった。彼を連れ帰ったのは救急車で、ホニートン在住の医師が同行していた。落馬したらしくひどい怪我をしていて、意識もなかった。襟元は緩められ、できるだけ楽にしてある。しかし真紅色の上着はそのままで、左の袖にはクレープの紋章が巻かれていた。私はステラと相談の上、帰宅した兄に対し、私が突然訪れた理由を彼女抜きで説明しようと考えていた。しかし意識不明とあって、それも不要になったわけだ。片方の腕が折れているだけでなく、ひどい脳震盪に襲われたのは明らかである。しかし医師は、危ないのはこれからだと恐れていた。彼自身も狩猟に参加し、事故を目撃していたのである。私の態度を見るまで医師は無言だったが、兄にしてやれる処置を施した後で、何があったかを語って聞かせた。そのときには、馬丁がハリーの馬二頭を連れて戻っていた。この男も事故を目の当たりにしたらしい。

若き医師の説明によると、猟犬が獲物を見つける前に兄と会って五分ほど会話を交わしたところ、ひどく興奮している様子だったという。

「あなたも望んでおられるでしょうし」医師はそう切り出した。「正直にお話ししましょう。二つの出来事があったようなんです――一つは昨日、もう一つは今日。昨日、ミッド・デヴォンで狩猟の会があったんですが、そこで大喧嘩になったんです。サー・ハリーが会の主催者と揉み合いになり、ひどい言葉をぶつけましてね。お気になさっちゃいけませんよ。兄上が我を失っていたのは確かですから――実を言うと泥酔していたんです。あの人に限ってそうなろうとは信じられませんが、信頼できる複数の人物が口論を目撃していて、他に説明のしようがないんですよ。キャプテン・エイムズがサー・ハリーを宥め、もう帰宅してはどうかとアドバイスしました。誰かが割って入らなければ、殴り合いが始まっていたでしょう。それから兄上は馬に乗って帰宅しようとしましたが、立ち去り際にこう吠え立てたんです。この喧嘩に決着を付ける唯一の方法は、お互いが誰でも好きな人物を代理人に立てて、再び相見えることだと！」

「決闘ですね？」

「そうだと思います。突拍子もないといえばそうですが、サー・ハリーは泥酔していましたし、その場にいた誰もが無事帰宅できるのかと怪しんだものです。それが昨日のできごとでした。そして今日、彼は今年最後の会に出席し、さっきも話した通り私と会話を交わしたんです。素面ではありましたが、いつものあの方ではありませんでしたね――神経がすり減ったのか、すこぶる不機嫌でした。昨日の出来事を我々みんなが知っていることはサー・ハリーもご存知で、それを気になさっていたのは間違いありません。我々の大半はあの方を避けていました。サー・ハリーはランプライター――あの素晴らしいベイハンターです――に乗ってましたが、その馬も何かがおかしいと感じていたようです。結果はすぐに判明しました。獲物を見つけた我々は出発したのですが、サー・ハリーは先頭に立って、猛烈な勢いで駆けだしました。ひどいストレスを抱えていたんでしょう――昨日の出来事、そしてそれを皆が知っていることで、ご自分に嫌気が差していたんだと思います。ご存知の通り、兄上は経験豊かな馬乗りで、ご自分の体重にも耐える賢いサラブレッドに乗ってらっしゃいます。しかしそのときは、最初から何もかもちぐはぐでした。初心者のような乗り方というほどでもないんですが、まるで何かに取り憑かれたようで、子供でも冒さないような危険を冒していました。それからあの方は不可能なことをなさろうとしたんです――気が狂ったとしか言いようがありません。サー・ハリーも、千に一つしか成功しないことはご存知だったはずです。つまり、水たまりと生垣を一足飛びに飛び越えようとなさったんですよ――全く無意味な行為で、あの方を知らない人間であれば、いいところを見せようとしたんだ、と言うでしょうね。サー・ハリーは不必要な危険を冒して見事なことをやってのけようとします。自分の評判を保つのに必死なだけでなく、危険な行為を楽しんでおられるんですよ。そしていつもなら、それを見事にやってのけます。ですが、あれは単に危険というだけじゃなく、実に馬鹿げた行為でした。あの方は破滅を求め、気の毒にも与えられてしまった。水たまりを飛び越えたところで生垣にぶつかったんです。それを飛び越える勢いは残っておらず、馬はサー・ハリーを乗せたまま後ずさったかと思うと、次の瞬間には下敷きにしていました。それをご覧になっていれば、両者とも命を落としたと思われるでしょうね。しかし我々が兄上を引き出した直後に馬丁がやって来て、ランプライターは足を痛めているだけだと言ったんです。あの気の荒い馬があんなに怖がるなんて、初めて見ましたよ」

「ハリーなんだが、肋骨の下がひどく傷んでいるね」私は言った。「危険なのはそこだな。看護婦を二、三人寄越してもらったほうがいい。君には深く感謝するよ。承知の通り、兄は最近ひどい打撃をこうむったばかりだ。それからというもの、以前とは別人になったんだよ。みんなが過去の出来事を思い出し、兄に寛容になってくれるといいんだが」

「きっと大丈夫ですよ」相手は答えた。「実に恐ろしい事件でしたから」

医師は看護婦を呼ぶためにその場を離れ、私がハリーの面倒を見ることになった。もはや手の尽くしようはなく、生き延びることはできないように思われた。しかしそれは内部の損傷にかかっており、これから現われる症状で判断するしかない。兄のかかりつけ医は一時間後に戻ってきて、全ては今の我々には窺い知れない状態次第ということで意見の一致を見た。目下のところ、兄はあらゆる苦悩から解放され、昏々と眠り続けていた。

その日遅く、私は馬丁と話をした。ハリーの二頭目の馬を連れていたこの男は、自分が必要とされるであろう場所に向かうべく道路を走ろうとしたまさにそのとき、事故を目撃したのだった。

「駆けだしてすぐに事故が起きたんでございます」馬丁は言った。「それは目も当てられないほど悲惨なもので。ご主人さまは馬もろとも命を絶とうとしたんじゃないかと」

「馬に問題があったわけじゃないんだね？」

「とんでもない！　サー・ハリーとランプライターはいつだって心が通い合っていて、相手の能力を互いに知っていたんですよ。人馬一体というやつです、先生。だけどサー・ハリーは昨日から別人のようで――とても気落ちなさっていました。それで駆けだすや否や、ランプライターを怯えさせたんです。馬というのは、わしたちが考えている以上にいろんなことがわかるもんです。だからあの馬も、最初の五分間でご主人さまが本気だとわかったんでしょうな。サー・ハリーは猟犬に迫る勢いでした――あの方がそんなことをするなど考えられません。それから馬を止め、原野に向かって駆けだしました。ご主人さまは馬に何かをわめき、そして飛び越えようとしたんです。乗り手が軽くても無理でしょうに、ご主人のような巨漢ならなおさら不可能だ。正気を失って馬を殺そうとしてるんだと思いましたよ。ご自分の命はともかくね。ご主人の気が狂ったことはみんな気づいていて、なんとしても馬を止めてサー・ハリーを守らなければと思ったようです。だが、もう手遅れでした。馬はサー・ハリーの上に倒れ込み、ご主人さまはもう駄目で、ランプライターもすぐに射殺しなきゃかわいそうだと思いましたね。しかし馬は両方の前脚を折っただけでした。まあ、神経もやられていたでしょうが。あの馬は涙を流してましたよ、先生。馬が泣くのを見るなんて初めてです」

「事態がよくなることを祈ろう」私は言った。「馬の命が助かったと知れば、サー・ハリーも喜ぶだろう」

日が暮れかかるころ、二人の看護婦が患者の世話をしに現われた。私は夜更けの時点で、兄が生き延びることはないだろうと自信を持ち始めていた。しかしステラにはあえて希望を持たせ、決まり文句をあれこれ口にしつつ、最悪の事態を覚悟するのはまだ早いとまで断言した。彼女の態度は立派で、私を驚かせた。自分のことはさておいて他人を気遣う人間の気丈さを示したのである。私がファイアブレイスを去ってからというもの、この女性は多くのことに耐え、そして今、夫がこれまでのように人生からなんらかの喜びを引き出すことはないと信じ始めていた。ステラは利他精神を通じて現在の厄災を見つめることができ、夫のことだけを考え、彼の死が自分にとって何を意味するかなど脳裏になかったのだ。苦境に見舞われたハリーが、妻を苦しめたことがないのは明らかだ。しかしステラは頭のいい女性で、夫を以前の人間に戻す、あるいは夫を押し流す奔流をせき止めるのは、自分の力の及ぶところではないことをはっきり認識していたのである。

「この世で夫に幸せが戻ってこないなら、彼があの世に行くという考えに満足すべきなんでしょうね」彼女は言った。「こんな状態が続くよりも、可愛い坊やと一緒に、安らかな眠りにつくほうが幸せだって考えるべきなのかも」

「そうかもしれませんね。だけど、今はそんなことを思ってはいけません。あなたは勇敢な女性だし、僕もそうなろうとしている。ハリーが回復して、この衝撃が長い目で見ていいほうに働き、精神の安定を回復させるだけでなく、かつての素晴らしい人間性を蘇らせるはずだと考えるほうがずっとましです。そうしたことはよくありますし、深刻な症状に邪魔されなければ、すぐに意識を取り戻しても不思議じゃありません。体力は十分残っていますから、意識を失っていることがなんらかの形で有利になりますよ」

翌朝、我々はハリーの腕を固定したが、私にも看護婦にも、先が長くないことはわかっていた。私はロンドンに電話をかけて名医を呼び寄せるとともに、ニコルに宛てていささか長文の電報を打った。この頃にはハリーの容態について疑いはほぼなくなっていたので、この高名な人物は自分が呼ばれたことに驚きを隠さなかった。しかし義姉を満足させるためにそうしたのだと私が説明すると、それで納得したようだった。

ハリーは意識を取り戻すことなくこの世を去り、形だけの死因審問が行なわれた。自ら命を絶ったという噂が引きも切らなかったものの、公的な記録にそうした記載はなされず、お決まりの判決文によってこの件に幕が下りた。信仰という鎧をまとったステラは、最大限の気高さと勇気とをもって自分の行動を律している。彼女は私のことも気遣い、私の不在できっと大混乱になっているから、できるだけ早く自分の仕事に戻るようにと告げた。

知らせを聞いたニコルは軽い心臓発作に襲われたとのことだが、なるべく早く帰宅すると言ってきた。おそらく大した問題などないのだろうが、バラバラになった自分の分別をかき集め、将来を考え葬儀を避けようとしているのは間違いない。ニコルが何を考えどう感じているか、私には手にとるようにわかっていた。

かくして、ファイアブレイス乗っ取りの第一幕は終わりを迎えた。私の心には、構想の単純さと成功の完璧さに対する軽い驚きが残った。実行に移された私の理論はあらゆる点でその正しさを証明し、次兄の性質と傾向を考えると、次の一幕ははるかに簡単だと思えた。

第九章

事実と誤解されることを目的としてフィクションを作り出すとき、その作り手は、手段はどうあれ、人間のありふれた経験を尊重せねばならない。とりわけ過去の事件に興味を持ち、説明を求めようとする人間がいる場合、あり得ない現象というのはなんらかの疑いを招くものだ。芸術においても、自然の世界に基礎を持たず、支えるべき伝統もなく、また累代の巨匠が作り上げた規範に支えられてもいない作り事を見せつけたところで、そんな彫刻家や画家、あるいは音楽家など、疑いの目で見られるのが関の山である。慧眼の批評家を騙すくらいはできるだろうが、不朽の名声を勝ち取るなど不可能だ。理性ある人間を騙すためには常に注意を払い、かつ自分自身も理性を持たねばならぬ。予期せざることは強い疑惑を招くものであり、この世の現象は全て予期せざるものであるなど、まるで戯言に過ぎない。日々押し寄せる出来事は気づかれぬまま流れ去り、注目を集める現象は例外なのだ。予期せざる例外的現象しか起こり得ないとすれば、この世界に人間など住むことはできず、現在のささやかな文明もきっと混乱に陥るだろう。

サー・ニコルの行く手を遮ってその人生に終止符を打つにあたり、私は十二分に時間をかけて予期せざることを再び起こそうとした。それでも彼が帰宅する前に、私はその性格を基礎に置いた上で、これから作り出す条件のもとでそうしたことが実現し得る可能性をすでに考えていた。一つの暗示が私によって吹き込まれる一方、最終的な決断は本人が自ら下さなければならず、ごく遠回りかつ繊細な方法でそれを実現するのが私の目的だった。たとえ最終的な決断がニコルの口から発せられたとしても、即座に同意してはならないのである。

生きとし生けるものの人生など、本質的には食べることに過ぎず、偉大なる人間も瑣末な人間も、全ての予想はその確固たる基盤の上に組み立てられている。手の届かぬ籠の中のカナリアを見つめる猫は、その鳥を置き場所を間違った餌だと考えているに過ぎない。草を食《は》むシマウマの群れを眺めるライオンも、攻撃する方法にのみ関心があるのであって、群れの一匹をいかにして仲間から引き離すかだけを考えている。この視点から見ると、地べたに倒れた敵にまたがる食人族は意識というものに恵まれており、獲物を焼いて食うべきか煮て食うべきかを考えることができる。このようにして、捕食者が自らの手中にあるものを見ているように、強き者たちは弱者を見ているのであり、強国も力の弱い隣国をそのように見積もっている。ムッソリーニはコストを計算した上でアビシニアを飲み込み、ヒトラーもドイツの牙と消化能力が十分だと判断すれば、明日にでもロシアに噛みつくだろう。これが欠くべからざる自然の法則であって、日に三度テーブルに食物が乗ることを疑わず、自然の求めが無意識の中だけで働いている善意の人間、すなわち我らが敬虔なる哲学者など、無視し得るほど少数に違いない。こうした人たちにとって、飢えたる人類の食欲はクロガラシの種ほどの重みしかないのである。

私はすでにニコルを手中に収めたと考えていたので、後は気の向いたときに牙を突き立てるつもりだった。

ニコルがついに帰宅した——相変わらずの尊大さだが、様変わりした自らの境遇にいくらか圧倒されている様子である。幸運を得た喜びと、その大きさに対する不安とが交互に訪れているようだ。健康状態は申し分ないらしく、自分の肉体、あるいはその痛みに悩む暇もないほど忙しくすることもあった。とは言っても、極度の緊張に置かれたときは苦痛が蘇り、相続税の恐怖が身体をひどく蝕んでいると口走ることもあった。ニコルは政府による収奪と土地法を罵ることで精力を無駄遣いし、肉体と精神の両面において疲れ果てるという、ある意味単純な人間なのだ。

テンプル＝フォーチュン家の基準に照らしても、ニコルはいつだって我が儘そのものの人間だが、今やこちらの事情などお構いなく私にまとわりつき、大半の時間を自分に費やすよう求めていた。あらゆる他人を疑い、いかなる使用人であっても、その忠誠心は相対的なものに過ぎないと考える裕福な人間。ニコルもその一人だった。

私の記憶が正しければ、偉大なる帝国と小心なる臣民とは相容れないと記したのはバークであり、ニコルによる支配が始まったとき、その言葉の正しさは小規模な形で証明された。今は亡き准男爵による自由かつ緩やかな支配のほうが、より尊敬に値するかに思えたのである。

大問題に直面した小心者の愉快な実例は無数に見出せるだろう。私の次兄は法の不正や不公平に心奪われ、心血を注いでそれに関する資料を集めることで、その全き卑しさが自らの個性に染み渡り、狭い額と落ち窪んだ両目に現われるのに任せたのである。ニコルにとってウイスキー一瓶の値段などなんの意味があるだろう？　それにもかかわらず、彼は酒さえ入れば自分に課せられた義務を声高に非難する。ウイスキーだけが自分に許された興奮剤であると、ニコルは昔から信じていた。当然の帰結として酒に溺れるのだが、そこにはため息と罵声がいつだって付き物だった。

ある日の昼食の席でニコルはこう言った。

「それなしでも生きられるなら、ぜひそうしたいね――つまり政府への不満さ。ウイスキーはもはや犯罪的な値段だし、こうも堂々と私の財産を奪い続ける大蔵大臣などに投票するつもりはない。今のウイスキーを見ろ。強度が標準以下、つまり七十パーセント以下だと、三十シリングもするだなんて知ってたか？　ということはだな、一ガロン当たりの酒税は二ポンド十シリング九ペンス、一瓶に直すと八シリング五ペンスだ！　グラス一杯のウイスキーを飲むたび、九ペンス半も収奪されているのさ。なのに我々は、誠実な人間に統治されていることになっているんだぞ！」

「実に愚劣だね」私も頷いた。「でも、兄さんはそれを正すために生まれてきたんじゃないんだから、そんな小さな過ちからは超越してなけりゃいけないよ。兄さんが不満を口にしたからって、この腐りきった国家財政が清廉になるわけじゃない。物事はなるようにしかならない――ウイスキー強盗にとってもそれは同じさ」

するとニコルは、さらに打ちひしがれた表情を浮かべた。

やがて、ニコルは身近にいる中で私が唯一誠実な人間だと信じた上で、下劣な不満をとりとめもなく漏らした後、一つの提案を口にした。私は長いことそれを待っていたのだが、次兄の主たる関心事が出費を切り詰めることにあるのは前から知っていた。

次兄が帰宅したとき、私は一週間ほど彼と一緒に過ごし、いつでも役に立てるよう心を砕いた。出費を切り詰めるためにニコルが立てた数多い無意味な計画も、私は支えてやった。なんの罪もない多数の使用人を馘首するときも手助けしたし、一緒になって各方面に節約を説いたりもした。かくして、私がこの強欲な世界における唯一の強力な防壁であると、ニコルはますます感じるようになった。そう信じさせたまま、私は数週間ほどニコルのもとから離れたのだが、程なくして、なんとしても今すぐ戻ってきてほしい、そうすれば心から感謝する、という手紙が届いた。「どうも調子が良くない」散漫かつ長文の手紙の中で、次兄はこう記していた。「私のような極めて敏感な人間の目に、一種の反対勢力がここに根を下ろしつつあるのは明らかで、それが苦痛の種となって私の神経に大きな害をなしている。食欲も損なわれているが、それだけでもお前に戻って来てもらいたい理由としては十分だ。モリソン老人に診てもらうつもりはないのだから。あの老人はすでに全盛期を過ぎているし、医者としての信頼が一度でも失われてしまえば、患者に善をなす力がその人間にないのは確かだ。

すっきりしない私の健康以外にも、お前に戻って来てもらいたい理由がもう一つある。それをここに記すわけにはいかないが、会ったときに何もかも話すつもりだ。それは実に大きな理由であって、お前の人生にも劇的な変化をもたらすだろう。その覚悟はお前にもまだできていないかもしれない。だが一方、その変化が実は好ましいものである可能性もあるし、私も心からそう望んでいる」

それからニコルは自らの苦難を縷々と記し、土地管理人までが去ってしまうと不安を述べていた。私が見るに、その男は荘園における頼みの綱であり、父や祖父にとってもそうだった。正直な人物でファイアブレイスのすぐそばに住んでいる。こうしたもう一人の登場人物などそう望めるものではないので、私はもし可能であれば、ニコルの関心をそちらの方向に変えようと決心した。

私は週末に戻ると約束し、そして今、その場にいたのである。

ちなみに言えば、義姉はこの家から去っていた。自身の不幸に気づかないほど愚かであるために、頭のいい人間ならば命を奪われかねない悲劇的状況を無事生き延びる女性が中にはいる。ステラもそうした女性の一人だった。彼女は十分な資産を持ってチェルトナムに引きこもり、園芸で過ごす退屈な日々から癒しと安らぎを勝ち取ったのである。ハリーの死から一、二年経った頃、機会を見つけてステラのもとを訪れたのだが、彼女の健康は大いに回復しており、信心深さも衰えることなく、肉付きさえも良くなっていた。彼女が厳しい表情を見せたのは、オランダの養樹園主について論じたときだけだった。義姉が黄昏の幸福を楽しんでいたのは間違いない。まだまだ魅力的でその美貌を称賛されていた上、友情というものをこの上なく大切にしていたのである。

私が到着した日の夕食後、ニコルは突拍子もない計画を語りだした。

「これはただ事じゃない」次兄はそう口火を切った。「本当に大事《おおごと》なんだぞ、アーウィン。裕福な人間ほど、ただで手に入るものなど存在しないことを知っている。しかし私には金を払う用意ができている。目的はお前だ。何にも増して私の望みは、お前が今の人生設計を根底から改め、ロンドンではなくファイアブレイスを生活の拠点とすることなんだ。この家を自由に出入りして、病院に出勤するなり研究場所に赴くなりすればいいし、ここの部屋を好きなだけ実験室にしても構わない。リューマチの原因を探る研究に役立つなら、器具だろうとなんだろうと、好きに持ち込んでいい。だから、ハーレー街の仕事はやめにするんだ。患者はどうなるんだとか、長年の仕事はどうなるんだとか言うだろうが、ここで私のかかりつけ医となり、肉体と精神の両面で日々私の面倒を見てもらいたいんだ。そうすれば私の肩から重荷が降りるし、二人とも利益を増すことができる。お前はこの世における第一の友で――そんなことは今さら言うまでもないが――お前がいつもそばにいて、私の判断や意見を支えてもらえれば、きっと生まれ変わった心持ちがするはずなんだ」

私はすぐに返事をせず、兄がこの提案における金銭的条件を述べるのを待った。しかし、提案そのものには驚かなかった。様々な兆候から、兄の切なる望みをすでに知っていたからである。

そしてようやく、私は口を開いた。

「驚いたよ、兄さん。まるで不意打ちだな。とにかく慎重に考えなくちゃだめだ。ハリー兄さんがあんなことになって以来、僕たちは今まで以上に互いを必要としている。それは痛いほど感じているよ。僕たち三人は限りなく仲が良かったし、ハリーがいない今、兄さんと僕にとっては互いに相手が全てなんだ。ここで兄さんと住めば何もかも——肉体的にも精神的にも——うまくゆく、それが僕の考えであり、一番の望みでもあることはまず言っておこう。だけど、これだけ大事なことは慎重に考えなきゃいけない。僕のキャリアのこともあるし、それとのつながりで、互いのことをはっきり理解する必要があると思う。兄さんだってそれを理解していることは、さっきの言葉ではっきりわかる。僕はハーレー街そのものに愛着もなければ、診療だって特に続けたいというわけじゃない。ここで研究を続けるのは十分可能で、手段さえあれば喜んでそうするつもりだ。今印刷にかけている本は注目を浴びるべきだし、きっとそうなると思っているけど、それはまだまだ先の話で、この曖昧かつ難解極まりない医学の分野で今後も苦労を重ねなきゃいけないけどね。

それが済んだら、自分だけじゃなく兄さんの将来も考える必要が出てくる。兄さんはファイアブレイスの将来と、自分の結婚について考えなくちゃいけない。それから逃げちゃいけないよ。未来のテンプル＝フォーチュン夫人は、この家に僕がいることを喜ばないだろう。ほとんどの科学者はそうだけど、僕も社交的な人間じゃないからね」

「そんなのはどれも些細な問題だし、お前が気にすることはない」兄は言った。「今のところ結婚する予定も意思もないからな。結婚することになっても、妻となる人間が私とお前のあいだに割り込むなど許さないよ。その仮説上の女性は、我々兄弟が相手をどう考えているかをすぐに知り、口を挟むことなどしないだろう」

「なら、問題はないわけか」私は答えた。「そうであれば、決断を下す前に確かめておきたいことはただ一つ。僕がここにいることは、兄さんにとってどれほどの価値があるのか、だ。本当は金の話なんかしたくない。金そのものが嫌いだし、たいていの場合はペストと同じで厄介の種になるからね。だけど僕の収入だけじゃ、今の生活を続けるのは難しい。ロンドンでは研究を続けながら、生活を支えるため投機に手を出した。自分の運の良さと、これから大きくなる僕の名声を当てにしてね。白状するけど、新居の家具を揃えるために出費がかさんで、将来の収入に手を付けたんだ。ロンドンを去れば、その全てが無駄になってしまう。だから決断を下す前に、金銭的なことを詳しく知りたいんだよ。賄賂を受け取ったりとか、あるいはなんらかの駆け引きをしたりとか、そういう汚いことを兄さん相手にするのは嫌だけど、予想もしない事態から決断を下すにあたって、このいささか大きな犠牲を僕に強いることが、自分にとってどれだけの価値があると考えているのか、それによってある程度影響を受けることは兄さんにもわかるだろう」

ニコルは私の言葉を聞くや否や、悪魔の本性を見せた。

「価値、か。その本当の価値に現金で報いる余裕はないよ、アーウィン。そんな持ち合わせはないからな。お前がいつまでもここにいることの価値を金銭で測るなど不可能だし、我々が金銭を基になんらかの同意をするなんて考えられない。しかし、お前の立場を検討する必要があることは、私も十分わかっている。それにお前の将来の地位を別にしても、この家で私に次ぐ重要な人物として、報酬のようなものが必要なことも理解している。この地においても、あるいはお前の仕事の世界においても、お前の地位はきっと完全なる独立性を必要としているからな」

「残念ながら、そうだと言わざるを得ない」私は答えた。「だけど、兄さんもそれは考えてくれただろう」

「まあな」ニコルはそう言ったきり黙り込み、葉巻に火を点けた。具体的な金額を口にするのが嫌なのだ。それに気づいて笑いがこみ上げた。ニコルとしては、まず私の口から金額を言わせた上で、自分の力では無理だと答える腹づもりに違いない。主戦場での戦いは自分の有利に進み、最後は勝利に終わると考えているのは明らかだ。一方私は、どんな提案をすれば兄が喜ぶかなど、まるで興味がなかった。どうせファイアブレイスに居を移せば、私を手放すくらいなら他の全てを手放そうと思うほど、ニコルにとってなくてはならない存在になることがわかっていたからである。しかしその場では、私の将来の給料は兄の腹一つに任せておいた。

「で、兄さんの結論は？」黙り込んでいるニコルに私は訊いた。彼が要求する巨大な恩恵に見合うだけの金額を示していれば、こちらとしても兄に対して人間的な弱さが閃くのを感じただろう。しかしニコルがそんなことをするはずはなかった。

「当然、お前に蓄えがないなんてことはないはずだ。収入は十分だし、私が付け加えることでいくらかなりともそれが増える。ハーレー街での研究活動に伴う高額の出費だって必要なくなるんだ。ここに移って今の私と同じ条件で暮らせば、科学活動に必要な費用と個人的な経費のことだけを考えればいい。どこに住んでいても、そういう金は必要だからな」

「わかってるよ、兄さん。だけど、新しい使用人を雇うつもりはないのかい？」私は穏やかな口調で尋ねた。

次兄はその言葉に当惑し、どうか誤解しないでくれと言った。

「おいおい、そういうつもりじゃないんだ。一年につき二千ポンド、期限付きの契約でどうだ――いや、違う。〝契約〟なんかじゃない。そういうつもりじゃないんだ。今後五年間、一年につき二千ポンドを支払う。それで大丈夫か？」

汚い言葉が喉まで出かかったが、かろうじて抑え込んだ。それどころか、次兄が忌まわしい下劣な本能をむき出したことに喜んでさえいた。それは私の本能をも刺激するからである。次兄の収入は莫大なので、その半分ほどが税金にとられる。それでもなお、六万ポンドを超える年収が彼の手元に入るのだ。なのにこんな些細な金額すら出し惜しむとは！

「兄さんの寛大さには頭が下がるよ」ニコルのことだ、この一言が皮肉だとは気づいてもいまい。「そうだな、よく考えて二十四時間以内に答えを出すよ」

その言葉に心底安心したのだろう、ニコルは飛び上がって私に感謝し、握手までしようとした。彼にとって嬉しい驚きだったのは明らかで、こんなことならもう少し値切れたのにと一瞬後悔したのも間違いなかった。

「これで希望を持って生きられる」ニコルは言った。「結局、血は水よりも濃いと言うからな。後はお前自身のことさえなんとかなれば、私にとっても大いに満足だ」

「それだけの大金だ、大丈夫なのかい？」そう尋ねてみると、こんな答えが返ってきた。

「他にどれだけ出費があろうとも、絶対に大丈夫だ」

「ああ、信じてるよ。それじゃあ、今度は兄さんの話に移ろうか。身体は健康そうだね。運命を気に病んで健康を損なうとか、そんな馬鹿げたことがあっちゃいけないよ。兄さんの世話は僕にとってフルタイムの仕事になるだろうし、そうなれば完全に健康を回復するまでは満足できない。海の空気をたっぷり吸って元気を取り戻さなければいけないな。幸いにも兄さんはそちらのほうに興味があるし、まずは軽くヨットを始めたらいいんじゃないかな」

「実を言うと、そう考えていたんだ」と、ニコルは白状するように言った。

「それは何よりだ。無理して遠出することはないから、ヨット遊びと呼ぶのにふさわしいことから始めればいいんだよ」

やがてニコルは自身の健康に話を移したものの、私は新たな症状が出た話をあえて遮った。

「知っての通り、僕はいつだって兄さんの主治医だ。でも医学の話で兄さんを退屈させるつもりはないよ。幸いにも兄さんの趣味は健全そのもので、性格が問題になるとは考えられない。だけど精神的な不安とは戦う必要がある。兄さんの場合、高度に発達した知性がときに危険を及ぼすのであって、責任感からくるストレスを過度に感じているんだ。むしろそれに慣れなきゃね。それは代々伝わる兄さんの血——兄さんの身体の一部——に秘められている。この家を今ある状態にした、昔から伝わる健全な伝統に従って、間違った道を進んじゃいけないよ」

「高貴なる者の義務《ノブレス・オブリージュ》——その一言に尽きるな」

「不朽の名言だ」私も頷いた。

その心地よい結論を潮時に、我々は寝室へ下がることにした。

「ところで、今も寝る前にホットミルクをグラス一杯飲んでいるかい?」そう訊くと、毎夜飲んでいるという言葉が返ってきた。

「それはいい!」

「ガーンジー島から直送だ。証明書付きの牛乳さ」

「申し分ないよ」

眠りにつく前、私はこの哀れな犠牲者に思いを馳せた。そして二十四時間後、自らの結論を彼に伝えた。そこに至るまで、ニコルは一日中針の筵に座っていたわけだが、私は夕食後まで沈黙を保った上で、生まれ育ったこの家に移り住み、自身の研究を続けながら兄に尽くすという言葉を伝えたのである。

「もちろん家を出入りする必要はあるし」と、私は続けた。「自由にそうさせてもらいたい。だけど兄さんのことはいつだって念頭に置いておくし、これは個人的な愛情ではなく名誉の問題としてあえて言うけど、僕の献身に対する報酬はきちんと受け取るよ」

ニコルはそれを聞くや否や喜びのあまり興奮し、その場で小切手を切ろうとした――三ヵ月分の金額である。しかし私は、そんなことはここに戻ってからすればいいと言ってやった。

「これから街に出かけて、あれこれ用事を済ませなきゃならないな。ハーレー街を訪れた人間はみな失意のうちに去っていくけど、これほどすぐに去る人間は滅多にいないだろう。しかしそれが六ヵ月後だったとしても、結果は同じだろうけどね」

「しかしな、金のことはもう心配ないんだぞ。後は私のことと、リューマチとの戦いに全神経を集中させればいいんだ」

「何を置いても兄さんが最優先さ」私はそう約束した。

それから一、二ヵ月して私はファイアブレイスに居を移した。無数にある部屋のいくつかを研究用に改装し、ニコルのために薬品や医療器具の並ぶ診療室を用意してやった上、二階にはスイートルームから続く研究室を準備した。そこでなら誰にも邪魔されず研究に没頭できるわけだ。兄の絶対的かつ完璧な信頼を勝ち取り、荘園の支配権を徐々に奪いつつ、こうした企みを抱いているなど一瞬たりとも思わせないことが私の狙いである。兄の経済状態に疑問を差し挟んだり、それが誤った判断だと思わない限り、倹約に文句を言ったりすることもなかった。ニコルは私の価値を認めており、機嫌のいいときには私の判断を褒めちぎるほどだ。無害な趣味に夢中なので、私も自分の仕事を後回しにして、海へ山へと一緒に出かけたこともある。冬の訪れとともにニコルはカンヌの別荘に移るのだが、私は折を見て一週間ほど彼のもとを訪ね、健康状態を確かめたり、自分の仕事を語ってやったりした。私の目下の懸念は、兄が誰かと恋に落ちてしまい、私の計画を過度に早めることになりはしないか、ということだった。しかし、ニコルのような人間が属する世界を見る限り、そうした厄介な事態は起こりそうになかった。言うまでもないが、自分に有利となる兆候がないかと、私は兄をじっくり観察した。だが、読心術やら降霊術への愛好、そしてヴェールの裏に隠れた想像上の人物との会話以外、これといって目新しいことは見当たらなかった。ニコルの虚栄心はますます強まり、大富豪ならではの無駄口やリップサービスを楽しんでいた。しかし一番の関心はなんと言っても自分の健康であり、それを保つには献身的な看護が必要であるという虚構を維持することだった。このフィクションの中で私は彼を支え、慎重なる警告を折に触れて発するのだが、そのどれも警戒を呼び起こす性質のものではなかった。

私はと言えば、退屈のあまりワインを飲み過ぎることがよくあった。私には異性よりもワインのほうがよほど好みなのである。イギリス本土でデヴォンシャー以上にリューマチ患者の多い地方は他になく、研究材料には事欠かなかったが、実を言えばこの有益な事業は廃棄されたも同然だった。慎重に隠し通してはいたものの、医学への関心は日々薄くなっていたのである。一方、ファイアブレイスと、そこに秘められている無限の可能性が私の心をますます捉え、さらに一年が経った段階で私の計画は実行を待つだけになっていた。

機械の正確さで目的を達成すべく、私は二通りの方法を考えた。それらは定められたとき密かに一点に向けられ、それぞれの結末へと相互に支え合う。しかし、その計画は複雑極まりなく、最終的な成功はその人物の性格を細かに知っているか否かにかかっている。ニコルも自分の役割を演じることになっており、彼ならきっとそうすると信じていた。ニコルにリハーサルの機会はないものの、来たるドラマで大役を演じる私はリハーサルが可能であり、今後口にする意見をある程度変えることで、そこから生じる危険の芽を事前に摘み取ったのである。

第十章

人間は日の出と日没の時間にこそ最も気高き存在となり、いかなるときにも増して高貴なる感情に目覚め得る、と言った詩人がいる。それについて、私は格別なんの意見も持っていない。小麦粉で作られる以上に優れたパンを求めるという、かの無意味かつ馬鹿げた欲望を経験することはないのだから。私にとって人生は短く峻厳を極め、揺りかごから墓場に至るまで過酷な現実そのものである。その苦悩と苦痛とが自然の流れとして、より良きものを求める無益な願望を生み出すのだろう。だが私の確信するところ、その存在は良きにつけ悪しきにつけ、我々が楽しみ、あるいは耐えている全てである。そして大半の場合、その真実性と未完成性とは我々が望み求めるものを超えており、我々、あるいは他のあらゆる生物にふさわしい限度を超えてはるかに恐ろしいものなのだ。

夜明けや黄昏どきではなく深夜こそが、私にとっての極楽であり、私の現実感覚と想像力が最も研ぎ澄まされる。

闇そのものが霊感をもたらすことはないけれど、私にとって思考を早める有益な条件であるのは間違いなく、そこでの着想はやがて具体化され、太陽の下で吟味と検証を受けるのだ。夢想というのは常に無益である。寝ぼけ眼の精神から生み出された希薄で移ろいやすいものが、有益であるはずがない。だが隙のない覚醒した知能にとっては、沈黙に包まれた漆黒の闇こそが、最も頻繁に極楽をもたらすのである。

私を包む闇の中、突如として前方の道が明るく照らされ、ニコルの背後を襲う方法が浮かび上がった。彼の健康を正面きって攻撃するには、並外れた巧みさを要する。後々面倒なことになった場合、薬品を扱う医師にまず疑いの目が向けられるからだ。しかし今、第一撃を補強する新たな計画が私の心を捉えだしていた。その中には、私自身の信念を表面的に変えることも含まれており、そうした事態が次兄の大いなる興味と不健全な疑念とを掻き立てるのは間違いないので、私は確信を得るまで吟味を重ねるとともに、想像上の人物相手に恥ずかしながら告白まで行なった。私はこの心変わりを、自分より年長で知恵のある人々の体験と、この地の歴史のせいにした。その一方、ニコルもすでに同じ方向へと強く惹きつけられていたので、私の嫌々ながらの心変わりは彼を満足させ、疑いを招くことはなかった。意思に反した心変わりには実に大きな説得力があり、ニコルが最後の一歩を踏み出すにあたって彼の忠実なる僕《しもべ》となるだろう。そして今、私はある種の対象を新たな角度から見つめるだけでなく、兄の慎ましやかな精神の中で生み出されるであろう破壊的な力による結果を確かなものにすべく、外の世界へと踏み出した。しかし時間が経つにつれ、用心すら必要ないことが明らかになっていった。兄は自分と同じ弱さを私が告白したことに喜び、同類を装うという着想が彼自身の愚劣さに由来しているとは、一瞬たりとも思わなかったのである。

当然ながら、私はニコルのほうからその話題を持ち出すよう気を配り、心理的な隙間が生じるまで数週間待った。かくしてそれが現実のものとなったとき、こちらの準備はすっかり整っていたのである。攻撃のきっかけを作ったのは些細な偶然――飛びつくのが躊躇《ためら》われたほど些細な偶然だった。だが一方、私は密かに事を進めていた。結局、ニコルが危険に気づくことは全くなく、それどころかその後の議論を歓迎し、漠然とした自分の意見に予期せざる支持を得たのである。

ある日の夕食時のこと、兄は自分の右手に違和感を覚え、食卓を準備した不注意な使用人が、二本のナイフの刃をほんの少し重ねてしまったことに気づいた。文句を言いながらナイフの位置を直すときの苛立ちは本物で、それは私にも感じ取れた。使用人がいる場では何も言わなかったけれど、食事が済んで喫煙室に入った後で、私はその件に触れた。

「さっき、ちょっと気になることがあってね」

その言葉にニコルはすぐさま反応した。

「食事のことか、アーウィン？」

「いいや――兄さんは食べ物や飲み物についてはいつも気を遣って禁欲的だからね。ちょっと度を超えてるほどだ。いや、気になるというのは兄さんのしたことなんだよ。ナイフの刃が重なるのがそんなに嫌なのかい？」

「そうなんだ」兄は白状した。「くだらない迷信だけどな。誰だって生まれつき馬鹿げたことを信じているものさ」

その一言こそが待ちに待ったきっかけだった。

「迷信深いのはみんな同じだよ。僕だって理性的な人間でありたいし、こんなことを言われれば大声で反論したいけど、迷信に影響を受けているのは間違いないね。人間は誰しも小さな弱さを抱えているけれど、その事実に気づいていないんだ。完璧な現実主義者であっても、特に理由もなくこれをするとか、あれをするのを避けるとか、そういう傾向があるからね。人間には遠い過去を土台とした、生まれつきの本能がある。それは昔から伝わる血統を通じて人に入り込む――この事実は確かだから、それがなんらかの理由で続くことは誰にも否定できないんだ」

「これはお前に認めてもらいたいが」ニコルは続けた。「私自身もオカルトの本質と意味を考えたことがあるけれど、お前の信念を知っていたから、今まで打ち明けることはしなかったんだ」

「信念というものは人生を送る中で弱まる傾向にあって、そのうち柔軟な思考が形をなす――少なくとも僕はそうだし、兄さんも無意識のうちにそれを見せているんだ。判断が成熟して、より寛容で視野の広い見方をするようになったんだよ。兄さんと同じ立場の人がそうなることは滅多にないんだけどね。

　兄さんがフランスに出かけていたとき、書庫をあさってみたんだ。実に素晴らしい蔵書で、かなり貴重な本もたくさんあった。でも、これは僕の意見に過ぎないから、いつか専門家に依頼して詳しく調べてもらうべきだよ。とにかく、一番印象に残ったのは蔵書の多さと驚くべきほどの研究量だった。それは超自然現象への研究に捧げられたものだと思う。一族の中に精通した人間が何人かいて、兄さんもそこから興味を持つようになったんだろう。十九世紀特有の物質主義者である僕は、あの蔵書の山を嘲り、無駄に終わった膨大な労力を笑い飛ばすところだった。だけどふと考え直して、いくつかの事実を思い出したんだよ。現代科学は柔軟性に富んでいて、最先端を行く科学者であっても、人間が正確に知っているわけではないけれど、僕たちの感覚や実際の経験から全くかけ離れているわけでもない、もう一つの世界という考えを拒絶してはいないんだ。科学における真実が真実全体に遠く及ばないことは、科学者自身も認めている。つまりロッジやクルックス（オリバー・ロッジ、ウィリアム・クルックス。いずれも十九世紀から二十世紀にかけて活躍した英国の科学者）のような人たちだね。彼らはいわゆる精神世界を確固たる命題と見なしているし、それに彼らがなんと言おうと、思考と感覚は少なくとも我々の関心に値するものだ。実際、こうした科学者たちは、世を去った人間の視界を見たことがある。彼らは並外れて知性的な精神と科学的な正確さをもってこの問題に取り組み、彼らの確信と主張の裏側には崇高なる誠実さと真実への崇敬が横たわっている。こうした卓越した探求者はどうしたって尊敬しなければならない。一生を科学に捧げた人間が、容易に騙されることはないんだ。幽霊を見たとのたまう無知で興奮しやすい人間を、僕たちは笑い飛ばすかもしれない。だけど、こうした人間を疑うことはまた別の問題だ。論題がなんであれ、自分の意見と矛盾しているからといって他人の論説に耳を傾けないのは、愚か者の行為だろう。秘術を操ると称する少人数の集団にこそ悪が潜み、ペテン師や不誠実な人間が大衆の愚かさを利用して恥ずべき生計を立てていることを認めるにしても、後に残った精神的真理まで否定するべきじゃない。兄さんが誠実な人間なら、そこから逃れることはできないよ。僕たち以上に偉大な頭脳と天分に恵まれた人間なら、これらのことを裏付けてくれるだろう。昔ながらの超能力や魔術を軽蔑するのはいいけれど、進化の法則は真実に関する推測にも働いていることを忘れちゃいけない。占星術師や魔術師は、現在の我々がナンセンスだと切り捨てていることを信じていたとしても、当時は卓越した人たちだったんだ。そして彼らがなした努力の中にも、いくらかの真実が隠されている。現在の心霊研究協会の基礎を形作ったのだって彼らだ。考える存在、いや合理主義者たる者、公平な視線でこれらの事実を認める必要があるんだよ」

私はそこで言葉を切り、兄の貯蔵庫で熟成した年代物の素晴らしいポートワインを口にした。その傍らでは、慎重に練り上げられた私の告白を聞いたニコルが大いに興味を示し、賛意さえ見せている。

「自分の過ちを認めるほど、心の広さを認める行為はないいな」と、ニコルは言った。「お前には頭が下がるよ、アーウィン。しかし心変わりの原因はなんなんだ？　私にはそれが気になるよ。とは言えその心変わりは、我々の会話に新たな分野を切り開くと思う。私も精神世界を信じていて、フランスで開かれた降霊術の会で、見えざる世界からの素晴らしい言葉をこの耳で聞いたからな。しかしお前を天の世界に向かわせたのは一体なんだ？」

私は兄の興味を掻き立てるため、謎めいた言葉を返した。

「それを説明するには書庫に残る資料では足りない、と言えば十分だろう。それ以上答えるつもりはないよ。いつか話すときが来るかもしれないけど、少なくとも今じゃない。〝心霊現象〟なんて真面目に口にする人間のことを、僕は今まで笑い飛ばしてきた。だけどこれからは、そうした言葉を馬鹿にする前にもう一度考え直してみるよ。卓越した思考と自尊心、あるいは無知蒙昧を無に至らしめる厳しい試練、それが人生の皮肉なのさ。説明できないことは誰にだって起きる。言ってみれば、僕自身も心霊主義者なのかもしれないけど、この結論には天使も大笑いするだろうね」

「そんなことはない」兄は真剣そのものの口調で言い切った。「天使が大笑いするはずはない。むしろお前のような知性を持った人間が信仰の世界に加わることを歓迎するだろう。それについて話したくないのはわかる。しかし反対はしないでくれ。自分で言ったように、広い心を持つんだ。お前なら、いつの日か心霊学の世界に大きな貢献だってできるかもしれない――並外れた頭脳を持つお前ならな」

ニコルはそれから打ち明け話を始めた。そして、この馬鹿げた行為に多大なる時間だけでなく、少なからぬ金銭を注ぎ込んだことを知って私は驚いた。兄は私に考える材料を与え、きっと役立つと言って非現実的な思考の数々を私の耳に吹き込んだ。彼はリヴィエラの心霊術師に自分の健康だけでなく、残された寿命までも尋ねたというではないか！　事が事だけに、訊かれた心霊術師は曖昧な予言を伝え、それは神の御心次第だと告げたそうだ。だが全体的には安心できる宣託だったらしく、ニコル曰く「金を払っただけの価値はあった」という。

それから私は、目的を達するために撚り合わせておいた細い糸の一本を手にとり、それが別の一本と簡単に紡ぎ合わせられることを知った。かくして必要十分な一本の紐が出来上がったのである。

ニコルは自分自身のことには悲観的なくせに、他人のことになると決まって楽天的だった。相手が王様であろうと、しがない職人であろうと、ニコルにとって他人の運命は常に輝かしき可能性に満ちていて、あまりに苛酷な自分の人生の重荷にため息をつきながら、他人のそれを羨むのが常だった。その後には次のような言葉が、私のうんざりするまで続けられる。「それに何より、私には他人の世話と永遠の自己否定とを必要とする、忌まわしき健康状態があるんだ」ハリーの死後、ニコルが馬に乗ることはなく、馬の飼育場も高値で売り払っていた。また子供のころから銃器が嫌いとあって、狩猟に出ることもなかった。彼にとって無上の楽しみはヨットとボートで、ボートを漕いでいるときのニコルはいつだって喜びに満ち溢れていたのである。

ニコルの新しいヨットは広々とした晴天用の船で、前のヨットに比べ二倍の大きさを持つ船体は六人のクルーを必要とした。ニコルは幅の広いヨール型の船体に快適な家具を備え付けると同時に優秀なクルーを雇ったが、船長はそのまま残した。この老練な船乗りがニコルのことと、いつものつまらぬ航海のことをどう考えているかは私にも見当がついたが、当然ながら実際に聞くことはなかった。

こうして月日は過ぎ去り、私はニコルにとって必要不可欠な人間になるためなら、いかなるときでも労を惜しまなかった。今や熟しつつある計画においては、ニコルの信頼を勝ち取ることが本質的な重要性を帯びているからである。私の優位はすでに確立していたが、非凡なる巧みさと如才のなさをもって行なわれたので、ニコル本人がそれに気づくことはなかった。私は兄の関心に自分を合わせ、あたかも自分のものであるかのように振舞うことでそれを成し遂げたのである。ニコルは私の忠誠をはっきりと認識し、満足を口にした。何しろ彼が失うものは何もなく、こちらも何一つ求めなかったのだから。

「我々は本当に同じ考え方をするものだな」ニコルはそう言った。「感性もまるで同じだし、同じ目でものを見ているかのようだ。だから最近になって、自分の頭脳が想像以上に優れているんじゃないかと思えてきたよ。そうでなければお前と釣り合うなんて有り得ないからな」

「兄さんは優れた素晴らしい頭脳を持っているんだよ。有益なアイデアを僕に与えてくれるのも、その賜物じゃないか」

我々は精神世界の話題をさらに進めて知識をより一層広げるとともに、ついには心霊研究協会に加入した。この点においてはニコルのほうが熱心な信者であり、私は一歩引いていた。それでも信心を深める振りを続けつつ、自分の意思に反して兄に説得されたかのように装うことも忘れなかった。かくして我々は一つの存在となり、ニコルは母親に甘える息子のように私を信頼したのである。

私は折に触れて兄の肉体面にも目を向け、健康問題に不安を漏らすこともした。無害な薬品をあれこれ調合してやるたびに兄は目を輝かせて喜んでいたけれど、私は最終的な破局を控えた兄の診療に力を入れていたわけではなかった。ニコルはいとも簡単に怯える小心者である。しかもいったん怯えさせると、その圧力は度を強めながらいつまでも尾を引き、やがては私の発する言葉の力が最大の効果を発揮する。兄が即座に反応することはよく知っていたものの、様々な現実的理由から苦痛は可能な限り短いほうがいい。そこにはこの世を去ったニコルとともに極力早く葬らねばならない、非現実的な現象が絡んでくるからである。

私はさらに六ヵ月間の猶予を兄に与え、リヴィエラでもう一冬過ごさせてやった。その間にも彼のもとを訪れた上で、収穫に向けた最初の種を蒔いたのである。

私は兄の健康状態についてひとしきり不満を述べてから、自分も少し不思議に思っていると口にした。それを聞いたニコルはすぐさま起き上がり、何を考えているのかと問い詰めた。

「体調はいいんだ――私にしてはな。それに他の人間も元気そうだと言っている」

そこで兄にとってはデリケートな話題である体重を訊いてみたが、言うまでもなく彼は一オンスと違《たが》わずそれを答えた。

「ここに来て少し太ったのは事実だ」と、ニコルは認めた。「しかし食べ物とは関係ない。食べる量が少な過ぎると言われるくらいだからな。それに身体も動かしている。毎日ボートで汗を流しているんだ」

「水風呂には入っていないだろうね？　いつも言う通り、身体を冷やしちゃいけないよ」

気をつけている、という言葉を聞いた私は相手の喜ぶ話題に移り、自分の意図を明らかにした。

「疲れ過ぎないように気をつけること。あと、あれこれ気を揉まないように」と、私は結論づけた。

「僕はもう行くけど、兄さんはあと六週間くらいここにいるんだろう？　帰宅したら、もう一度ざっと診察して、僕の知りたいことを突き止めるつもりだ。今のところは心配ない――これっぽっちも不安に感じることはないよ。だけど身体には十分気をつけて、ボートに熱中し過ぎないこと。腹筋の疲れは大敵だからね」

兄はさらに詳しく聞きたい様子だったが、私はそれを遮った。

ってやった。

「虫垂炎じゃないのか」

「家に帰ってからだ」

虫垂炎は暗雲の如くいつもニコルにつきまとい、不安で苦しめていた。私は兄の肩を叩いてこう言ってやった。

「兄さん、虫垂炎の恐れがある人間を僕が放って帰ると思うかい？　わかってるだろう、そんなことをするはずはないって。それらしい兆候は一つもないし、何かがありそうな兆しだって全くないんだ。今までも、これからもね。兄さんに限ってそんなことはないよ。僕の経験から言わせてもらうと、兄さんと同じ平均的な体格の人間が一番長生きするんだよ。頑丈な人間と違って苦痛に敏感だから、自分の健康に気を遣うんだ。そんなことはしないと思うけど、もし今生命保険に入るとすれば、兄さんの健康状態は第一級だと判断されるだろうね。僕の評判にかけて、それは間違いない。兄さんと口論したことが一度だけあったね。憶えてるだろう？　身体のことを心配し過ぎだって、僕が言ったときのことさ。つまり仕事に悪影響を与えているからじゃなくて――健康を無視するほど仕事に打ち込んでいる人間なんていないからね――、自ら不幸を招いているからなんだ。兄さんは共同体における重要人物だし、兄さんの属する社会で当然受けるべき敬意を受けている。兄さんをデヴォンシャーから引っ張り出して欲しいという善意の手紙を、僕はもう何十通も受け取っているんだ。トーリー党の伝統に従うリーダーの一人にふさわしいと、誰もが信じているんだね。だから元気を出して、毎日を楽しまなきゃだめだよ」

兄はこの種の戯言が大好きで、それを言うのが私とあれば、喜びもひとしおだった。こうして私は、兄の精神を持ちこたえさせてやったのである。

「指に痛みを感じたら知らせてほしい。すぐに戻るから」と、私は約束した。「ミストラル（南フランスに吹く乾いた冷たい北風）は避けて、風が強いときは家にこもること。それから、兄さんが帰国する前に家でやるべきことがあれば、遠慮なく言ってくれよ」

かくして私は自らの巣に舞い戻った。そこでは獲物を待ち受ける準備が全て整っているはずだった。

第十一章

かの偉大なる不朽の天才ニコロ・マキャベリは、人間の精神と頭脳がなす危険な営みを他の誰よりも深く探求し、人間の悪しき信仰を誰にも増して経験した。彼はこのようにして、闇に包まれた深淵を照らし出す幾条もの鋭い光を投じたのである。チェーザレ・ボルジアの人生を観察すれば、良心的人間の内に秘められた反宗教的悪意がなす行為を、余すところなく見るだろう。だが、マキャベリは偉大なる戦士にして卓越した政治家、学識ある哲学者、また予言者でもあった。私は倫理面におけるマキャベリの並外れた冷淡さに魅了され、それ以前には未知の存在だった政治学の形成を可能たらしめたのは、道徳とは全く無縁の基礎を取り入れたことに他ならないと判断した。今日では非道、あるいは不法と呼ばれることを、マキャベリは諸現象における要素としては無視したのである。彼は秩序ある暴力、または無政府状態を支持する一方、物事をありのままに捉え、美徳ではなく価値を判断基準としている。しかも、道徳と政治が結合したところで無益であることも知っていた。事実、今日のイタリアが独裁者の意のままであるのに、我々民主主義国家は指をくわえてそれを眺めつつ、ローマ教皇に空しい声を上げるしかできないではないか。

ニコロはまさに全能の人間であり、その気力、勇気、透徹した視線、そして無節操な権力の行使によって、知能に目覚めた私を魅了した。ここで彼の名に触れたのは、そのときの私にとっては時間こそが重要であり、健全な目的のためにそれを用いる必要があったからである。私だって我が家の地下にある素晴らしきワイン貯蔵庫を四六時中あさり、そこにある驚きを常に楽しむわけにはいかないのだ。しかし、ドリューという執事の勧めに従って飲んだイタリア産ワインの一部は、私が決断を下す手助けをした。つまり、マキャベリの主要作品を英語に翻訳するという決断であって、その中でも『フィレンツェの歴史』を選んだのである。私はマキャベリと気の合う予感がしていて、とりわけラテン的な気質は私を惹きつけてやまなかった。そうした人物の作品を翻訳する、それこそが知的刺激、あるいは知的作業と呼べるものであり、私は意欲を持ってこの仕事に取り組み、脇目も振らずに集中した。もはや医学に対する興味は完全に消え失せ、数少ない隣人の診療を続けることで感謝されてはいたものの、若き日に情熱と決意をもって踏み出した道から離れたのである。一方、我が師マキャベリの残した戯曲や小品の大半も私にとって魅力的だったが、それらにかまけることで彼の持つ真の輝きは消え失せ、人間社会という薄汚れた小屋に耽溺する結果になった。その態度は肉体的にも間違ったものであり、私のような嗜好の人間を遠ざけてしまう。私はフリギアのフルートに合わせて踊ったことも、エロスの矢に射抜かれたこともない人間である。それゆえにフィレンツェの歴史を選び、それが諸事実の記録にとどまらないことを知った。どのページにも、マキャベリの透徹した視線と、雷鳴の如きウィットとが満ちていたのだ。

かくして翻訳に没頭しているところにニコルが帰宅したのだが、私は真心を込めて彼を出迎え以前の議論を再開し、以前のものの見方を繰り返した。私はオカルトへの尊敬が増していることを告白しただけでなく、自分の興味を掻き立て、自身の力に対する懐疑を新たにした個人的経験とやらをほのめかした。しかし、それからすぐ兄の健康状態に話題を移し、自分自身まだ満足していないと述べるとともに、極めて厳格な検査を受けさせたものの、いくつかの点で不審なところが残っていると告げてやった。

「僕の仕事は危険な兆候を見つけ、本当の危険を招くあらゆる要素を予期し、それを避け、蕾のうちに摘み取ることだ。そのために僕はここにいる――言うまでもないけど、中途半端にトラブルと向き合うためでなく、トラブルの影をごく小さなうちから突き止め、人の手よりも小さなその暗雲を、地平線から現われるより早く診断するためだ」

ニコルはこのように言われるのが好きで、平均的な健康状態の人間であれば単なるおためごかしと気づくのに、身体のあらゆる器官に向けられた私の細やかな献身を、心の底から信じ切っていたのである。

「検査の必要があるな」私は続けた。「兄さんに薬を飲んでもらって、その反応によって僕の知りたいことがわかるはずだ。薬というのはとても確かでね、僕の経験から言うと探針やランセットといった、開業医が一般的に使う方法よりも優れているんだよ」

これにも兄は喜んだ。痛いことが大嫌いで、ナイフの痛みを耐えるくらいなら、戦艦を浮かべられるほど大量の薬品を飲むだろう。

私はまず不快を催す程度の量から始め、それから徐々に増やし、しまいには兄の気分をすっかり悪くさせた。それを済ませて兄の恐怖をあおった後は薬の服用を止めさせた上で、不安と同情の表情を顔に浮かべた。そして言葉こそ曖昧にしたものの、これら検査の結果と、兄の身体が示した反応への失望をほのめかした。兄は私を質問攻めにし、やがてひどく怯えだしたが、私はそれを無視して事実を直接伝えることはせず、ある種の初期症状が見られるとだけ告げ、それに対する新たな処方を行なった。

「これだけは一瞬たりとも考えてほしくないけど」と、私は語気を強めて言った。「僕はなんの目的もなく兄さんに付き添っているわけじゃない。兄さんの症状は僕にとって明白な事実で、僕の診断に誤りはない。それを疑うなら、今後兄さんに付き添うのは僕の義務に反すると思う」

それに対しニコルは、私への信頼は絶対だと言った。その言葉は本心からのものらしく、他の意見も聞いたらどうかと勧めるたび、その提案を鼻であしらうほどである。

「兄さんのためだけじゃなく、僕のためでもあるんだ」私は続けた。「助言者が必要だと感じたり、そういう人間を一人呼び寄せたいと考えたりしたこともある。だけど結局、そうする必要はこれっぽっちもないと思うんだ。ちゃんと話そう。何も知らない人間が今ここに来て、僕の言うことに耳を傾ければ、手術が必要な症例だと言い張ることは目に見えている。僕にせよ兄さんにせよ、外科医の手を借りることをなんとしても避けようとしているなんて、その人間が知っているはずはないからね。そいつは経験に基づいて診察を進め、ある種の処置を必要とするある種の症状があると判断するだろう。それが間違いだとは言い切れない。まあ、きっと間違いだとは思うけど、そうした治療が正当かつ必要だと判断したら、そのときは僕が真っ先に知らせるよ」

兄が感謝とともに私の決断を受け入れたので、私は彼の不安が解消するまで束の間の安心を与えてやった。すると兄は、体調が良くなったと言い切った。

以上に述べた事態の進行は、当然ながら故意に引き延ばされたものだったが、私はすでに起点を定めており、そこから結末まで六ヵ月以上引き延ばすことは考えていなかった。数々の暗示が一本の細い流れとなって、吸収力の高い頭脳に染み渡ってゆく。私は自分の役割を片時も忘れることなく、ドイツから新薬を取り寄せるとともに、無数の触診を通じて兄の健康を保ち続けた。そして自分自身の不安を伝えた上で、人生の短さと意義、そして幸福の本質は苦痛からの逃避に過ぎないという快楽主義について兄に語った。ニコルはますます不安になり、私の学識がそれに拍車をかけた。私は主要器官の一つに狙いを定め、その器官が絶えず兄の意識を悩ませるよう、軽い炎症を引き起こさせた。予想通り、兄がついにそのことを口にしたので、危険の根がそこにあることを白状した。

「兄さんに気づいてほしくなかった」私は言った。「いや、気づかれることを恐れていた、と言ったほうがいいかもしれないな。問題がそこにあるのは本当で、僕も心配している。だけど全力を尽くしているのは間違いないからね」

私が細心の注意をもって墓場の向こう側にある想像上の世界に導いてゆくと、兄はすぐさま私の含意を悟った。兄が人生の終末について語ったことはないものの、ときおり諦めの表情を浮かべつつ、近い将来慢性的な虚弱状態に陥るだろうとは口にしていた。しかし今の私が知りたかったのは、実際に死刑宣告を言い渡された兄がどのような反応を示すかであり、それを確かめるためにこの方法をとったのである。実体のない恐怖に襲われた兄は口もきけなかったので、私は慌てて相手を安心させた。

「来世の存在を僕ら二人が信じているのは確かだけど、だからと言って、兄さんのほうが先に召されるだろうと僕が想像している、そう考えるなら、それは間違いだとはっきり言っておこう。兄さんはまだ若いし、このしつこい症状を除けば、僕以上とは言わないまでも同じくらい健康なんだ。兄さんは僕なんかよりも丈夫な心臓の持ち主だから、他の誰かが兄さんのことで落胆する理由なんて何もない。昨日、ボートを漕ぐのを目にしたけど、羨ましくなるくらい見事だったね。あれほど激しい運動なんてそうはないんだから。僕なんか金を積まれてもボートなんて嫌だな。違う、僕が将来のことを話したのは、たまたま考えがそちらに向いただけで、今の気持ちはずっと理性的だし、それを信じていなかった頃、古い信念を抱いていたときよりも、はるかに穏やかだよ。兄さんだって精神を現実に適応させれば、ずっと平穏でいられるはずだ」

「それはわかってるさ」兄は答えた。「ついでに言えば、いつだってそう信じている」

「それならいいんだ——実に正しいよ。科学の世界に住んでいて、言うことや信じることに証拠を求める僕のような人間にも、眩いばかりの特別な光が慈悲深くも降り注いでくれるのか、と考えることがあるんだ。二、三日前の夜だったかな、奇妙な出来事があったんだよ。くだらないことかもしれないけど、それでもよかったら話そうか」

「ああ、ぜひ話してくれ」兄はせがむように答えた。

「わかった。でも言っておくけど、僕はまだ額面通りにそれを受け取っているわけじゃないからね。いまだにかつての教育から影響を受けているし、死者の魂がこの世に現われるなどと言われても、それは魂を見たと言う人間の意識に投影された影に過ぎず、なんの具体性もないと信じていた。だからあの体験もそうしたものだと考えたけど、実は真実なのかもしれないね」

「お前は幽霊を見たんだ！」という兄の言葉を、私は笑い飛ばした。

「それは短絡的だよ。だけど正しい解釈かもしれない。こうした能力、つまり亡霊を目にし、認識できる能力を持った人間がいるという説は、当然ながら一つの説に過ぎない。だけど僕は、それを嘲笑う段階をはるか昔に通り過ぎたんだ。あの奇妙な経験をする前にも一度か二度、何かが——人間のような形をした何かが——自分のすぐそばにいる感覚がして、意識を集中させるより早く消えてしまったことがある。でも今回は、その『幽霊』をじっくり観察する機会に恵まれた。だからこそ言うけど、それは重みを持った生物で、僕は父親の魂の前に引き出されたハムレットのような気がしたな」

「それはなんだ？　どこにいた？」と、関心を持った兄は重ねて問い詰めた。しかし私は、後者の質問から先に答えた。

「パーシバルに会いに行ってたんだ。気管支炎を患っているんでね。そして診察を済ませ、深夜の教会を通って帰るときのことだった。〝テンプル＝フォーチュン墓所〟という名の、遺骨が積み重なるあの陰鬱な場所に差し掛かると、一番下の階段に人影が立っているのを見た、あるいは見たような気がしたんだ。それが父さんなんだよ、ニコル――『生きているときと同じ姿の』父さんの姿なんだ！」

「顔を見たのか？」

「はっきりとね。見間違えようがないよ。昔と同じく、ポケットに手を入れたまま立っていた。月に雲がかかっていたから、父さんらしき姿がぼんやり見えただけなんだけど、形ははっきりしていた。幽霊のようには見えなかったよ。僕は思わずその場に立ちすくんだ。恐怖に襲われたわけじゃなく、ただ当惑してね」

「何も起きなかったんだな。親父は何も話さなかったのか？」

「話しかけたのは僕のほうなんだ。『父さん？　父さんなのか？』って。だけどこちらには気づいてくれなかったよ。それがなんであれ、僕の言葉を聞いたり、こちらを見たりすることはなかった。ついでに言えば、言葉を話したり、相手に気づいたりする幽霊なんてものは信じない。そのどちらをするにせよ、声帯や眼球が必要だからね――どっちも亡霊には似つかわしくない身体の一部分だ。とにかく、父さんは僕の存在を認識しなかった。すると出し抜けに、教会の鐘が十二時を打った。それには気づいたようだった。鐘が鳴り響く中、父さんはあちこち姿を移し、そして消えた。僕はその場に立って、もう一度戻ってこないかと待っていたんだけど、結局現われなかった。ほどなく雲が晴れて、教会の庭に月の光が降り注いだ。でも、それ以上は何も起こらなかった」

ニコルは激しく息をつき、恐れと驚きで両目を見開いていた。

「そうした啓示からお前は何を導き出す?」と、兄は訊いた。

「もちろん、頭の中で何回も考えてみたよ。だけど結局、以前の考えに舞い戻ってしまうんだ。あれが兄さんの言うような〝啓示〟だったとは思わない。それだと幽霊の側になんらかの目的があるはずだからね。なのにあの幽霊は、僕の存在に全く気づいていないようだった。僕は無意識のうちに父さんのことを考えていて、その姿が僕自身の思考の中から形をなして現われ出たんだろうね」

「そうしたものは遺灰が眠る場所に現われる、という考え方が心霊家の中にあるんだ」と、ニコルは言った。

「それはどうかな。第一、なぜ?　この世に遺した抜け殻と魂とを結び付ける繋がりなんて何もないだろう。もしあるなら、幽霊は他のどこよりまず教会の庭で目撃されるはずだ。何しろ取り留めのない体験だったから、そこに重要性を見出すなんて無意味だと思うんだ。ともかく、そこになんらかの意味があるなら、それは我々の理解を超えたところに存在しているんだよ」

「一つ確かなことがあるぞ」ニコルはなおも言い張った。「お前には幽霊を見る天分がある、ということだ」

「たぶんね」私も渋々頷いた。「それは認めなきゃならないね。本当は嫌だけど」

当然ながら、この戯言は兄の精神という感受性豊かな土壌に蒔いた種に過ぎなかった。そこからどんな果実が成るかは、私しか知らぬことである。私はあらゆることに注意を払ってこの上なく巧妙に事を進め、最後の一撃に向けて準備を整えた。恐怖を生み出し、高めてゆく環境を整えることが、私の目的だった。精神が恐怖に捉われれば、それが肉体に及ぼす影響は、どんな厄介な病よりも迅速に現われる。そして病の疑いという恐るべき武器ほど、ニコルのような気質の人間に有効なものはない。彼の人生そのものが、用心の連続だったからである。そして今、その衝撃を最大にして雷鳴を轟かせるべく、私は迷信という陰鬱極まりない領域に入り込み、そこから次なるアプローチを準備していた。

今やテンポを早めるときであり、私は個人的な憂鬱と不安とを徐々に強調していった。表情を憂鬱の陰で覆い、口調から希望を薄めさせるなど、かつての快活さが失われていることを、あらゆる方法で兄にさりげなく理解させようとした。これが別種の人間であれば死ぬほど苦悩を重ね、自分を永遠の眠りにつかせてくれと私に懇願するだろう。だが、ニコルはそうした人間ではない。彼は私の絶え間ない世話と実験的治療とを感謝とともに受け入れ、自らの体調にくよくよ悩みつつ、私の意のままになっていた。そしてようやく、最初の一撃で打ち砕かれた生贄の精神の中に、第二撃にふさわしい条件を植え付けるという、かの忘れ難き夜がやって来たのである。

第十二章

その日、血液検査を行なった私は自分の部屋に長時間閉じこもり、いくつかの重大な結論に辿り着いた。ニコルは目を落ちくぼませた、哀れこの上ない表情で結果を待っていた。しかし私は、化学分析からなんらかの決定的な結果が出るまでには時間がかかると言って、さらに二日間待ちぼうけを食らわせた。この期間における私の憂鬱と曖昧な言動は、ニコルの心を不幸な結論に向かわせる役割を果たした。そして夜がやって来た。沈黙のうちに夕食を済ませた私は兄と二人きりになり、いくばくかの感情を表わしつつ、不幸な知らせを相手に伝えた。

「正直に言うよ、ニコル」と、私は切りだした。「事が事だけに、真実をごまかすなんてできないからね。まず問題点を正確に話すから、その後で兄さん自身が決断を下してほしい。その決断は兄さん本人にしかできないんだ。僕が兄さんの健康のために尽くし、自分の技能を捧げていることは知っているだろうけど、僕も同じく兄さんの勇気と忍耐とを信じている。だけど兄さんも僕も一人前の男だ。だから兄さんがどんな決断を下そうとも、それで僕が怒ることはないように、これから何を言っても、僕に怒りをぶつけないでほしい。兄さんの症状に僕は全能を傾け、すでに知られていることは全て調べ、ロンドンに出かけてこの道の最高権威に相談を持ちかけた。そのうえで、夜を徹して過去のあらゆる成果を調べ尽くした。だけど、僕たちが今直面していることから判断すると、最悪の事態を覚悟しなきゃならないのは確かなんだ」

「今さら驚くこともないさ」兄は答えた。「ずっと前からわかっていたからな」

私はため息をついて先を続けた。しかし、それをここに記す必要はないだろう。はるか以前のことで、私も忘れてしまった。とにかく私は、慎重ながらもはっきりとした言葉で——ときに専門用語を分かりやすく翻訳しつつ——死がさして遠くない将来に迫っていることを説明した。主要器官の一つに問題があり、最近行なった検査の結果、想像以上に病状が進行していることに疑いの余地はないと告げたのである。

「これからは兄さんのことだけを考えなきゃならない」と、私は締め括った。「事態がこうなった以上、兄さんには二つの選択肢がある。一つはロンドンの名医による手術を受けること、もう一つは薬の投与で回復を図りつつ、この家で静かに日々を過ごすことだ。まずは手術の選択肢を検討してみよう。大規模な外科手術では、残された体力を考える必要がある。外科医から見て大成功に終わった難しい手術であっても、患者にとっては死を早めただけということも有り得るからね。

手術を受けるべきか受けざるべきか、それが問題だ。その決断を下す前に、兄さんの症状において手術がどういう意味を持つかをはっきりさせておく必要がある」

「手術に成功すれば回復するのか?」という兄の質問に、私は首を振った。

「兄さんの余命が数週間伸びるかどうか、手術の価値はそれしかない。それに、手術のせいで寿命が尽きる可能性も考えなきゃいけない。兄さんの心臓は丈夫だから心配ないと思うけど、術後に意識を取り戻せない恐れはある。療養所や病院に入るなんて兄さんもごめんだろうから、必要な手術はここでするつもりだ。金に糸目を付けずにね。有能な外科医、麻酔医、そして看護婦をはじめ、必要なものはなんでもファイアブレイスに持ち込めばいい。だけどその一方で、現代の病院というのは人類による発明物の中で寿命を延ばすのに最もふさわしいものであり、個人宅の環境とは比べものにならないことは知っておかなくちゃいけないよ」

「些細な質問は色々とあるんだが、当然気になるのは私の余命だ。二つの選択肢でそれぞれ、どれくらい残っているんだ?」

「その前に専門家に診てもらって、他の選択肢があるかどうかを確かめてみるべきだよ」

「その必要はないさ。少しでも疑いが残っているなら、お前がこういう結論に達したり、ここまで断定的な言い方をしたりすることはないだろう。私はお前の判断に従う。お前をその結論に導いたのが真実に対する無私無欲の愛情であることを、私は知っているからな。できることなら抜け道を見つけようとしたんだろう。さあ、教えてくれ。私の余命はどれだけなのか、そして手術が成功したとして、それがどのくらい延びるのか」

「相手が誰であれ、余命を具体的に告げることなんてしないよ」私は答えた。「医者にそうする権利はない、というのが僕の意見だ。自然の定めを推測したり、そうした疑問に答えを出したりするなんてできないんだよ。だから、大きな誤差を覚悟した上で推測するしかない。兄さんは勇気ある人間だから、真実に向き合うことができるはずだ。こんなことは誰にでも言うわけじゃないけどね。科学の限界をはっきり踏まえた上で判断すれば、兄さんに残された余命は二ヵ月で、手術が成功すれば六ないし七週間それが延びると言って差し支えないと思う」

「新たな苦痛と苦悩とを耐えるだけの価値はないな」と、ニコルは言った。「すでに疑わしい心の平静まで奪われるとあればなおさらだ」

「決めるのは兄さんだよ」

「お前ならどうする？」

「僕なら――いや、やめておこう。こうした困難について、同じ見方をしているわけじゃないからね。でもこれは強調しておくけど、結果がこうも疑わしいのであれば、僕なら手術を受ける気にはならないよ」

「つまり自然に任せると？」

「それはまた別の問題さ。たぶんそうすることもないだろう」

「わかるぞ、どういう意味か」ニコルはそう言ったものの、本当にそうなのかは私にとってどうでもよかった。

「生きることを望むか否かについて、僕たちは意見を求められているわけじゃない」と、私は告げた。「それに、その条件があまりに苛酷だった場合、必然的な運命から逃れることを禁じられているわけでもない。勇気ある人間に理性が制約を課すはずはないし、煙突から煙が出るのを見て士官室を去った英雄も歴史には無数にいる。しかし誰であっても、その大問題には自分で答えを出さなきゃいけないんだ。誰かが解答を教えてくれるなんて期待しちゃいけないいし、愛情や献身というのも所詮は自己中心的で、偽りのない暗示の前には無力なんだから。多くの人間にとっては信仰こそが防壁になるんだろうけど、僕なら苦痛のない平穏と尊厳の中でこの世を去り行くだろう。僕を支え、またそうしたことで僕をより評価してくれる人間など、ごくわずかしかいないことを知った上でね」

「二ヵ月か」と、兄は自らに課せられた軛《くびき》を繰り返した。

「人間の知能をもってすれば、そのくらいの判断になる」

人生の最終章におけるこの初期段階においても、兄は海に思考を向けていた。

「そうした運命を辿るにしても、私は自分の道を行くよ。それも一人で――海とともに一人で行くんだ」

それからもう少し話した後で、私は夜の薬を兄に与えた。しかし彼はそれを受け取ろうとしなかった。

「睡眠薬を処方してくれ――できるだけ強いのをな。それがないと眠れなさそうだ」

私は頷き、兄の言う通りにしてやった。

第十三章

この期間中（つまりマキャベリの翻訳を進めつつ、兄の世話をしていた時期）、裸体を隠す目的で偉大な彫刻作品に加えられたイチジクの葉の如く、魂を肉体に結び付けているかのような人間の奇妙な本能に、私の思考は向かいがちだった。だが私は、この猥褻な不要物をはるか以前に捨てていた。魂というのは人間の迷信――キメラ――想像の産物――人間が生み出し、天国や地獄などと名付けた安住の地と同じ無益な作り事――による最終的な勝利であり、最後の到達点なのだ。こうした想像の産物は人間の思考を汚し、あらゆる現実感覚を混乱に陥れる。そしてよく検証すれば、生きとし生けるもの全ての原動力、梃子、そして背骨として機能している利己心が、別の形態をとったに過ぎないことが明らかになるだろう。しかし幾万といる我々人間の勇気を支え、希望を生み出す役割を果たしているものを、公然と非難する者などいるだろうか？　少なくともそれは、ニコル・テンプル＝フォーチュンに対して麻薬のような機能を果たし始めたのである。

健康の悪化した兄がすっかり不安になっていることは、使用人たちもみな知っていた。にもかかわらず、ファイアブレイスに起居する者は誰しも、私に心からの敬意を抱いていた。卑しく自己中心的で、自分たちの退屈な仕事や報われるところの少ない精勤ぶりに思いを致さない兄のことを彼らは嫌っていたが、私は彼らの中に溶け込み、信頼を勝ち取ろうと骨を折っていたのである。彼らは私を信じ、私が自分たちと同じ視線で人生を見ていること、そしていつ何時でも病気を喜んで診てくれることを知っており、私に感謝しつつこの特権を享受していた。だからこそ、私さえそばにいれば主人を恐れる必要はなく、サー・ニコルの病状が深刻であることを、執事のドリューから聞いていたのは間違いなかった。兄が秘密を打ち明けるような人物は使用人の中に誰一人おらず、メイソンという名の側近すらも兄については他のみなと同じ程度の知識しかなかった。とは言っても彼のみに許された機会があるのもまた事実であり、ゆえに私はメイソンと親しくなろうとあれこれ苦労した。メイソンはなんの特色もない人間で、兄の彼に対する扱いたるや歯ブラシ程度の重みもなかったので、とりわけ忠誠を誓う理由もない。したがって私を不安にさせることはなかったものの、力を尽くしてニコルを快適にさせよという私個人の命令にはきちんと従っていた。

少年のころから我々兄弟を知り、ワインを通じて親しくなったドリューを私は信頼しており、年を越す前に悲しい出来事の覚悟をしておく必要があることを、絶対秘密という条件で打ち明けた。

「誰にも言っちゃいけないよ」無理は承知の上で、私は告げた。

このようにして陰鬱な空気——現実よりもはっきりしていた空気——が暗雲の如くファイアブレイスを覆い、この状況にふさわしい雰囲気を醸しつつ、付近の教区へと広がっていった。兄とてもそれに気づかないことはなく、その広がりに憂鬱な満足を感じているようだった。私は三日間ほど兄が物思いにふけるがままに任せていたけれど、流れに身を任せようとようやく決心したこと以外、兄のその行為になんらかの価値があるとは思えなかった。実際、彼は眠りのうちに死を迎えられる鎮痛剤を求めてきた。しかし私は、それに断乎反対した。

「それだけは駄目だ、兄さん」と、私は懇願するように言った。「立ち向かっている兄さんの姿はこの上なく立派だけど、僕が兄さんを自由にしてやることはできない。それをできるのは自分の力だけだよ。そんなことをすれば、僕は残りの人生をみじめに過ごさなきゃならない――そんなこと、考えるだけでも憂鬱だ」

だが、私はこのやりとりをドリューに伝え、兄が自ら命を絶つ誘惑にさらされており、我々はよく注意してそれを防がなくてはならないとほのめかした。ドリューはしかるべく耳を傾けたものの、特に驚いてはいなかった。彼はすでに私がファイアブレイス荘園の領主になることを予期しており、その見込みは密かな野心に火を点けていたのである。

私は今、この時期における様々な些事を全て忘れてしまっている。何せ遠い昔の話であり、いずれもそれぞれの目的を果たし、幽霊となって形を現わしただけで十分なのだ。私はあの重大な瞬間までそれを隠し、不運な兄に死を宣告してから一週間後に出現させた。秋が近づいたある日の夜、大きな変化の予感があたりを満たし、何かを予知するような白金色の光が、エルムの木のてっぺんと、その下に生えるシダの茂みの中できらめいている。私は兄から離れ過ぎないよう決して遠くまで行かず、束の間の散歩を楽しんだ。そして静謐に包まれた穏やかな夜が訪れる。暗闇が広がるにつれて、月はますますその姿を大きくしていった。夕食後、私は葉巻を吸いに外へ出るとニコルに告げた。夜になるとビリヤード室の暖炉の火がよく燃えているので、私は兄をそのそばに残し、半時間ほどグレイ・レディーズ・ドライブを歩いた。月明かりに照らされた草地の中、さしもの私も幽霊が出ておかしくないと感じたものの、死んだ女や赤ん坊の怒れる魂が私の散歩を邪魔することはなかった。たとえそうなったとしても、すぐ先の将来に心奪われている今、過去を議論する暇などなかったに違いない。頭の当時の私には陰鬱な林とその上で輝く月しか見えず、遠い波音がかすかに聞こえるだけだった。頭の中はリハーサルで精一杯である。これからニコルに語ろうとしている言葉は、全くの作りごとであるのは確かだが、かくも奇妙な体験にふさわしい重みと感情を伴いつつ、詳しい状況をも伝えねばならない。一方の聞き手は、私がその出来事をなんとか説明しようとしながらも、心を全く動かされていないことに気づくはずだった。

科白を覚え込んだ私は葉巻を道端に捨て、兄の予想よりいささか早く帰宅した。屋敷に入るとかすかな困惑を顔に浮かべ、小さく震えつつ暖炉のそばに急ぎ、いつもより口数少なく兄に近づいた。そして目の前に浮かぶ実態のない何かを見つめ、ため息を一つついてから深く息を吸い、兄がぶつけてくる質問を巧みにかわしながら、月明かりの散歩中、予期せざる不意の出来事があったことを伝えた。ニコルはいともたやすく話を理解し、こちらが不安な沈黙を続ける中、たまらず声を上げた。この男は今や極度のストレスに晒されており、神経も限界に近づいていた。

「いったいどうしたんだ?」と、私に問い詰める。「何があったんだ、アーウィン?」

私は返事をしまいとはかない努力を続けたが、それは真相を知りたいという兄の願望を深めたに過ぎなかった。そこでようやく、私は口を開いた。

「どうしても知りたいと言うのなら」私は言った。「本当は言いたくないんだ。ほんのしばらく僕の足を止めただけなんだから――奇妙な出来事だったけど本当は違っていて、科学的に説明できると思う。実を言うと、今の僕は本調子じゃない。兄さんも知っての通り、僕もこのトラブルに悩まされているからね」

その日我々はずっとオカルトを話し合っていたので、兄は何があったのかを見抜いていた。

「見たんだな」

私ははっきりとは認めなかったが、それが正しいことを言外にほのめかした上で、一瞬間を置いてこう答えた。

「どんなに美しい草も、苦い薬を甘くはできない」

「どういうことだ?」

「そう、言わなきゃならないね。僕は一つの体験をした。ある意味でそれは、恐れるべきところなど何一つない、美しい体験だった。知らない人からすれば、邪悪なことなど連想できないほどごく単純かつ高貴で、しかも直接的な体験だ。だけど僕は知ってしまった。そしてあの現象が暗示するものは、僕の唇に押しつけられた苦い薬そのものなんだ」

「はっきり言ってくれ、アーウィン。はぐらかすのはやめるんだ」

「わかった。過去の人間が見たに違いないとされるものを、僕も見たんだよ。この目で見たことを認めるつもりは全くないし、むしろ不安におののく精神がそれを生み出したんだと信じている。だけど幻覚が生まれたのは確かで、まるでそこにない何かを見ているようだった。

　月の光があたりを明るく照らしていて——僕のように静寂と孤独を愛する人間にとっては、気持ちを落ち着かせる平穏さだった——、それまでにも何度か覚えがあるけれど、月が僕の目を騙したんだ。つまり現実を非現実に変え、現実らしからぬ現実を作り出したんだよ。空き地に立つマロニエの大木からフクロウが鳴き声を上げ、草地に木の実の落ちる音がときおり聞こえた。月明かりに照らされたほの白い小道が目の前に延びていて、銀色の布のようにちらちら光っている。炎の中に露が落ちたようなきらめきだ。兄さんもわかるだろう、いろんなことが渦のように現われては消える様子を。新しいものが古いものを頭の中から追い出してゆく。古いものはそこに戻ろうともがき、かくもあっさりと忘れ去られる前に、もう一度思い出してもらうよう僕に求める。一つの思考に集中しながら、それをあらゆる点から見つめ直すほど難しいことはない。言うまでもないけれど、その出来事が起きたとき、僕は兄さんのことだけを考えていた」

私はそこで言葉を切り、夢中になって話を聞いている兄の目を見つめて先を続けた。

「家から半マイルほど歩いた頃だったに違いない。何かが僕を立ち止まらせようとしているのに気がついたのは。それ自体実に奇妙なことだった。声どころか物音一つ聞こえないんだからね。だけど有無を言わさず命じている気がしたから、僕はそれに従い立ち止まった。それまでは何も変わったことはなくて、心が穏やかなら実に美しい夜だった。すると左側で何かが動く感じがして、木々の下生えから一つの姿が現われ、空き地へ向かうのに気づいた。それは女の姿だった――背が高く優雅な外見で、月にかかる雲のような半透明で薄灰色の服をまとっていたんだ。幻だとは思えないし、向こう側は見えなかったのだから、彼女が実在していた――実体があって地面に影を落とす存在だった――ことは誓っていいかもしれない。女は僕の二ヤードほど前を右側へ横切った。控えめだけど堂々たる足どりで、僕の前に来るとこちらを向いて、ほんの一瞬顔を見せた。歳はとっていたけど、美しいことに変わりはない。古代の顔つきをした美女をこの目で見られるなんて思わなかったよ。銀色がかった頭布（中世の一般女性が被っていた布）の下からこちらに視線を向けたから、顔の周りに垂れた白い髪、慈悲深そうな額、愛らしい口、そして光り輝く大きな瞳を見ることができた。生きている限り忘れられない光景だったね。穏やかな雰囲気に包まれた彼女は、まるで夜の女王だった。だけどそこで素早く歩きだし、数秒後には僕の視界から消えてしまった。昔の伝承を思い出して初めて、僕の心に一種の敬意が浮かんだけど、その後ですぐ正気に戻り、全てが変わってしまったことに気づいたのさ」

「グレイ・レディーだな」ニコルは言った。

「ああ、そのようだ」と、私は認めた。「だけど〝ようだ〟というのと現実とは全く違う。不可解極まりない体験だったことは認めるけど、それが実在していたことを兄さんがわかってくれなければ、絶対にそうするつもりはない。むしろ、動揺した僕自身の想像力の産物だったと主張するだろうね」

私はその言葉に力を入れると、脇のテーブルから葉巻を取り上げた。しかしニコルは首を振った。

「そんなことは無意味だ」と、兄は言った。「我々が想像することは常に曖昧ではっきりしていない。お前だって並外れた女性の美しさに思いふける人間ではなかろう。女性に関心を抱いたことはなかったし、今も無関心だからな。内なる意識がそのような映像を紡ぎ出したり、見たことも想像したこともない美しい人物への関心が急に湧き起こったりしたわけではないんだ。夢というものはしばしば実際の体験から生まれるものだが、お前は突如、自分の経験を超越した何かと対峙させられた。ゆえにそれは実在していたに違いない。それについてあれこれ論じても無駄だ、アーウィン。お前はファイアブレイスのグレイ・レディーを見たんだ。私のことを考えれば、お前がそれを見たとしてもなんら不思議じゃない」

私は頭を垂れ、次のように言った。

「兄さんの言葉には理がある――つまり、昔の伝承の真実性を認めることだ。だけど理性がそうすることを拒むんだ」

「お前の体験は伝承の正しさを裏付けている」兄はそう答えた。「その女の正体なんて誰にもわからないし、我が家の書庫をあさっても彼女の経歴などわからないだろう。しかし、その存在はときおり報告されていて、姿を見せるたび家長に死が訪れる。伝承の真実性は疑いようがない」

「兄さんが僕の不安に気づいていれば、この話は絶対にしてなかったよ」私は言った。「だけど決して重大だと思っていないことは、ここにはっきり誓う。僕の興奮状態がそれを十分裏付けているだろう。人々が夢想する物事の半分は、すり減った神経の産物なんだ。自制心を失うと、無意識が好機とばかりにひどいいたずらをしてしまう。月明かりにはこうした幻想が満ちている。僕たちはそれに慣れていないからね。また暗闇にも、僕たちが無防備であり、また弱い精神の持ち主ならば恐怖のあまりパニックに陥ることを見抜いてしまう性質がある。理性が力を失う一方、夜闇による産物は日の光によって突如不安定になってしまう。僕たち人間は不完全な存在であり、いともたやすく自身の感覚に騙される。人間は進化の法則による至高の産物ではなく、兄さんや僕が姿を見せた場所にそのまま立ち、自分自身の短い役割を演じるだけなんだ。将来的にはさらに優れた存在が生まれるだろうけど、僕たちはそれをつなぐ鎖の一つに過ぎない。だけど人間が自分の重要性を過大に評価するのは当然だよ。人類の大半はより重要な存在を想像すらできないからね」

私はその後も戯言を続けたが、兄はもはや聞いていなかった。矢はすでに放たれたのである。彼は程なく私のもとを立ち去り、自室に引き込んだ。その態度には静かなる決意らしきものが秘められており、一つの決心に至ったことをほのめかしていた。そのため私は、ニコルが今や最後の一歩を踏み出したのだと判断した。しかしその内容となると見当もつかず、二日を経てその決心が形になると、私は大いに驚かされたのだった。

第十四章

ニコルは人生最後の行動を起こす舞台として海を選び、いくつかの点では私にとって満足すべき経過を辿ったものの、他の点では疑問の余地を残した。兄は人生において断固たる判断をしたことはなく、それを打ち切るにあたっても曖昧とした態度で成し遂げようとしていた。彼の最後の行動は自らの死を偶然の手に委ねるものであり、意気地のない魂の奥底で微かな希望の光を灯しているのではないかと思われた。兄にとっては剣も銃弾も、あるいはロープや毒薬も、決定的な最後通牒ではなかったのである。兄は海という不確実極まりない舞台を選んだものの、それは断固たる決意の結果ではなかった。自分と海とのあいだに頑丈な厚板を渡しただけで、残りは偶然に任せたのである。兄が自分の決意――それは私に残した手紙に書かれていた――にしがみついていれば、その偶然が起きる可能性は限りなく高かっただろう。しかしそこには、神経を衰弱させた兄が死から逃れる抜け道が多数存在している、あるいは、あらゆる犠牲を払って生き永らえようとする衝動が突如として兄を捕らえて支配するという、望ましからぬ可能性も残っているのだ。

その日の朝食時、兄の顔はひどく青ざめ、しかも無口だったが、前夜は数時間ほど眠り、いつもと同じ体調だと語った。それから、数時間ほどかかる教区での用事をいくつか私に言いつけた。何かがあるなと感じた私は兄の言いつけに従って家を後にし、あえてその用事を遅らせた。家路についたのは昼食ごろで、崖と見晴台を通った私は一つの発見をした。

兄のヨットはここ一ヵ月ほど我が家の小さな波止場に繋がれており、クルーはいずれも無聊をかこっていた。以前であれば、兄はこうした状況に心を掻き乱されていただろうが、今やそんなことを構う状態ではなかった。ヨットのデッキでは二、三人のクルーが無為に過ごしていて、残りは港を囲む石造りの防波堤で暇をつぶしている。しかし最近になって、ニコルお気に入りの小型ヨットが海へと引き出された。前後のセールを立てて沖に吹く清々しい風を受け、スピードを上げつつ南へ向かう。彼はこの小舟を操って独りで沖に出ることがある。私が同伴することは滅多になかったものの、小舟を操っているだけで満足らしく、釣りをするとき以外はクルーを乗せることもなかった。そのようなこともあり、兄が独りであることを疑わなかった私は、ヨットが急速に陸地から離れてゆく様を眺めた。そして北風を受けて岸から二、三マイル以上離れたとき、ヨットが吸い込まれるように岩礁へ向かうのを見た。しかし兄は進路を変える様子もなく、再び彼の姿を見ることはないだろうと私は推測した。にもかかわらず、私の興奮は、兄の行為が必ずやもたらすいくつかの懸念によって打ち消された。私はそのまま歩いて帰宅し——昼食には三十分ほど遅れてしまった——、伝言を携えたドリューの出迎えを受けた。だが、その顔にはなんの不安も浮かんではいなかった。

「アーウィン様。外出するので昼食は一緒にとれないというサー・ニコルからのご伝言です」と、ドリューは切りだした。「ヨットでお出かけになるとのことで、いつ戻るかはわからないそうです」

私は何も尋ねず頷いたが、もっとふさわしい伝言があるだろうに兄らしくないな、と感じた。しかし、その謎にはすぐ答えが与えられる。食事を済ませてしばらくそのことに頭を悩ませていると、食卓から立ち上がろうとした私のもとにドリューがやって来た。

「サー・ニコルがこれを残しておいでなんです。昼食を終えるまで決して渡さないようにというご命令でした」

私はドリューに礼を述べて自室に引き下がってから手紙を開いた。ニコルは最後まで曖昧なまま別れを告げた上で、自分の意図をほのめかしていた。

親愛なる弟へ。

この手紙をもって、お前と我が人生に永遠の別れを告げることにしよう。この文章を読んでいる時点で私がまだこの世を去っていないとしても、いわれのない残酷な苦悩を慈悲深い神が過度に引き延ばすことはなく、すぐに終わらせてくれるものと確信している。不治の病と強まる一方の苦痛という、この悲惨な状態を私が自ら断ち切ろうとしていたことは、お前も知っているはずだ。私がそれを隠すことはなかったのだから。お前は最善を尽くしてくれたし、お前が処方してくれた薬は、私の苦痛を和らげることもあったけれど、それをひどくする一方のように感じられた。しかし、お前は勝ち目のない戦を勇敢に戦ったのであって、私の命を救おうと心からの努力を重ね、余命を引き延ばすべく科学の力を総動員したことは自分がよく知っている。

私はこれから小型ヨットに乗り、過去の私を常に支え、幸福を与えてくれた場所へと向かうつもりだ。そして終焉の地を運命の手に委ねつつ、現世のあらゆる些事から解放されるまで海に我が身を任せる。海峡へ向かい、風と波のまにまに進むのだ。再び何かを口にすることはないし、病によって衰弱しきったこの身体ゆえ、そう長くは生き延びられないだろう。夜の訪れとともに意識は遠のき、再び戻らないに違いない。かくして私はなんの苦痛もなく永遠の闇へと彷徨うのであり、全てに希望を持てること以外は何もわからない彼《か》の世界でようやく永遠の眠りにつくものと考えてもらいたい。

私を探すことはしないでほしい。この事実はお前の胸にしまい、周囲には私が航海に出かけ、じきに戻ってくるはずだと言ってもらえれば、なおありがたい。もし不審な雰囲気が生じたら、ヨットを出して私を探すことになるはずだ。明日になっても私が戻らないとなれば、捜索を始めるようせっつかれるだろう。だが、そのときにはもう手遅れなのだ。覆水盆に返らず。海峡に吹く風は、私の小舟を数時間のうちに沈めてくれることだろう。

さよなら、アーウィン。お前を愛し、常に感謝してきた兄には決して許されなかった幸福、精神の平和、そして素晴らしい健康を、お前が将来にわたって享受せんことを望む。

ニコル・テンプル＝フォーチュン

退屈極まりない告白なのは確かだけど、この先の状況が一層望ましくなることは間違いなく、兄自身が予想した以外の形で航海が終わりになるとは考えられなかった。まさに覆水盆に返らずであって、夜を迎えて天気が荒れれば、兄の航海はすぐさま終わりを迎えるはずだ。私はそれに対して何かをせねばならず、一方のニコルも私が行動に移るのは承知していたに違いない。兄の私に対する誤解は、自分に理があることを私が理解していたとしても、命を救う医師としての規範や習慣が私を海へと送り出し、可能であれば自分を救うであろうことを兄に確信させていたのだろう。そうした行動の無益さを確信できていれば、私はなんとしても兄の救助を避けていた。しかし無視できないという忌々しい可能性は確かに存在していたのである。

私は地図を広げ、風と波がどのような影響を及ぼすか知らぬまま、兄が辿ったであろうおおよその進路を推測した。そして、紅茶を持って部屋に入ってきたドリューに一抹の不安を漏らしたのである。

私は手紙について触れたものの、兄が自ら命を絶とうと決心したことは誰にも言うつもりはなかった。兄が生きて帰ってきたとしても、その判断は簡単に説明できるはずだ。兄の名誉のためにも、秘密は守られるべきなのである。しかし私はヨットを引き出して、一時間ないし二時間ほど海峡を航海し、夜半過ぎに戻ることを提案した。今は十月初頭の午後四時半過ぎ、日没まであと数時間あった。

兄は順風を受けて航海するつもりだと記しただけで、具体的にどのような進路をとるか、あるいは何時に戻るかには触れていないと、私はドリューに告げた。

「どうも気に入らないな」と、私は続けた。「病人は奇妙な幻想を抱きがちだ。お前だから言うんだけど、なんだか予感が――」

「おっしゃることはわかりますよ」ドリューは答えた。「こう申してはなんですが、私も予感がしているんです」

「波止場に行って、ヨットを海に出そう。サー・ニコルが出港してから数時間経つ。今ごろどこにいるものか……。まずは探しに出かけて、見つからなければ沿岸警備隊に電報を打とう」

戦前の当時、無線というものはまだ使われておらず、海上の船に捜索を頼む確かな方法も存在していなかった。

私は三十分後に波止場へ向かい、その途中でヨットのクルーと出くわした。

船長を務めるベン・メリデューは私の姿を見て安堵の表情を浮かべ、自分も心配していたのだと言った。

「ご主人は一人で小舟に乗って、正午ごろに港を出なすったんです。釣りでもなさるつもりじゃないかと思って、伝言を残していないかお宅に向かう途中だったんですよ。そのまま戻ってこないので、ネッドか私がご一緒しましょうかと言ったんですけど、セーリングをするだけだと言って断ったんです。小舟は波止場を出ると、沖の風に乗って南へ向かいました。それからセールを全部立てて岩礁に向かって、すぐに見えなくなりました。珍しいことなんですよ、ご主人はたいてい岸が見えなくなるまで遠出なさることはありませんから。だけどそうしたのは事実であって、しかもずいぶん時間が経っている。それに北西寄りの風が強くなったというのに、戻ってくる気配もないんですから」

「僕にメモを残していったんだ。これは君だけに話すけど、僕も少し心配なんだよ。兄さんは病気だ——君も知っての通り、かなり重い。だからこんな時間に、屋根のないヨットで出かけるべきじゃないんだ。僕は暗くなる前に兄さんを捜しに出る。君の準備ができ次第、すぐ出かけよう」

メリデューは私の言葉に賛成し、それから二十分後、ヨットは海へと引き出された。強まりつつある風の中、ヨットは南へと進み、ベンは私の質問に答えて、ニコルが操っている限りたとえ小さなヨットでも危険はないだろうと言った。

「耐候性が優れていますし、ご主人はあの小舟を隅から隅までご存知です。だけど嫌な予感がしますね。あと数時間で風が強くなりそうだ。疲れて方角がわからなくなるかもしれません」

「風向きが変わって戻るのが難しくなることは?」と、私は訊いてみたものの、そうは思わないという返事だった。

「ご主人は念入りに時間をかけてお戻りになるはずです」と、船長は説明する。「ジグザグに進んでいる小舟を見つけられるといいんですがね。それからこっちに乗り移ってもらって、このヨットで小舟を曳航しますよ」

しかし夜の帳が下りてきても、ニコルの乗る小舟の影は見当たらなかった。我々は今や航路に出ており、大型の蒸気船が海峡を通り過ぎていった。

そのとき、きっと何かあったのだとベンが言った。

「戻るために針路を変えた後で風向きと潮流が変わり、ほんの少し東へと流されたのかもしれません。お気の毒なご主人はご自分の状態から判断し、これ以上ジグザグに進むのは不可能で、陸に辿り着くこともできないと考えたのでしょう。ご主人は、ここことビルとのあいだにある全ての波止場や安全な停泊地をご存知ですから、いざというときはウエスト・ベイに向かうと思います。ライム・レジスを気に入っていますので、そこに行ってご自宅に電報を打つでしょう。そう、絶対にそうだ」

あたりはすでに暗くなっており、大きな物体でなければ何も見えそうになかった。その視界すらも程なく闇に包まれてしまったので、私はメリデューの言葉に頷き、兄の無事を信じる振りをした。

「ライムには後で行ってみよう」私は言った。「君は一晩そこで過ごし、朝になったら帰って来ればいい。僕はそこからファイアブレイスに電報を打って、何か知らせが届いているかを確かめてみるよ。兄が結局西へ向かい、無事帰宅している可能性も否定できないからね」

それから二時間後、我々はライム・レジス波止場に辿り着き、私はメリデューとともに陸へ上がった。風はさほど強くなっていないものの、強い雨が降りだし、海を好きになったことのない私は陸地に上がれてほっとしていた。

私は兄の消息の有無を問う電報を打ってから、事務所で返信を待った。やがてドリューからの返信があり、サー・ニコルの行方はいまだ不明であるとのことだった。それから私は再び電報を打って、屋根付きの車をただちに差し向けるよう命じた。「波止場の西端に向かわせること」車は一時間後に到着し、私はヨットとともに翌日戻るメリデューを後に残し、ファイアブレイスへの帰路についた。

物事を額面通り受け取る性質のない私は、過剰な期待を抱かないようにしていたものの、静寂の夜が一時間、また一時間と経つにつれて段々と楽天的になっていった。そこで自らの懸念に期限を設けることとし、三日経ってなんの知らせもなければ、自分の不安は解消されたものと見なすことにした。ニコルが海峡のただ中を漂っていることは疑いなく、そこの天候がどんな具合か、ニコルがどのような状況に直面しているかは、神のみぞ知るところだった。疲れ果て、半ば意識を失った兄が、なんの光もなく、また近くを通る船も見えない闇の中、降りしきる雨に打たれている姿を思い浮かべた。大型船であれば、兄の小舟を木っ端微塵にしても全く気づかず、そのまま通り過ぎてゆくだろう。私はそう想像しつつ、このような旅立ちを法律はどう見なすのかと考えるほど、サスペンスに満ちた最初の夜をリラックスして過ごした。なんらかの疑いが残る場合、失踪した人間が死亡宣告を受けるには七年という歳月を要する。しかし、ニコルの場合は私に宛てた手紙があり、その中で自分の意思をはっきり告げているのだから、そうしたことにはなり得ない。だが無慈悲なる海は、そこに飲み込まれたはずの人間をしばしば救い、種さえわかればどうということもないけれど、それまでは不可解としか言いようのない奇術を演じるものである。海原を行く船がニコルを救う可能性はまだ残っている。兄を海底に送り込むはずだった船という存在が、実は彼を救うことになるかもしれないのだ。法律もこうした可能性を考慮に入れている。ともかく私はなんら焦りを感じることはなかった。三日間消息が不明だったとしても十分でないことは、ずっと前から気づいている。そこで重要なのは、外洋に向かった船が港に流れ着くまでどれだけかかるかだった。

以上のことを考えつつ平凡な一夜を送ったが、風雨が吹きすさぶ朝の光景は私を安心させた。木の葉を飛ばすほどの強風が陸上で吹いているならば、海上では白波が激しく荒れ狂っているに違いない。朝食をとるべく階下に向かうと、ヨットからの電報が届いていた。ベンの報告によると、いまだ強風が吹いているので、必要でない限りライムには来ないほうがいいとのことだった。しかし私はあることを考え、別の行動をとることにした。ベンに電報を打ち、ヨットでポートランド・ビルのレース波止場に向かい、その近辺で捜索を行なうよう命じたのである。

その日はなんの知らせもなく、兄を救助した船が港に入ったという報告もなかった。

翌朝、ベンがヨットとともに戻ってきた。ひどい嵐に遭ったらしく、ジブ（マスト前方に張る三角形の帆）と備品の一部が無くなっている。ベンは私の指示のせいだと言って、ひどくおかんむりだった。私は彼をなだめ、ベンはじめクルーに金をたっぷり握らせるとともに、自分のせいでひどい目に遭わせたことを詫びた。

そして三日目、明るい未来が切り開かれる予感がし始めた。ファイアブレイスにはなんの知らせも届いておらず、私は机に向かって弁護士宛ての手紙を書いた。すると、電報を手にしたドリューが現われた。私は彼に頷き、脇に置くよう告げた。そしてドリューが立ち去るとすぐ、私は差し迫る警告の如き予感に突き動かされ、急いで電報を開いた。

発信地はシェルブールだった。

キウジョ　サレタ　キセキ　トリイソギ　ニコル

私は取り乱すような真似はせず、椅子から飛び上がって大声でドリューを呼んだ。

「兄さんは助かった！　フランスで救助されたんだ！　無事らしい！　みんなに知らせて、電報を届けた子にはソヴリン金貨をやってくれ！」と、私は命じた。

第十五章

人間の想像力によって紙に記されたロマンスと、他者を操り人形として現実に作り上げようと試みたロマンスとのあいだには、実に大きな違いがある。作者の頭脳から生まれた想像の産物がそれぞれの役割をきちんと演じ、狙い通りに動くこともあれば、そこに意思の力が作用し、作者のコントロールを超えたところで、時間、偶然、そして現実の力が自由に働いてしまう場合もある。毛虫だっていつかは身体の向きを変えるものだ。

男女の問題について語るべき物語はごく少ないと広言し、かつ自らの馬鹿さ加減によってそう確信している、誤った考えの人間が中にはいる。だが真実はそうではなく、いまだ表に現われぬ人間同士の接触は、天空に瞬く星の数よりはるかに多い。ペンテリクス、あるいはカラーラ（いずれも大理石の産地）の山中で出現を待つ彫像はたかだか十基にすぎず、譜面にされていない音楽の大海原で静かに演奏のときを待つシンフォニーだって、せいぜい十曲ほどしかないのだから。

否、私は自ら考え出した物語を話し、巧みに練られた暗示を辛抱強くかけることで、我が兄ニコル・テンプル＝フォーチュンを死に追いやった。やり残したことは何一つなく、いささか浅薄な兄の個性に入り込み、確かな知識を基に兄を破滅へと追いやりつつ、一見逃れ得ない蜘蛛の巣を張り巡らせたのだ。兄の性格はその薄弱さが故に、常に危険の種だった。自ら命を絶つことで最後の問題を避ろうけようと決心しても、よりしっかりした意思の持ち主であれば私をこうも不安にはさせなかっただろうし、慣れた確実な方法でもって迅速に行動を起こしたはずだ。しかし私にこのような方法を取らせた性格はそれに飽き足らず、自身の終焉の地を海の気まぐれに任せるという誘惑に負けたのである。不確実性という好ましからぬ要素が付きまとっていることには気づいたものの、私は何もかも上手くいくと今の今まで信じており、その期待は時間の経過とともに膨らむ一方だった。だが事態はすっかり変わってしまった。ニコルは海に落ちて溺死したのでなく、引き上げられて命を救われたのだ。電報は短かったものの、兄が今なお生きているという憂鬱極まりない事実以上のことを私に考えさせた。兄を責めるのは理不尽なので、私は記憶に残る限り初めて自分を責めた。重大な判断ミスと、過去に十分な用心をとらなかったことが心にのしかかっていた。安楽のうちに眠りから死へと移れる薬を所望することで、ニコルはその機会を与えていたのだ。しかし、未来に目を奪われていた私は、兄の願いを拒否したのである。そして今、幸運の女神は私の過失を見咎め、私の願いを拒否したのだろう。私の目標は今も変わっていない。だが、それを妨げる出来事がいかに数多く起きたかは、決して無視できまい。予想もしていなかった数々の性格が表に出て、計画を混乱に陥れたのは明らかである。

ニコルは生還の報告すらも躊躇っていた。ニコルの送る電報は芸術品と言っていいほど短く、料金を惜しむあまり無駄な単語を加えることは決してない。しかしこの短い文章には、〝奇蹟〟という並外れて厚かましい単語が含まれていたのだ！　全てが計画通りに進んでいれば、何がこの情熱を目覚めさせたのか、あるいは不必要な料金を支払ってでもあの単語を兄に送らせたのは、いかなる感情のうねりだったのかを理解することは難しかっただろう。救助は兄の最も望まぬことだったに違いないと考える人間もいるはずだ。迫り来る確実な死に直面した人物が、自らの苦悩が続くことを歓迎するだけでなく、輝かしきことが起きたと告げてきたのは、いかなる運命の所業だというのか？　この問いを発することはすなわち、それに答えることである。私の如き知性の持ち主にとって解決不能な問題など滅多になく、兄からの手紙が届いたときも、予測していたことの大半がそこに記されていた。運命がかくも理不尽に介入することは元々強く信じていたので、私は残された手段を吟味し、今すぐにも生じるであろう差し迫った困難をいかに避けるべきか考えつつ、自分自身が今後取るべき行動についてすでに思考を働かせていた。衝撃が襲いつつあるのは間違いない。しかし私は、その打撃を回避するのでなく、いかにしてそれを受け止め、新たな反撃を開始するかに意識を集中させた。私に襲いかかった大いなる失望や、それが如実に示している膨大な時間の無駄遣いを悔いる暇などないのである。障害は逆の作用を生じ、実際には良き刺激剤——生命にとっての塩——になったのだ。

ニコルからの連絡を待っていたとき、私は以上のような心持ちだった。長文の手紙が届いたときも、なんの先入観もなくそれを読んだ。兄の筆跡は、いかにも彼らしい弱々しさと優柔不断さとを示している。そして、のたうちまわるような細長い文字が、あの理屈っぽい頭脳を如実に表わしていた。

蒸気船の便箋に書かれていたのは次の文章だった。

親愛なるアーウィン。

かくも驚嘆すべき出来事をどこから、あるいはどのように書き出せば良いだろうか。書けば長くなりそうな奇妙な話であり、到底信じてもらえそうにないので、紙に記すのは不可能なような気もする。しかし、お前を安心させ、かつ感謝を伝えねばならない義務感、また苦しみがもうすぐ終わることに私が感じている、言葉では言い尽くせない幸福をお前と程なく共にできる喜びが、私にぺンをとらせたのだ。

本題に入る前に、最初から結末を知り、途切れることなく私を見守り続けた、神の恩寵に対する私の厳粛なる感謝をここに記す。天の恵みに報いることは誰にもできないが、それを認識すること、またかくも神聖なる寛大さを見つめ直し、自ら授け給うた贈り物が無駄にならなかったことを創造主がお知りになれるよう、自ら鞭打つことはできるのだ。

生まれ育った土地、いや、いかなる陸地をも再び目にすることはあるまいと考えつつ、小舟に乗って海へ出たときのことから話を始めよう。残した手紙でお前も知っただろうが、生まれてこのかた私が大きな幸福を得続けてきた、絶えず変化を続けるかの環境において死を迎えることが、私の目的だった。私は新たな気分で海を歓迎し、その力に身を任せ、なすがままにされようと決意した。細かなことは運命の手に委ねようとしたのだが、安全な場にいる今の状況から振り返ると、意気地のない我が魂が難局を切り開こうとしたときの、その臆病極まりない振る舞いに思いを馳せるだけで、身を切るような苦々しい恥辱を感じる。私の如き信念の持ち主が自殺を考えるなど、それだけで恐ろしい後悔と混乱とを感じずにはいられまい。しかし天におわす主を除けば、私のはかなき決意を知るのは私自身とお前だけだ。忠実なるお前がそれを他人に漏らすことはなかろうと私は信じているし、またそうする必要もないと、私と同じく考えているはずだ。

お前も知っての通り、この航海が自分を大いなる未知の世界へ導くものと信じて私は船出したわけだが、私の生命を救っただけでなく、言うも不思議！　それを引き延ばすようお命じになった慈悲深き創造主による賢き介入がなければ、必ずやそうなっていただろう。かくも摩訶不思議な話でお前も耳を疑うだろうが、私自身の驚きはどう言葉を尽くそうとも言い表せない。私はいまだに自分を信じられない――なんの痛みもなくよく眠れるし、旺盛な食欲で普通の食べ物を口にできるのだから。

私は陸からの風に乗り、海が荒れ模様になるかどうかには構わず、風が続く限り先へ進むつもりだった。そのうち午後になり、二つの出来事が起きた。西寄りの風が強くなったことと、空腹と喉の渇きで身体が衰弱しつつあるのに気づいたことである。できるだけ早く体力を失い、無意識の世界に落ちることを望んでいたから、その日はほとんど朝食をとっていない。衰弱が身体を蝕み、空腹の不快さが私を苦しめていく。とは言え意識ははっきりしており、肉体的な辛さは増しつつあったものの、機械的に帆の操作を続けることはできた。夜が訪れる頃になって商船の航路に近づき、あたりが闇に覆われると、私は全ての帆をたたみ、潮流にお構いなく船の進むままに任せた。ときおり波しぶきが舷側を超えて船内に飛び散ったが、危険になるほど荒れてはいなかった。やがて汽船の音が聞こえ、船舶の途絶えることなき海峡へ入ったことを知る。深い闇に加えて雨が降りだし、また波も高くなっていると感じられたので、船の見張り員に気づかれることなく、このまま波間を漂うのだろうと考えた。

奇妙なことに、長いこと海を見続けていたにもかかわらず、私の頭脳はいまだ冴えていた。だがついに、間違いなく生命の終わりになるであろう眠りの世界に、私は落ちたに違いない。そちらの世界へ導かれ、心臓が最後の鼓動を打とうとしていたそのとき――私は全く気づかなかったが――救いの手が差し伸べられたのである。あと五分ないし十分遅かったら、きっと助からなかっただろう。私が実際に起きたことを知ったのは、かなり後のことだった。

ここでは次の事実だけを知らせておこう。つまり、翌朝の日の出ごろ、横波を受けつつ南へ向かっていた個人所有の蒸気ボートが、すっかり水に浸かった私の小舟を見つけたのである。

半マイルほど先を漂う私の小舟を見張り員が見つけ、ただちに報告した。ボートは針路を変え、誰も乗っていないことを確かめるべくこちらへ横付けになる。小舟はいつ沈んでもおかしくなかったが、意識を失った、あるいはすでに死んでいる人間が、頭と喉を水面に出して横たわっているのを、私を救った人間が発見した。ボートのクルーは即座に行動した。荒れ狂う海面に小さなボートを下ろすのは危険なだけでなく不必要である。そこで船体を私の風上につけて身体を守ると同時に、クルー二名が下りられるようダビットが繰り出された。二人は私が死んでいると報告したが、それでも引き上げるよう命じられ、下りるときに使ったロープでもってそれを成功させた。もちろん私は意識を失っており、これから話す第二の奇蹟がなければ、蒸気ボートの上で死んでいたに違いない。

程なくクルーも船上に戻ったが、姿が見えなくなるまで遠ざかるより早く、小舟は海中に沈んでいった。よって私は、自ら定めながらも天に禁じられた運命から、数分と離れていないところまで近づいていたのだ。

並外れて優れた医学の知識や技能を持った人間は乗船していなかったので、依然私が意図した通りの結末が訪れるはずだった。クルーがいかに献身的な努力を払ったところで、瞬きながら消えつつある私の生命の炎を、再び燃え上がらせることはできなかっただろう。実際、後で彼らから聞いたのだが、みな私が死んだものと信じており、蘇生させる努力さえしなかったという。だが、船主夫妻と娘に加え、医師が一人乗船していた。まだ若く免許を取ったばかりだったものの、弱々しいながら生命の火がまだ瞬いていたことに気づき、消え去る前に蘇らせようと骨を折ってくれた。器具は揃っており、その場のみなが手を貸した。そのうえ、私が不必要な苦痛を感じることのないよう船の安定を保つべく、針路も変更された。こうした情熱と見知らぬ人間に対するいたわりは、キリスト教的な博愛主義と善意とを示す稀な例と言えるだろう。

続く二十四時間、私は生死の間をさまよった。それからようやく峠を越し、意識を取り戻した。私は医師の言いつけ通りに食事と気付け薬をとり、再び眠りの世界に陥った。その間、船は全速力でシェルブールへ向かい、程なく港に到着した。元気を取り戻し、意識もよりはっきりしていた私は、生き永らえさせてくれた恩人の名をそこで初めて知ったのである。

ここで告白せねばなるまいが、そのときまで、いや、その後もしばらく、私は誰にも感謝する気になれず、満面に笑みを浮かべた彼らから、いかに自分たちが必死の努力を続け、私が入念に計画した上で捨て去ろうとしていた生命を再び蘇らせたかを聞かされたときも、心の中では彼らの干渉を憎んでいたのだ。幸いなことに、彼らはそんなことなど想像だにしておらず、これからも知る必要はないだろう。その一方で医師だけには、そうする必要があると判断してのことだが、救いようのない自分の健康状態を伝え、私の立場に関する秘密を告げた。この告白がどのような結果をもたらしたかは、今のところは伏せておこう。

私は救助の経過と、危険を冒した人たちのことを詳しく聞いた。エスメラルダ号は重量八百トンの素晴らしい蒸気ボートだった。持ち主の名はジェラルド・ポータルといい、由緒ある株式仲買会社を経営しているという。金融の世界では名の通った人物であり、裕福なのは明らかだった。夫妻ともに海が好きだというが二人の息子はそうでなく、他の場所に楽しみを見出しているらしい。だが娘のジェラルディンは船を愛している。この献身的で心やさしき女性に私は感謝しなくてはならない。母親から聞かされたのだが、私の生命が今にも消え入ろうとしていたあの数時間、心を尽くして看護してくれたのが彼女だそうだ。私はその場にいた全員をひどく疲れさせたに違いなく、その献身ぶりに十分報いねばなるまいと考えている。

私が息を吹き返したことを知ったときにみなが見せた心からの喜びは、私を少なからず感動させた。私はそれに水を差すことも、彼らの行為が私にとっていかなる意味を持つかを説明することもできなかった。だがもちろん、医師には伝える必要があった。名前はローレンス──ウィリアム・ホワイトヘッド・ローレンス──といい、ジェラルディンによると、ロンドン大学で博士号を取得し、この歳ですでに卓越した業績を誇っているという。

ここだけの話だが、意識を取り戻し、生きて陸地に戻ったことを知った私は、自分の名が呼ばれるのを耳にした。どうして知っているのか後で訊いてみると、衣服を脱がせ、清潔なベッドのあいだにそれをしまったポータル氏が、私の持ち物を調べたそうだ。そして名刺入れを見つけ、真実を知ったという。

さて、この奇妙なドラマにおける最後かつ最大の見せ場を以下に記そう。それを通じ、我々の恐怖の驚くべき反転がお前を喜ばせるとともに、あれほど陰鬱だったこの物語を慈悲深い光で照らすものと私は信じている。

ボートは何事もなくシェルブールに辿り着き、港に入った。しかしポータル一家は私を煙たがる素振りも見せず、身体が回復したとローレンスが判断するまで少なくとも二十四時間、船室で休むようにと言ってくれた。私はその言葉に従い、夜に船主一家が上陸するのを待って医師に秘密を打ち明け、病気の悪化が進んでいることを告げた。

言うまでもないが、私は細心の注意をもって振る舞い、ポータル一家に話した内容と矛盾することは何一つ言わなかった。私がなぜ屋根のない小舟に乗って漂流していたのか、彼らは当然ながら知りたがったので、次のように説明してやった。つまり、最初はちょっと航海に出かけるつもりだったのだが、舵の柄を摑みながら何時間も考えごとをしていたところ、夜の闇と悪化しつつあった天候のせいで陸地から離れてしまい、そこで初めて自分の馬鹿さ加減に気づいたのだと。そして風雨に流されながらやがて意識を失い、目を覚ますとあなたがたが目の前にいた、と言った。しかしローレンスにはこの作り話を伝えず、私の健康状態に関する真実だけを告げ、余命が残り少ないことを教えた。

『私も驚いていますよ』と、私は続けた。『あなたは私の生命を救おうと力を尽くして奇跡を引き起こしたのに、この事実には気づかなかったんですからね』

すると相手はこんなことを言った。『病状が深刻であることにはもちろん気づいていました。実際、いつ息を引き取ってもおかしくなかったんですから。だけどそれは、あなたを襲った風雨のせいです。確かにお瘦せですし栄養が足りていないのは明らかですが、生命に関わるトラブルは見受けられません。そのような状態だと知っていれば、私の対処も違っていたでしょうね』

彼は次にいくつか質問をし、私は長患いのことを詳しく話した上で、お前の昼夜を分かたぬ献身ぶりも伝えた。彼はお前の名声を知っていて、本も読んだそうだ。自分の身体をお前の手に委ねたのは賢明だったとも言ってくれた。しかし、どうにも不思議そうな表情は隠せず、次いで苦痛極まりない検査を行なった。そして私自身驚いたのだが、つい先ほどまでの恐ろしい体験にもかかわらず、出発したときよりも体調がいいと感じたのである。私はお前がしてくれたことを残らず話すとともに、あらゆる科学的知識を動員して私の病気に取り組んだことを説明した。すると、他者の意見を求めたかどうかを訊かれたので、そうするようお前から言われたものの、手術以外に選択肢がないことを率直に告げられたこと、そしていかなる外科的治療も受けるつもりはないと私が決断したことを伝えた。

驚嘆すべき出来事が起きたのは、その二十四時間後だった。なんとローレンス医師は、病気の兆候はなんら存在しないと宣言したのだ！　至極当然のことながら、お前たち医師は常に対抗意識を持っているようだから、彼はそう宣言するにあたって非常に気を使っていた。つまり、大きな不安の種があることは確かで、それによる症状を深刻な病気――我々があれまで恐れていた病気――と誤解したのだろうと言ったのだ。その一方で、その他の事実がお前の診断の役に立っていたはずであり、そうならば私の健康はずっと以前に回復していただろうとも言っていた。そして健康を過度に心配するのはやめるよう忠告したうえで、お前もたびたび言っていた通り、精神は肉体を誤解させるものだと説明した。その態度はごくまともで理解に富み、しかも理性的だったので、私はまだ若きこの医師に大きな信頼を寄せたほどだ。精神が肉体に不利な影響を与えるのなら、良き影響を与え得るのもまた事実だろう。私は今から二日後にエスメラルダ号を去る予定だが、この素晴らしい知らせは日を追うごとに真実性を増し、私も健康と体力の高まりを実感しつつ、自分に訪れたこの幸運を信じ、お前の喜ぶ顔を見たいと願っている。

木曜日にホテルへ移った後、二、三日後にロンドン行きの定期便に乗るつもりだ。翌週末には帰宅できる予定だが、お前が果たして私の顔を認識できるか、疑わしいものだ。

私の新たな、そして大切な友人は、これから地中海へ向かうという。そして六週間後に帰国し、船をドックに入れてから、私のもとを訪れると約束してくれた。ローレンス医師も来られたら来るそうだが、私としてはなんとしてもお前に会わせたいと考えている。

そちらになんの問題もなければ、当地のホテル・レジーナに電報を送ってほしい。あと、私が残した手紙は、手許にあるなら必ず破棄すること。そこに書かれた暗い秘密は、神のおかげで今や忘れることができるのだし、我々以外に知られてはいけないのだ。

ポータル一家についてまだまだ書きたいことはあるのだが、それは再会のときまでとっておこう。しかし一つの事実を思い出すと、いまだにため息が出る。沈んでしまったあの小舟、四十五ギニーもしたんだぞ!

兄、ニコルより

いかにも兄らしい駄文ではないか。心中思い浮かべていたストーリーとあまりに似ているので、思わず苦笑いが浮かぶ。予測不能な出来事が混じってはいたものの、ニコルが救助されたことはその部分を読む前から当然わかっており、そうした不都合な事態を生み出した人物は兄を救助しただけでなく、健康状態に関して彼を安心させただろうともなかば予期していた。あと五分あれば計画通りに事が進んだのにと、今さら悔いても仕方ない。運命の女神は私から勝利を奪い取り、計画を台無しにした。しかも、私の企みは偶然の結果から極めて難しいものとなり、最終的な勝利が先に延びるだけでなく、事態をより困難にする不利な要素が生じたのである。だが私はいたずらに未来を心配することなく、しばらく過去に思いを馳せた。

ニコルが命を落としていたとしても、それを完全犯罪と主張することはできない。計画全体が理想とかけ離れていたからだ。兄の死は私にとって、真相を突き止められる恐れのない成功を意味していた。その場合でも、巨匠の手による殺人がいかなるものかについて、私自身が認識できることはなかっただろう。純粋な暗示による死は極めて優れた成果であるのに、それはどのような意味においても成し遂げられることはなかった。私は幽霊と薬品を利用して兄を神経衰弱に追い込んだ。企みを完成させるための、粗野でありながら必須の要素である。兄の死を明快かつ論理的に計画することなく、小手先の工夫や妙案に飛びついたわけだ。ニコルの手紙を読み直して詳しく分析してみると、そうした不手際の代償がいかほどになるかのヒントが得られた。兄の性格に基づくこの計画の基礎はしっかりしており、それについて自分を責めるつもりはない。しかし、その上部に建つ構造物はやはり脆弱で、不測の出来事という重みに耐えることができなかった。特に薬品に関する極めて危険な問題において、それが失敗に終わるとどうなるか、私は立ち止まって考えることをしなかった。手遅れとなった段階ではっきり悟るのではなく、遂行の前にこうした可能性があることを予見し、不首尾に終わっても事態がより悪化することのないよう手を打つべきだったのだ。

兄の手紙には有利となる内容がいくつか記されていたものの、それらは望ましからぬ他の内容に比べればさしたる意味はなかった。私はまず、こちらを憂鬱にさせる記述からとりかかった。

事実に目をつぶることは許されず、ニコルが帰宅する前に事実を残らず知ることができたのはかえってよかった。それによって確固たる一歩を踏み出し、観察眼の鋭い専門家の興味をかき立てたに違いない、望ましからぬ証拠を処分できるからである。

私が最初に行なったのは、我がささやかな調剤室を解体し、そこにあった全ての薬品を捨てて以前の状態に戻すことだった。それにより、これから兄の耳に吹き込むつもりのある決意が、より大きな効果をもたらすに違いない。つまり、自分の診療が間違っていたショックのあまり、医学の世界から完全に身を引き、二度と診療に携わらないという決意を兄の耳に入れてやるのだ。兄がこの英雄的行為に動揺し、今考えているに違いないこと、すなわち個人医として自分に尽くしてきた弟を馘首する決断から解放されるのは確かである。兄は全く馬鹿なわけではなく、今後無条件に私を信頼するつもりはない、というのは間違いない。しかし私の意志を知れば、その苦しい決断から救われるのだ。そうなると、常識的に考えて私は医師としての地位を失うことになるが、我々兄弟の絆は残り、それ以外の分野では自分にとって価値ある人物だという兄の認識もそのままである。大きな変化が必然的に生じ、私が兄に反対することは何もなくなるはずだ。そうした変化が私をファイアブレイスから追い出す事態に発展するかどうかは、そのときはまだ確かでなかった。まずは兄に会い、自分の失敗が彼の心にどこまで影響を与えているかを見極めることだ。私が兄にとって厄介な存在になるとは思えないが、人生に対する彼の態度がそうさせるのなら、ただちに姿を消すべきだろう。

行間を読んでいくと、兄の生涯にわたる劣等感がすでに崩れかかっていることは、手紙からでも感じられた。そのうえで、この大いなる自由を勝ち取った兄は逆の極端へと走り、エネルギーの高まりと恐怖の消失のゆえに、新たな刺激なくしては決して現われなかったであろう、兄特有の性質を見せるに違いないと推測した。すると、私には新たな問題が持ち上がる。そして将来に目を向ければ、兄の死が私自身の理想とは真逆の形で現実となることが予測された。意志の力を突如与えられた兄が、暗示によって私から影響を受けたり、以前のように支配されたりするとはどうしても思えない。ゆえに別の手段と方法が必要になるだろう。ともあれ、確かなことが一つある――この揺り戻しは私の最終的勝利を遅らせるだけだ。それを妨げるものなど何一つないのだから。

それからしばらく、私は兄の新たな友人に考えを移した。彼らは兄とは異なる世界の人間だ。しかし、その命を救い、結果として大きな熱意を目覚めさせたのも彼らである。それは新たな友人に対する兄の態度から判断したに過ぎないが、兄がまだ意識不明の段階で彼らは素性を知り、イングランドで最も裕福な独身紳士の一人を救ったことに気づいたという、重大な可能性が頭をよぎった。救助した人物に気を配り、献身的に看護するというのは自然なことで、ジェラルディン・ポータルが、たとえありふれた女性らしさによるものであっても、熱心な看護の結果としてニコルに感謝され、彼の信頼を勝ち取ったことは間違いない。ニコルは彼女の「心を尽くした献身ぶり」に感銘を受けた。つまりジェラルディンとしては、短時間の看病で小さからぬ成果を収めたわけだ。さらに、新たな友人に対する兄の満足は、彼らをファイアブレイスに招くという提案の形で如実に示されていた。兄はそのような立場の人間としては、未熟かつしみったれたホストであり、それは本人も自覚していた。他人をもてなすことができないと、率直に白状したこともある。しかし他人に金を使いたくないというのが真実であり、ごく小さな集いであっても出費を極力避けていたのだ。そのことに例外はほとんどなかったものの、興奮状態にある今の兄が全力を尽くしてポータル一家をもてなそうとしているのは明白だ。どんなショックを受けようとも、人間の性格などそう変わるものではない。ヒョウが猟場を変えないのと同じである。よって、住みかに無事戻ったニコルが決心を翻す、あるいは金を惜しんで一家をすぐに帰らせることは十分有り得ると私は考えた。しかし、会ったときにもっと多くを話すという兄の言葉はこの推測と矛盾しており、ジェラルディンという女が単に献身的なだけでなく、女性特有の野心と、胸躍る挑戦に直面した際の意志の強さとに恵まれていた場合の状況を思い浮かべた。

ポータル一家については、彼らに会うまでそれ以上の判断はつきかねる。そこで、私の狙いをかくも見事に、それも無意識のうちに破砕して兄を救った、かの若き医師に思考を巡らせた。ウィリアム・ホワイトヘッド・ローレンス氏は独り立ちしてまだ日が浅いものの、手紙を読む限りではロンドン大学で博士号を取得しており、ニコルの治療が証明するまでもなく、医学への造詣が深いことは確かである。そして今、この若者は大いに混乱しているに違いなく、患者の話を聞いて謎がさらに深まった可能性もなくはない。この問題についてはニコルにじっくり質問する必要があり、全てはその回答にかかっている。私はこれまで、医学に関する戯言をあれやこれやと兄に吹き込んだが、それをそのまま言いふらせば、ウィリアム・ホワイトヘッド・ローレンスが手がかりを見つけたと感じるのは大いに有り得ることだ。この謎を解けるのが私一人であることに疑問の余地はない。しかしそれには、かの若者の意見と、いくらかの個人的な知識が必要になるだろう。

その間、私はこの吉報をみなに告げ、それを聞く際の無関心さから一種のほろ苦い満足感を得た。そして形だけでいいから笑顔で領主を迎えるように触れ回ったものの、みな一様に当惑していた。サー・ニコルは手の込んだ歓迎を金の無駄遣いと判断し、感謝どころか嘆き悲しむというのが大方の意見だった。

後は置き手紙の問題があるけれど、それはどうということもなかった。自殺の意図が決して明らかにならないようにと、ニコルは念を押していたが、私はその決意を記した手紙を注意深く保管し、将来のためにとっておくつもりだった。

第十六章

何もせずに後悔するよりは、何かをして後悔したほうがましだ、とはボッカッチオの言葉である。しかし何かをしたうえで、後悔に無駄な時間を費やさないのに越したことはない。時と機会の巡り合わせ次第でその行為が報われる、あるいは手ひどい罰を受けるだけで十分だ。率直に言って、暗闇のねぐらから現われたコウモリの如き兄の手紙は私を失望させたが、失敗を嘆くのに精力を無駄遣いすることは一瞬たりともなかった。ちっぽけな利己主義者は、物事がうまく行かないとたちまち怒り狂うものだが、絶対的な利己心と鉄の意志とを持つ人間であれば、いかなる犠牲を払っても立て直しに集中するものである。

私は卓越した技能の賜物である自分の成果を過小評価してはいなかった。自殺を決意させるほどの苦境に追い込むことで殺人を完成させるというのは、並外れた才能だけがなせる業だ。こうした悪事を成し遂げられる人間は、さらなる困難に直面すればより一層の高みに登るのだと自分を安心させつつ、私は自信満々でニコルの帰宅を待ち受けた。また程なく大きな路線変更を強いられることも、私を狼狽させはしなかった。人間は時に多くの役割を演じねばならず、不愉快な物真似が求められる事態も数多い。しかしいささか卑屈な演技を近々せねばならないことが、私を悩ませることはなかった。不愉快な役柄を演じながら、誰一人騙せないという苦い経験は、私がするものではない。最終的には打ち捨てるであろう卑屈な態度をとる覚悟が私にはできており、角を生やした魔女の神——あらゆる神の中で最も古い——も手を貸してくれるだろうと信じていたからである。

やがてニコルが帰宅した。その手を握った瞬間、あらゆる動作、身ぶり、そして声の抑揚において兄が全く別の人間になったことを、私は感じ取った。こうした変身ぶりは、私が常に興味を抱いてきた人間についての新発見であり、生まれ変わった兄が見せているテンプル＝フォーチュン家代々の大いなる利己主義の中に、私は自分自身を認識せざるを得なかった。我々はみなその鋳型から形作られたのであって、私は感情の高ぶりを見せつつ兄を祝福しながらも、心の内では相手の自己陶酔と真実との滑稽な違いを嘲笑った。当然ながら、私自身の飽くなき決意と真実とのあいだにも、これと同じ馬鹿げた差異が存在している。我々は同じように行動し、自身の存在を非現実的な次元に置くとともに、互いの小さな望みや夢でもって舞台と劇場を生み出し合う。しかし、その中では全てが過ちである。現実に見られる我々の遺伝は、自分たち自身が左右できるものではない。だからこそ、ニコルも私も、その上に築かれた運命をこれっぽっちも支配できない。その不確実性に対抗し得るのは、崇高なる運命の些事だけである。人がウエストミンスター寺院（歴代の国王や女王、政治家が埋葬されているロンドンの寺院）に埋められようとタイバーン（かつてのロンドンの処刑場）に埋められようと、それが自分自身を含めた誰かにとって、どのような重要性を帯びているというのか？

その一方で、我々は各人が抱く欲求に従い、一族の持つ力に支えられて人生を送ってきた。そして私は、ニコルに対して今なお同じ立場にありながらも、以前の状態が過去のものになりつつあることをすぐさま悟った。見知らぬ医師が兄を生還させたことは誰しも認めるだろうし、意志の力が奇跡を起こしたこともすぐにわかるはずだ。しかし私の仕事に比べれば、ローレンスのそれははるかにたやすいものである。彼はよき知らせをもたらしたに過ぎず、悪い知らせをもたらす者はとかく損しがちなのだ。この若き医師は兄の生命を取り戻した。それを奪い去ったも同然の人間に対し、ニコルが以前と同じ感情を抱けないのは一目瞭然である。しかし私は、この微妙な問題について最初から主導権を握っており、兄の想像以上に自分を激しく責めた。ニコルは健康を急速に回復させつつあり、その感覚は長らく無縁だった快活さを生み出していた。幸運がよき刺激となって気力を取り戻す人間もいれば、悪運こそが実は天恵だったという人間もいる。ニコルはこの事実に気づいていた。彼は私に寛大な態度を示しただけでなく、職業上の過ちを犯したという耐え難い思いを私が耐えるためなら、いかなる力も惜しまない、とまで言ったのである。

「想像もしなかったよ」兄が戻ってきた日の晩、二人きりになると私はそう切り出した。「僕の許し難い無知を感謝する日が来るだなんて。だけど起きたことは起きたことだ。僕は医学の世界から足を洗うと決めているけど、自分のキャリアなんかより、兄さんが生きて戻ってきて、健康を取り戻す姿を見るほうがずっと大事だということは、どうか信じてほしい」

そのときのニコルは年長者の寛大さを見せていた。

「深刻に考えすぎてはいけないな」と、兄は言った。「お前も私も、これらの出来事があらかじめ定められていたことを認識しなくてはいけない。今までの苦しみはなんらかの意図によるもので、そこにはきっと十分な理由があるのさ。お前も知っての通り、今の私は新たな状況に置かれている。そこからは神のご意志がはっきり読み取れるし、自分自身の善と精神の鍛錬のために、我々にいかなる苦境を与えてきたかもよりよく見えるんだ。私は自分の健康に人生を支配され、生きる力を失ってしまった。一方のお前は自分の能力を過信し、間違いを犯すはずはないと信じ込んだ。二人ともその過ちに罰せられたわけだが、私のほうはそれがもたらすよき影響をすでに感じている。つまり死の影から抜け出し、新たな人間に生まれ変わったのさ。生きることはどういうことか、目が開かれた今ならはっきり見える。死の淵から生還したことで、私はまず当惑した。やがて神への信仰と謙虚なる感謝の中で、私に苦痛をもたらした理由を悟るとともに、危険な空想から解放された未来をしっかり感じたんだ。この驚嘆すべき体験は私の将来にわたって深い印象を残し、他者への同情を強めさせるに違いない。だが何にも増してそれがもたらしたのは、お前への同情なんだよ。今度はお前が苦しまねばならない番だが、私はいつの日かお前が理解してくれることを望んでいる。つまり、お前は私のためにこれらの素晴らしいことをしただけでなく、恐ろしい間違いを通じて、私を永遠の闇から光の世界へ連れ戻した神の使いに他ならない、と」

兄の弁舌は終わりに近づいていた。

「そう信じねばならないんだよ。自分たちは神の使いであり、真の目的を知らずとも、神のために行動しているとさえ確信できれば、貧しき心が故意に過ちを犯さない限り、常に希望を持てるんだ」

ニコルにしてはずいぶん高尚な感情を吐露したものだ。健康が兄の思考を研ぎ澄ませ、精神を強めたのは私にもよくわかった。

「兄さんなら許してくれるだろうとは考えていたんだ」私は言った。「だけどそういう立派な考え方をするようになるなんて、夢にも思わなかったよ」

それ以降、我々の思考はものの見事に入れ替わった。新たな力を得たニコルは説教好きの賢《さか》しげな人間となり、一方の私は媚びへつらう真似こそしなかったものの、恭順の姿勢を見せて兄を大いに喜ばせた。それから数週間後、私は家を出るつもりだと兄に告げてアドバイスを求めた。

「兄さんが健康を取り戻したからには、僕は部屋を空けて立ち去るべきだろう」と、私は切りだした。「ある意味で僕は仕事を失ったわけだけど、その理由を考えれば惜しくもなんともない。でも、まず兄さんに僕の悩みを聞いてもらいたいんだ。兄さんを苦しめたあの大きな過ちを犯した後、僕は二度と医学には携わらないと決意した。それについて譲るつもりはない。僕の神経は動揺していて、エネルギーを他の物事に向けなきゃいけない。兄さんも知っての通り、今はイタリア語の翻訳に熱中しているけれど、もっと地に足のついた仕事を見つける必要がある。ここでこれ以上兄さんと一緒に暮らすわけにはいかないんだ」

兄はその問題ならもう考えてあると言って、私を安心させにかかった。

「お前のことについては、私自身も考えていた。もちろん、仕事を辞めるという決断はお前の問題だし、口を挟む権利は誰にもない。まあ、そこまでしなくても、とは思うがね。曖昧な問題で過ちを犯すのは誰にも起こり得ることだし、お前が他者の意見を求めるよう言ったことは決して忘れていない。あれ以上できることはなかったし、他者の意見に注意するのもお前の義務だった。実際には、お前は自分が正しいと確信していて、私もお前が正しいと確信していた。他者の意見を取り入れていたら、二人とも大いに安心していただろう。だが、お前の過ちをこれ以上あげつらう必要はない。私にも責任の一端がある、とだけ言えば十分だ。で、将来についてだが、正直に言ってお前がいなくなるのは大いに残念だ。ある意味でここに来てから私の右腕となったわけだし、南で冬を過ごしたり、長い航海に出たりするとき、お前が家を守ってくれれば安心なんだよ。ここだけの話だが、ファイアブレイス全体に変化を引き起こし、喜びで満たすいくつかのアイデアを考えているんだ。今はまだ漠然としているし、お前が必要になるのもまだ先の話だがね」

兄はさらに続けた。

「文学ならここでも差し支えはなかろう。それにもう一つある。この教区のため、お前にはここに残ってもらって、領民の健康全般を無料で診てやってほしいんだ。ここに来てからずっとしているようにな。領民はみな信頼しているし、お前ならその能力も十分ある。お前がここを去ったら、彼らも嘆き悲しむに違いない。金については、状況も変わったのだからそれほど大金を必要としないはずだし、私に金銭でとやかく言われたくもないだろう。お前にも一族としての誇りがあるからな。しかしお前がどうなろうとも、私としてはここに残って領地の管理を助けてもらい、私が春に戻るまで全ての面倒を見てもらいたいんだ。月に百ポンドもあれば、ポケットマネーとしては十分だな？」

兄は一皮むけば、いまだ卑しい人間のままだった。自尊心のある人間であれば、かくも下司な人間を殺害することに誇りすら感じるだろう。

「兄さんは何もかも考えてくれているんだね」私は言った。「兄さんはいつも気前がいいけれど、僕としてはいつまでもそれに甘えたくはない。だけど今は言う通りにしよう。兄さんの希望であることさえはっきりしてもらえれば、僕は来年の春までここに残る。それまでには仕事も終わっているだろうし、兄さんも心境の変化をもっと語れるようになるはずだ。僕もそれまではここを出入りして、兄さんがリヴィエラに行くつもりなら時々訪ねるよ」

「それで結構だ」と、兄は宣言した。「私がお前の抱えている問題を忘れることはなく、また見捨てるつもりもないことはわかってくれよ」

兄の恩着せがましい態度がますます強まるので、私はあらゆる機会をとらえてそれを刺激した。この耐え難き人物は神への感謝をだらだら話すのみならず、それを見せつけようとすることがよくあった。

「我々は創造主の恵みに報いることができない。しかし、不幸な人間の幸福がより増したことに、感謝の念を広めることはできるはずだ。それこそが、我々が示せる唯一本物の感謝なのだよ」

そう言いながら、兄の〝感謝〟は長続きしなかった。彼は五軒ほどの小さな家の屋根を新たに葺いてやるとともに、村が必要としていた公会堂の設計図を書かせるために建築家を呼び寄せた。ところが、建築費用が千五百ポンドに上ると聞いてすっかり度を失い、しばらく延期すると言いだす有様だった。また毎週日曜日の朝に教会へ行き、村落でささやかな夕べの集いを催したりもした。そこで知り合いの祝福を受けつつ、自らの冒険譚を語るのである。こうした変化にもかかわらず、兄の習慣は程なく元に戻ってしまったが、健康が大いに回復したのは別だった。肉体的に元気になっただけでなく、結果として精神的にも大いに強くなったので、この変わりようは特筆すべきものだった。頻繁に海へ出るのはもちろんだが、ヨットを常に使用可能な状態にし、多少の悪天候でも船出させたことは、ベン・メリデューらクルーを驚かせ、かつ喜ばせた。またボート漕ぎも続けており、そのために高価な短艇を購入したほどである。いまだ曖昧にしていた秘かな野望を除き、兄が私に隠していることは何一つないようだった。実際、嬉々として打ち明け話をすることもよくあった。大型の汽船を買うことが今の目標だと言うので、私は大げさに感心してやった。

「それはいい。海は兄さんの遊び場だからね。昔の楽しみを取り戻しつつあって、金をかけるだけの余裕もある。競走馬を飼っているわけでもなければ、美術品を熱心に集めたり、くだらないことに大金を使ったりしているわけでもない。健康のためには海の空気をたっぷり吸うことが必要だし、兄さんのような真面目な人間にヨットは最高の趣味だ。有能な人間を大勢雇って、貧しい人たちの幸福と繁栄に貢献できるんだからね。実に利他的な趣味だよ。まずは適当な船が売りに出ているか確かめて、出ていなければ自分で建造したらどうだろう」

「ポータル氏が来たら相談するつもりだ」と、ニコルは宣言した。「並外れて優秀だし世慣れているから、きっと安上がりに済ませてくれるさ」

かくして兄は新たな友人を出迎える準備を始め、彼にしては大金をかけてもてなそうとした。そのうえで、細かな点については私に相談した。すでにポータル家に対する心からの感謝を示し、いかに恩義を感じているかを伝えたいと重ねて表明している私は、ニコルを大いに支え、彼らの訪問は忘れられないものになるだろうと断言した。

「兄さんと僕がどう思っているかを、必ず彼らに伝えよう」と、私は言った。「その人にふさわしい贅沢なひとときを過ごさせることができるのは、富める者の特権の一つだからね。そうすれば、彼らも兄さんに報いてくれるはずだ。つまり長い目で見れば、情けは人のためならず、ということになるんだよ」

「だといいがな。しかし成りゆき次第だよ。報いてくれることは間違いなかろうが、私がそれを受け入れるかどうかは、そのときの状況によりけりだ」

かくして、兄は自らの秘密に取り組んでは、再び離れて行くことを繰り返した。言うまでもないが、私はずっと前からそれを予測していて、兄の心によぎるものを理解していた。彼は一度ならず自らの冒険譚を繰り返し、それは決まってジェラルディン・ポータルで締め括られていたのである。

「救いの天使だな、あの女《ひと》は」と、ポートワインをグラス二杯空けてから、ニコルは言った。「手触りと声に不思議な魅力があるんだ。あの歌はまさに天啓だった。ああいう歌声は初めて聞いたよ――

高度な訓練を受けていて、音楽で生計を立てていてもおかしくはない。優れた声楽家と言ってもいいが、それでいて奇妙なまでに謙虚なんだよ」

「綺麗なのかい？」あるとき私は訊いた。すると、兄は返事の代わりに手帳を取り出し、彼女の写真を見せてくれた。

美しいのは間違いない――魅力と意志の強さを兼ね備えたブロンド女で、いくぶん個性的な顔立ちである。ニコルに興味を覚えるとは到底思えない。そのようなことを、私はヨット用の服装に身を包んだ彼女の写真から判断した。

「いや、すごい美女だね」と、私は言った。「人並み外れた魅力の裏には、きっと素晴らしい個性が潜んでいるんだろう」

兄がその個性の輝きとやらを長々と話すので、実は彼女を愛していて、自分の行動をもっと見てもらいたいと思っている、などと言いだすのではと感じられた。すると突然、話すべきでないことまで話していると考えたのか、笑いたくなるほど性急に話題を変えた。真面目な堅物が飲み過ぎに気づき、早々に切り上げることで危険を避けるのと同じだ。ニコルは豪勢なもてなしを計画していた。スポーツ好きのポータル氏のために狩猟の会を催し、そのうえグランドピアノまで借りるという。調べたところ我が家の古いピアノは修理が困難だとわかったためだが、ハリーの妻は音楽家などではなく、母にも音楽の素養はなかったので、二十年間も使われないまま眠っていたのだ。

私は他にも誰か招待するつもりかと訊いてから、ポータル一家に会わせるべき人たちの名を挙げた。しかしニコルは、他には誰も招かないつもりだと答えた。

「私は彼らをきちんともてなした上で、もっとよく知りたいんだ。わけのわからない人間を大勢入れて滅茶苦茶にしたくはない。ローレンス氏は来られないそうだが、頼んでみたところ、後日訪れるとのことだったよ」

そういうわけで、私の内なる思考は、ニコルが言う救いの天使に移っていった。

いずれ断ち切られる兄の人生において、救いの天使は私にとって最も望ましからぬ存在であり、結婚の約束などされようものなら様々な困難が生じるはずだ。とは言うものの、そうした厄介な出来事が、自らの力を取り戻すにあたって予期せざる好機をもたらし得ることもわかっていた。疑わしいデータに基づいて思考を巡らせるのは、医療に携わる人間にはよくあることであり、決して自分だけの弱点ではない。しかしミス・ポータルがもたらすであろう事実をもっとよく知るまで、真剣に推測するのはやめにした。

ニコルはポータル一家の来訪に合わせて新しい服を買った。その方面には金を惜しんでいたので、今になって必要になったのである。

第十七章

時間通りに訪れたポータル一家は、上流階級と中下流階級とを隔てている階層に属する、ごくありふれた人たちだった。主人は洗練されていながらよく気がつき、他人を不快にさせる押しの強さは見られない。妻が身に付けている高価な宝石類は夫の裕福さを示しているが、それを鼻にかけることはしなかった。彼女は親切な人物だがまだ美しく、慎み深い女性である。夫妻はファイアブレイス荘園と、そのしきたりや習慣に心から興味を持っており、もてなすのは簡単だった。能ある鷹は爪を隠すの喩え通り、ジェラルド・ポータルの金に関係する知識は驚くべきものだった。政治や外交に関心を持つのも、それらが経済に影響を及ぼす限りにおいてである。それでいて心はかなり寛容らしく、経済に関する政府の不正に腹を立てるどころか、自分自身を「市井の一市民」と評する通り、一切の批判を差し控えた。

「舞台の裏側で何が起きているかなど、誰にも知りようがないんです」と、彼は何度か口にした。「それを知らずに賞賛や非難などできませんよ」

鉄灰色の髪をしたポータル氏は、引き締まった口元と青い瞳が特徴的だった。クルーカットにした頭髪は薄くなりかかっているものの、いまだに力強さと行動力を示しており、海への並外れた情熱が見て取れた。

ジェラルディン・ポータルは高度な教育を受けていて、無意識ながらもかなりの教養を見せていた。また異性を情熱に目覚めさせる存在であるのは間違いない。ありのままでも美しく、それは本人も気づいているに違いないが、自分の魅力をことさら印象づけようとはしていなかった。美しい女性の大部分はそうするものであり、自分の並外れた魅力を見出し、それを最大限に利用する技術に長けている彼女らは、口元や目元で相手を挑発する術を身に付けている。しかし金髪で背の高いジェラルディンは、それとは全く違う意味での芸術家であり、自分の才能に対する熱中ぶりは、本来備わる美徳に対して彼女を無関心にさせていた。彼女にとっては歌声こそが、自分に備わる中で唯一関心のある資質のように思われた。音楽は最高の喜びにして永遠に変わらぬ情熱の対象であり、自分の外見よりもコントラルトの美声のほうが、彼女の頭を占めているのだ。小ぎれいな服装は質素そのもので、いかにも当時のエドワード時代らしかった。着飾ることがジェラルディンにとって重要な関心事でないのは確かである。青い瞳は父親と同じだがより輝きに満ち、その上では、亜麻色の髪がふわりと盛り上がっている。口はさほど大きくないものの、繊細さと意志の強さを感じさせた。歌いながらも美しさを失わない口元など、滅多に見られるものではない。振る舞いからは恐れを知らぬ率直さが感じられるものの、ファイアブレイスへの訪問が未知の素晴らしい経験ではないことなど、みじんも匂わせなかった。自分の知らないことを知っている振りはせず、音楽に関するニコルの馬鹿げたコメントなど無視できたはずなのに、その間違いをいちいち正し、あるいは自分の意見が違っているのはなぜかを説明してやっていた。

ジェラルディンに計算高さや狡猾さは見受けられなかったけれど、彼女の純真さは本当の人間性を隠すポーズではないかと最初は疑った。しかし、それは自然なものだとやがてわかる。二十三歳になるまで策略とは無縁の人生を送っていたのであり、今の状況がもたらすのは混乱だけだった。ニコルと知り合えた喜びを隠そうともしていないが、彼女がなんらかの企みを抱いているなど、まるで有り得ないことである。とは言え尻軽女では決してなく、コケット的な雰囲気にも欠けていた。

私はずっと前から、これらの人たちとどう接するべきかを決めており、彼らの私に対する態度にほのかな興味を覚えていた。私はいつもの行動を変えることができなかった。そうした奇妙な変化があれば、まずニコルに気づかれるはずだからだ。それでも兄に対する態度を少しずつ変え、以前に増して主導権を握らせてやった。よって兄の新しい友人に私は一種の控えめな態度をとり、兄こそが自分たちの手本であり指導者であることをはっきりさせていた。その結果、私が兄をどう考えているか、自分たちの行為が私にとって何を意味したかについて、ポータル一家は間接的にも直接的にも知ることができたのである。私はなんとか丁重かつ謙虚に接し、力の及ぶ限り従順に振る舞った。会話の中でもニコルの望む通りに話したが、それはごく簡単だった。ポータル氏は話し好きで、いくつかの話題において反体制的な考え方を口にした。しかし私は、最近起きたばかりの並外れた体験が自分の態度をいかに変えたか説明しつつ、もっぱら〝救いの天使〞の味方をした。

「自分が正しいと信じ込み、その後で間違っていたと気づくのは、誇り高き人間にとって非常に厳しい試練です。だけど、私は輝かしき運命の連続によって、それを体験したのであって、自分が何から救われたのかを知る一方、支払った代償を惜しいとも思わなかったことは、あなたもおわかりになるでしょう。無知にはこれよりも苛酷な代償がつきまといます。しかしニコルが救助されただけでなく、真の回復に向かう助けを得たと聞いたとき、それが私にもたらした衝撃は巨大なものでした。事実自体にしがみついていなければ、その重みに押しつぶされていたでしょう。私はそこから信じ難いほどの喜びを受け、自分自身の過ちという深刻な悲劇と向き合うことができたのです」

三人の中で最も親しくなっていたジェラルディンにこうした戯言を話したところ、相手は感銘を受けたようだった。

「そう見るのが正しいと思いますわ、テンプル＝フォーチュンさん」と、彼女は言った。「サー・ニコルが意識を取り戻したとき、まずお考えになったのがあなたのことだったんです。完全に回復するだろうとローレンス先生が判断なさったときも、あなたがどれだけ嬉しがるだろうとお考えでした。本当に勇気のある方ですね。ずっと後になるまで、自分が死の影につきまとわれていたことをお話しにならなかったんですから」

「いかにも兄らしいですね――この世で最高の人間ですよ」私は答えた。「僕たちがお互い相手にとってどのような存在であるかは、あなたもよくおわかりでしょう」

芸術家を愛する者は芸術家である、とはよく言われることだ。凡人にとってそうした人物は自惚れが強く、様々な点で気に障るというのがその理由だが、ジェラルディンは指の先まで芸術家であるにもかかわらず、自分自身の才能に謙虚であり、誰かと口論になることはあるまいとすら思われた。同じく芸術家である私は、音楽に無知ながらも彼女の才能を認めることができ、その驚くほど美しい声には私の鈍感な耳も魅了されるはずだと確信した。

兄がジェラルディンに惚れ込んでいるのは明らかだだが、以前に恋というものをしたことがないだけあって、その体験はより一層強烈に違いない。はるかに年上であるという事実が情熱を妨げるだろうと私は推測したが、その他の現象がこの問題をむしろ曖昧にしつつあった。かくも才能に恵まれた女性にとって、ニコルは親切で思いやりのある友人以上の存在とはなり得ない。そのことは私の目にも明らかである。彼女がもっと貧しければ、異なる角度から人生を見つめ、ニコルが示している可能性にすぐさま気づくはずだが、そういった誘因とて存在しない。父親はかなりの金持ちであり、彼女自身も高額の教育と個人授業を通じて自分の素質を伸ばしている。しかし自分が他人の目にどう映っているかなど誰にもわかるはずがなく、それが女性の目とあればなおさらである。私にとってニコルは、一族の特徴をよく受け継いだ、身長六フィートの空虚かつ曖昧な存在に過ぎず、他の誰かがそれとは違う見方をする、あるいはより高く評価するなど想像だにできない。しかしよくわからない理由で、ジェラルディンはニコルの中にそれ以上の何かを見出しており、その発見は真実以外の何物でもなかった。興味がある素振りと、その裏にある野望とを、私は彼女の中に見出すものと予想していた。その代わりに発見したのは一つの現実であり、彼女が隠そうとしているのはニコルに対する心からの愛情だけなのだ！　また、そうした愛情が起爆剤になってしまうのではないかという女性特有の疑いが、彼女に何かを隠させることもなかった。事態の成りゆきが明らかにした通り、ジェラルディンはそういう人間ではなかったのである。彼女がその出来事の前に表わしたのは、いわゆる〝生娘《きむすめ》らしい慎ましやかさ〟に他ならない――かつては謙虚かつ自尊心の高い女性にとって当たり前の自然な控え目さだったが、現在ではほとんど見られないものだ。あらゆる常識から自由となり、全ての面において男性と同じ自由を享受したいという、現代に生きる若い女性の願望は、男たちが表向きは崇拝しつつ裏では軽蔑するような、大酒飲みで厚化粧、そのうえ耳障りな声で喚き散らす、厚顔無恥な現代女性を生み出したのである。

ニコルのもてなしからは、ぎこちないながらもはっきりとした意思が感じられ、その場の雰囲気に慣れてきたジェラルディンの両親も、私が同情と理解とをもってその件を話し合ってくれそうだと見て取るや、いくつかのことを打ち明けた。ここでもまた、私は同じ大きな事実を突きつけられたのである。ポータル夫妻も兄に心からの好意を抱いており、私にとってはなんの重要性もないと思われた先祖代々の特質のために、彼を尊敬すらしていたのだ。この株式仲買人はおべんちゃらというものを言うことができず、今まさに展開しつつあるこの恋物語について、初めから自分の態度をはっきりさせていた。

「男同士としてお話ししますが、これは前もって仕組んだことじゃありません。それはご理解ください。こうしたことになると予想されていても不思議じゃありませんが、あなたは生まれついての紳士ですから、よもやそんなことはありますまい。私は自分の力で成り上がった男ですし、生まれや地位という偶然の産物をさして重要なものとは考えていません。考え方や判断においてはリベラルなんです。富める者として生まれるのは美徳でも犯罪でもない――それは単なる偶然であって、私は偶然というものに影響されるつもりはありません。同じことは娘にも言えます。私の知る限り、娘はこれまで恋というものをしたことがなく、私よりも娘をよく知る妻もそう言っています。あれにとっては歌だけが恋人なんですよ。しかし娘は公正な人間であって、男爵だからといってその男性を好きになることはありません――むしろ相手に惚れ込むのは、素晴らしいバイオリン弾きであるとか、あるいはオペラ歌手であるとか、そういう理由からでしょうね。ですが、今の状況はあなたにもおわかりでしょう。サー・ニコルの何かに娘は惹きつけられたんです。地位ではなく、あの方ご自身に。これはあなたにもご理解いただきたいのですが、妻も私もそれが何かわかるような気がしています。私たちも同じように惹きつけられているんですから。我々はあの方に好意を抱いています。高潔でなんの偏見もなく、賢明な考え方をなさる素晴らしいお方ですよ。それに海を愛している――海好きに悪い人間はいません」

「兄を知れば知るほど、尊敬するようになりますよ」と、私は言った。「いわゆる上流階級の中でも、我々テンプル＝フォーチュン家はさほど才能に恵まれているわけではありません。しかし兄は違います。父親と同じく、富に見合うだけの大きな義務感を持っていますからね」

相手は考えるように頷いた。

「あなたは他の誰よりも、兄上にとって大切な存在なんでしょうね」

「今は違います。何にも増して大切な存在が別に現われたんですから。もちろん、そのことで兄を責めるつもりはありません。ミス・ポータルはとても美しく、また素晴らしい女性です」

「そうお考えですか？」

「他にどう考えられます？」

「では、あの二人が互いに惹きつけられても、それに反対する理由はないと？」

「いやいや、ポータルさん」私は答えた。「それどころか喜んでいますよ！　人間が――特に独身の男が――予測できる限りにおいて、二人には輝ける幸福が訪れるでしょう。娘さんはニコルが必要としているであろう性格の強さを与え、その一方で、『音楽』という単語が自分にとって全てを意味するようになるほど、兄が娘さんの趣味を大事にしていることを知るでしょう。私に言わせれば、兄は今すぐにも結婚すべきです。我が一族のことを考えると、次の世代が産まれると思うだけで嬉しいですからね」

「それを聞いて安心しました」と、ポータル氏は言った。「つまり、障害になり得るものは見当たらないというわけですな」

私は笑った。

「なら言いますが、あの二人は障害があるのではという恐怖をもう乗り越えたんですよ。ミス・ポータルは美しいだけでなく知性があります。深刻な障害に直面することがあっても、ニコルとともにそれを解決していたでしょう」

「それは考えもしませんでした」ポータル氏は告白した。「私としては、兄上が何を大切に思っていらっしゃるのかを知りたいと考えていて、娘が単なる伴侶として生きなければならないのであれば、兄上から引き離さざるを得ない結果になっていたでしょう。それに、娘が音楽に人生を捧げ、上流階級に登り詰めたり入り込んだりするなど、彼女にとってなんの意味もないことを知った兄上が、この女は望ましからぬ存在だと判断するのではないか、とも私は推測したんです。とは言え、二人がこれらの問題を全て乗り越えたのは間違いないでしょう」

「ええ、きっとそうです。ニコルは階級というものに関心がなく、そのことで娘さんを失望させたりはしないはずです。あと、海への愛から生まれた強い絆をお忘れなきよう。他の何にも増して、それが兄を娘さんに引き寄せたんですよ。私に言えるのは、兄が並外れて幸運な人間だということだけで、また兄との結婚を決意すれば、ミス・ポータルも等しく幸せになれると信じています」

年月が経過した今、それから何を話したかはすっかり忘れたけれど、この株式仲買人が率直な人間で、恐らく妻ではなく娘から影響を受けたであろう、ある種の雅量を見せていたことは覚えている。

あの晩のことは今も私の頭に残っていて、それを特徴づけるいくつかの出来事も記憶しているが、その中で真に印象的なものは一つだけである。それは今なお奇妙なまでに鮮明だ。ジェラルディンによって残され、ずっと後になって私が発見したある一曲の音楽がこの記憶を浮き彫りにし、独特の感情とともにその場の光景を蘇らせたものの、その後二度と現われることはなかったのである。

三日目の夕食後、ポータル氏は性格の一面を無意識のうちに晒し、自身の思想の一端を垣間見せた。私はそれに同意したが、本当はもっと強く賛意を示したかったほどである。そのときの話題は時代についてだった。

「人間は自己主張が強いけれど、実際には臆病な存在です」と、相手は切りだした。「社交的な本能は誰もが似ていますが、群れていない草食動物が勇気を見せることはありません。群衆の勇気というのも狼の群れのそれに過ぎない――個人個人は危険を前にさっと逃げ出す臆病者に過ぎないんですよ」

「皮肉はよしてくださいよ、ポータルさん」と、兄が恥ずかしそうな顔をする。平和な夏を楽しんでいた彼は、今や誰にでも愛想を振りまいていた。

「皮肉などではありませんよ」ポータル氏が続ける。「ですが、人間の性質から目を逸らしてはいけません。勇敢な国家は最も勇気ある人間に率いられていて、我が国ほど勇敢な人間に率いられた国家は過去存在しなかったでしょう。民主主義は本質的に臆病者の理想であり、臆病者の支配によってのみ可能なんですよ」

「そんな。乱暴よ、父さん！」ジェラルディンが声を上げる。

「それじゃあ説明しよう。民主主義は他の何かへの通用口、あるいは裏口だということに誰も気づいていない。つまり、社会主義へ通じる階段の第一歩なのであって、その社会主義は共産主義に通じている。いかなる思想も形を変えずにとどまることはない。帝国の名を忌み嫌う労働党指導者に委ねられた我々は、飢えたる独裁主義――安全だと見て取るや否や、大英帝国の死骸にかぎ爪を突き立てようと待ち受けるハゲタカだ——のなすがままになるだろう。労働党は今すぐにも我々から筋肉を奪い、より強靭な意志を持つ者のために脂肪だけを残すんだよ」

ニコルは心の底からその意見に同意した。

「全くその通り。あなたが正しいことは私自身の深刻な体験からも言えますよ。我々は我が国を民主主義と呼ぶ。しかし国家による強奪の中に、民主主義なるものがどこにありましょう？　社会主義は我が国の相続税を足がかりとして、今やあらゆる方向から我々に牙を向けているんです。荒廃した荘園や歴史的住居が空になり、あるいは精神病院になっている。過去十年間において、国家はファイアブレイス荘園の衰弱した肉体を二度も飲み込みました。強欲な独裁国家もこのようにして、いつの日か大英帝国を食い尽くすのは間違いありません」

「怖がっちゃ駄目だわ」と、ジェラルディンが口を挟む。「そんなのはまだずっと先のことですもの。ボーア戦争だって、寛大かつ公正な講和によって敵を味方に変えたじゃない。戦争が次の戦争への道を切り開くことになっても、あるいはこれ以上の戦争が起こらないことになっても、戦いが済めばそうなるの。イングランドはいつだって倒れた敵に慈悲深く寛大ですもの」

その言葉は将来の出来事において重要な意味を持つことになる。

やがて話は音楽に移り、ジェラルディンが歌うことになった。

「音楽は国々を結びつける貴重な絆だわ。翻訳する必要がないんだから。誰もが理解できる言葉で話し、バベルの塔のようなことになる心配もない。どんな素敵な言葉も、翻訳することで素晴らしさが失われてしまう。世界中の人たちが一堂に集まっても、微妙な意味は消し去られ、誤った印象が作られてしまうのよ。だけど音楽に失うものなんて何もない。その美しい響きを理解さえすれば、人格を持たない明瞭さが全ての人を魅了するから」

私はこの歌詞などどうでもよかったが、そこには知性が滲み出ていたし、何より彼女の美しい声は耳に心地よかった。時代遅れの無意味な歌だったけど、喜び——近頃の歌詞が失った喜び——に満ちているのは確かだ。古い歌の作者が常に泣いていたわけではなかろうが、最近の歌い手がそこに幸福を見出すことはほとんどない。「ヨークシャーの少年」が大戦世代を魅了してからというもの、我々はみな若くして死ぬか、恋人を失うか、陰鬱な墓地の小道を彷徨い歩くか、あるいは人を寄せ付けない山の頂上をうろついているかのいずれかである。しかし、ジェラルディンはよき星の下に生まれ、人生における小さな障害について何も知らないままでいた。彼女は生まれつき喜びに満ちた人間で、そのとき歌ったのも喜びに満ちた歌である。ニコルのために歌ったとは思わないが、兄は彼女の横に立ち、その年齢の男性らしい幼な恋のあらゆる特徴を見せていた。ジェラルディンは心地よい雰囲気への喜びから歌っていたのであり、奇妙ながらも滅多にない魅力を持つその旋律は今なお私の耳に残り、素晴らしいビンテージワインから漂う香りの如く、いつまでも消えないのである。

くちづけのとき

1
少年少女が失恋しなければならないのなら
春の日を選ばせてあげましょう

香り漂う雪がいばらに残り
鳥のつがいが羽ばたく春の日を
目覚めた緑の大地は柔らかく微笑み
頭上の空は青く澄み切っている
そこで大切な王さまと女王さまを見つけ
互いに愛し方を教え合う

2

愛の告白を恐れてはだめ
金色に輝く物憂げな夏がやって来て
忠実で誠実な男と女は
あなたがそばにいるのを感じて喜ぶ
二人は手に手を取って旅を続け
全く同じ歌をうたう
そして二人は妖精の国に辿り着く
急な坂も長い道もない妖精の国に

3

秋が私たちの宝物を積み重ね

トウモロコシに金をかぶせ果実を実らせると
鳩に導かれたアフロディーテが飛んできて
自分の生んだ子が弓を射るのをじっと見守る
だから恋人よ、祝福を急ぎましょう
今こそ炎を燃やすときだから
恋を産み出す母親がそこにいて
全ての恋人をその名の下に祝福するあいだに

4

厳しい冬がやって来て
氷と雪が指を凍らせる
冷たく凍えた心に戻り
今まで以上に愛し合いましょう
たった一つの火花が鉄を溶かし
たった一つの炎が怒りをなだめる
愛し合う二人が感じる輝きは
互いの腕の中で眠っている

過ぎ去った昔への陳腐な香りがするつまらない歌詞だが、音楽の素養を欠いた者を奇妙に苛立たせたのは、歌詞に漂う雰囲気と、ピアノの前に座ったジェラルディンの姿、小鳥のような歌声、そしてそれを発する口元だった。彼女の横顔は実に美しく、ギリシャの彫刻に見られる抽象性がそこにはあった――だがその類似性は、正面を向いた顔の印象と、輝くような鋭い瞳の前に失われている。このごく小さな体験が私にもう一つの世界を垣間見せる間際まで来たことは、私としても認めるのにやぶさかではない。そうした経験はそれまでも、あるいはそれからもしたことがなかった。それは私自身のものとは全く違う価値を持った世界である。蛍の光が小さな世界を照らすように、私の推測を超えた状態や状況――しっとりと濡れた葉先のような単純さと平穏、そして善による美とでも表現し得るあいまいな物事――を示していたのだ。美しい女性がある特定の歌をうたい、ある種の旋律を奏でたことで生み出された、馬鹿げた非現実を垣間見たに過ぎないのだが、内容のなさにもかかわらず、芸術全般に通じる芸術性を伴ったその技巧はいつまでも頭の中に残り、はるか以前に石と化した我が心に小さな足場を占め続けたのである。

ニコルはこの馬鹿げた現象を、彼ならではの愚かさぶりで説明した。

「昔の言葉にもある通り、ハリエニシダが枯れれば口づけには手遅れだ。何せ一年中花開いているんですからね」

誰もこの褒め言葉に耳を貸さなかったので、私はジェラルディンを褒めた。

「美しい歌ですね。歌詞に意味はないのでしょうが、その雰囲気には心を動かされましたよ。実に素晴らしいメロディーです」

「私は歌詞も好きですよ」と、相手は言い返した。「言葉に力がなければ、作曲家がメロディーに乗せることはないんですもの。作った人のことはよくわからないけど、その人が生み出した音楽は評価しましょう」

ジェラルディンはもう一度歌った後で、ピアノを閉じるようニコルに頼んだ。舞台の中央にいるのが好きではないので、一晩に二曲以上歌うことはないそうである。

記憶に残る限り、それから話題は様々に移っていったが、ニコルはいささか軽率にも幽霊の話を始め、自分が船出する前夜、アーウィンが家族の幽霊を見たなどと語りだした。これ以上に愚かな行為はなかろう。しかし精神的な活動がしばしば幽霊を招き寄せ、過度の緊張や不安のせいで、ほんの一瞬それが現実のように見えることがあるのだと私が説明すると、彼らもそれ以上深刻に考えることはなかった。

「そこから一つのことが導き出せますね」と、仲買人が口を挟む。「幽霊さえも誤認されることがあり、あなたの仰る昔の淑女は、そんなヘマをして今ごろ顔を真っ赤にしているでしょう」

するとニコルが口を開き、我々兄弟は幽霊を信じており、弟は特に霊感が強いのだと言った。それについては私は、最近の体験によって自分の過ちに気づき、以後そうした臆測をしないよう気をつけていると反論した。

「僕にとって、そうした不健全な幻想は過去のものだよ。兄さんだって霊的世界のせいでひどい目にあったんだから、完全に忘れ去ったらどうだい?」

その言葉に賛成した事実が、新たに得た健康を如実に示していた。

「確かに、忘れたほうが賢明だな。あれだけの体験をした後では、我々二人にとって不愉快な話題であるのは間違いない」

プロポーズにこぎつけるまでは、ジェラルディンの件以外に兄の興味をかき立てる話題がないのは明らかだった。

そして今、私はその夜におけるもう一つの出来事を思い出している。ポータル夫人が持病のリューマチについて話したときのことだ。

「サー・ニコルから伺いましたけど、その道の権威でいらっしゃるんですってね」と、彼女は言った。「海はリューマチにいいんでしょうか、それとも悪いんでしょうか？」

我々がその問題を話し合っているとポータル氏が口を挟んできて、自分はあらゆる事柄を物質的な観点から見ていると言った。妻の苦しみにさして関心はないけれど、リューマチとなれば話は別だという。

「この病気の根元に辿り着いた人間は国家の恩人となり、私たちが支払う以上の大金を手にするでしょう。失われた所得から計算すると、リューマチによる産業界の損失は年間十五万ポンドを超えているんですから」

ポータル氏はあらゆる問題を商人の目で見ているわけだが、その思考は明晰そのものだった。

やがて夜も終わりを迎えた。女性たちがベッドに入った後、私は新しいヨットの話に没頭している兄と賓客を残して自室に引き下がった。

二日後、ニコルは一つの話を打ち明けた。古くからのしきたりに従い、愛しのジェラルディンに求婚する許可をポータル氏に求めたという。彼女の来訪以来他に何もしていないのだから、無意味と言えば無意味な行為だ。父親が反対しなかったので、一家が我が家を去る前日、二人の婚約が皆の祝福とともに発表された。

この事態は私を行動に移らせた。起きたばかりの過去が忘却の彼方に去り行くまで、再び行動を起こすつもりはなかったのだが。とは言え、ニコルは今すぐ結婚するつもりはないらしい。私はすでに、兄の新たな友人による介入を考慮することなく、起こり得る事態の推移を思い描いていた。それは全く型にはまったものだが、殺人の場合は独創性そのものがしばしば危険の種になることを、私は学んでいた。疑いを招くことのない変哲のなさこそが、成功をもたらす鍵である。事態が明らかであればあるほど危険は小さい。警察自体がそれを恐れているのだから。

私はぼんやりとした記憶の中から以上のことを思い出している。しかし遠く過ぎ去った戦争前のあの日々、完全に忘れ去った数々の体験の中で、あの女の歌声と、私がそれまでに知らず、あるいは今後も知ることはないであろう別次元への孤独な窓を開きかけたあの奇妙な意識は、今も消えずに残っている。

第十八章

自我という我らが偉大なる神の聖堂は、他の聖堂が全て空になった後も参詣者が引きも切らないはずである。昔の迷信の上に組み立てられた教育が、かの卓越した自然の衝動を根絶やしにすることはないからだ。若き日の教育とはひたすら印象を受け続けることであり、柔らかい蠟の如き幼い頭脳は固まるにしたがって、そうした錯覚に基づく印象を浮き彫りにする。子供時代に刻み込まれた確信はその大半が価値のないものだが、それに影響されない者などいるだろうか？　雑草が牧草地を覆い尽くすようにそれは純粋無垢な大地を食い尽くし、知識という真の収穫物――それは頭脳の成熟を待っている――を育めないようにしてしまうのだ。天分とは、そうした力を跳ね除け、未熟な精神になんの傷跡も残さないようにする、潜在的な力と定義できよう。振り返ってみれば、私も高次の頭脳に恵まれていたようであり、子供の頭脳を待ち受ける童話というものを、物心ついたときから拒否することができた。恐らくは、実存に関するより合理的な説明、ありふれた童話以上に人間の経験範囲を語るものとして悪魔主義を受け入れたのだと思われる。しかし幼き私の唇にもたらされた唯一の神秘は年端もゆかぬ私に軽蔑され、信仰心の薄さに怒り狂った敬虔な両親が私にどんな仕打ちをしたかは今でもはっきり憶えている。とは言うものの、私はその戦いに勝利を収めた。そして本心を隠し、周囲の世界に嘘をつくことが望ましい人生になる一方で、自分自身に嘘をつくことはなく、澄んだ目で現実と向き合い、常に良好な視界を享受していたのである。霞や霧がそれをぼかすことはなく、このあけすけな現実認識のせいで人類が高く評価しているものの多くを失ったと言えば言えるものの、自己抑制の力や機会主義の才能という、緩やかな道徳的拘束では達成し得ない、より大きな可能性がもたらされたのだ。

私は今、結婚生活の準備に関するニコルのとめどない話に耳を傾け、無分別さと注意深さを交互に見せつつ愚者の楽園を作り上げる様を眺めていた。一日中セーリングに出かけたと思えば、次の日には自分の向こう見ず加減に恐れおののき、再び慎重になるという具合である。ヨットを買ってジェラルディンにプレゼントするというのが目下の関心事だが、新婦への贈り物の値段を考えていると、生まれつきの本能が婚約の喜びに水を差したようである。この点について、ニコルを憂鬱にさせる事実が二つあった。ポータル氏が娘に高額の贈り物をする必要はないと感じていること、そして所得税の計算において夫婦は一体と見なされるという、彼にとって非道な事実である。兄はこの合法的詐取を思い出してはひどく嘆き、事実、それは他の数多い新郎の怒りをも掻き立てるとともに、無数の不法な婚姻を生み出していた。つまり善意の人々が恋に落ちても、その先に待っているのは結婚という名の搾取である。

結婚の時期だけが私にとっての関心事だったが、ニコルによると翌年の春に式を執り行なうつもりだという。やがて兄はロンドンのポータル氏のもとを訪れ、ようやく望み通りの汽船を手に入れた。その間、私はもうしばらく待たされることになった。ちょうど市場に出たばかりのその船はジェラルド・ポータル氏の船よりもやや大きく、我が家の小さな波止場には巨大すぎた。

兄はクリスマス直後にイギリスを発ち、スペイン、フランス、そしてイタリアの沿岸を航海する計画だったので、準備を急いでいた。マルセイユで落ち合うという約束をポータル氏からとりつけ、頭の中は来るべき冒険で一杯である。そのうえで、汽船が繋留されているサウザンプトンとファイアブレイスとのあいだを始終往復し、旅程の立案と書き直しに余暇の時間を費やした。その傍ら、地所の管理を私に任せつつ、監査にも姿を見せて会計士たちをもてなすとともに、その他の必要かつ退屈な物事を数多くこなした。親しいことに変わりはないけれど、兄の私に対する態度はすっかり変わったのである。何事にも反対を受けず、従順そのものの答えを返されるようになった兄は、私のことを無害ながら生活に必要な附属物と見なし始めた。だが一方で、兄の新たな興味と関心は私にとっても好都合だった。ニコルは私にある程度の失望を感じており、以前の判断力を惜しんでいる。しかし私は自分自身を必要不可欠な存在とすべく骨を折り、兄の立場につきまとう様々な些事を代わりにこなしてやった。ニコルは私を褒め、感謝の意を伝えた。そして冬の計画を立て、どこでハネムーンを過ごせばジェラルディンは喜ぶだろうかと思案している横で、それが実現することはないと知っていた私は、ひたすら興味のある振りをし、水平線の向こうを曇らせる真似は何一つしなかった。そのときすでに、異国で現実のものとなる兄の死を細かな点に至るまで練り上げており、それを簡単にする条件の整った港の目星もつけていたのである。舞台をよりよく知ることは必須の要素だが、兄がそれについて口にしたのは航海に出る直前のことだった。

航海の初めの部分を同行するよう頼んでくるはずだと、私は考えていた。だがその予想は外れ、ファイアブレイス荘園の降誕祭というかの馬鹿げた恒例行事を私に任せ、貧民への贈り物、茶会、コンサート、ロンドンからやって来る芸人の世話、クリスマスツリー、そして召使いや子供たちへのプレゼントの手配を押しつけたのである。このうんざりする行事は不可能になっていたはずなのに、今や試練は目の前にあって、生まれ変わったニコルは生まれ変わったアーウィンに命令を下したのだった。

「お前がいれば何もかもうまくいく」と、兄は言った。「それに、あらかじめ決めた予算を超えることもなかろうしな――百ポンドを一ペンスたりとも超過しては駄目なんだ。そんな余裕がどこにある？　それと、私が地中海に着いたら姿を見せて、状況を報告してもらいたい」

何を言う。蒸気船に五万五千ポンドも支払ったではないか。ポータル氏によると、それでもかなりの買い得だったというが。

「サンタクロース役は僕がするよ。そうすれば少しは金が浮くだろう」

「それはいい！　いつものことだが気が利くな」

私はできる限り卑下した態度をとり、兄の靴磨きこそしなかったものの、楽しげな表情を顔に浮かべつつ、意欲的に仕事に取り組んだ。私のような人生を送ってきた人間であれば、これを見て自分の知らない多くのことがその裏に隠されていると考えるだろう。しかし自分のことで精一杯のニコルがそれに気づくことはなかった。彼は果てることなきわがままで私を疲れさせ、とりわけ吝嗇そのものの言動は私をひどく不快にさせた。愛情や健康がニコルの吝嗇ぶりを弱めることはなかったものの、少なくともそのいやらしさを覆い隠す役割は果たしていた。ベン・メリデューが引き続き船長を務めることになったけれど、ニコルは昔からのクルーを多数解雇しており、汽船に慣れた新しい船員との契約にしばらく時間を費やしていた。機関長は高額の報酬を要求した。ところがこの男はポータル氏の推薦する人物だったので、口論に続く口論を経て、結局は彼の要求する報酬で雇うことになったのである。ニコルが以前のクルーと親しくすることは決してなく、今度の航海でもその戦術を変えるつもりはないだろうと、私は推測していた。出航が近づいた兄はますます恩着せがましくなり、完成した旅程を私に打ち明けた。こちらとしては、次に会うときのことしか興味はなく、我々は兄の出港前にそのことで一つの合意に達した。

そのとき、我々の立場は馬鹿らしいほど入れ替わっていた。私は自分の専門分野であるリューマチに冒され、実際、体調もよくなかったのである。

今度はニコルがアドバイスを与える番だった。新たな天命の下、兄は私にしばしばヒントを与えるまでになっていたのだ。

「体調にはくれぐれも気をつけるように」ある朝、私の足が少々こわばっているのを見たニコルはそう言った。「最近元気がないようだが、私のためにも家の管理はしっかりしておいてくれ。でないと私が困るからな」

それから兄は私の腕をとった――私の最も忌み嫌う行為であり、大抵の場合、ある種の敵意と個人攻撃を予感させるのである。

「一つアドバイスをしてやりたいが、どうだ？」

「それはありがたい。兄さんの助言なら喜んで聞くよ」

「要するにだな、お前は気づいていないだろうが、私にはわかる。お前の幸福につながることなら気づいているんだ。つまり私が言いたいのは、『赤いワインを見過ぎるな』そして『白いワインを甘やかすな』ということだ。貯蔵庫にあるものはなんでも飲んでいいし、言うまでもないが、ドリューに飲まれるくらいならお前に飲んでもらいたい。しかし最近、少し飲み過ぎじゃないかと思うんだ。怒ってないだろうな、こんなことを言っても？」

怒ってなどはいなかった。ニコルの言うことは私も感じていたからである。実際、ポートワインやバーガンディーをずいぶん飲んでいた。私にとってワインは愛情の対象である。肉体に快楽を与える唯一の存在であると同時に、体調を取り戻した兄がもたらす緊張の下、肉体的欲求をこれで紛らわせていたのだ。

「怒るだって？」私は声を上げた。「兄さんは僕のことを真剣に考えてくれているんだ。感謝こそすれ怒るわけがないじゃないか。だけど心配しないでほしい。兄さんに言われるまでもなく、左膝が僕にきつく忠告しているよ。肉体というものは何かを伝えるのに無駄な言葉を費やさないからね」

それを聞いた兄は大いに安心し、汽船が回航されてファイアブレイスに逗留していた数日のあいだに、大量のワインを積み込んだ。酒はほとんど飲まず詳しくもないので、銘柄を選んだのはドリューである。だから、特別なヴィンテージが積み込まれないことは私も知っていた。イタリア産ワインの中に私がとりわけ気に入っているものがあって、オルヴィエトという銘柄のそのワインはさして高価なものではなかったけれど、私は数十本ほど残すようドリューに命じておいた。「サー・ニコルがイタリアに着いたら、ここに追加を送ってもらおう」

そして出立の日。小舟に乗って南へ向かったときとは大きく異なる状況の中、ニコルは再び船出したのである。私はジェラルディン号の船体が見えなくなり、周囲から安堵のため息が上がるまで、その様子を眺めていた。兄は最後の瞬間まで老婆よろしく、つまらないことをくだくだと命じた。しかし、彼が再びファイアブレイスを見ることはないと知っていた私は、その指揮ぶりを密かに楽しんでいた。そのニコルも今や旅立ち、土地管理人から靴磨きの少年まで誰もが、ニコルとの束の間の別れを喜んだ。さらに私のもとには、兄には言えないでいた出費に関する問題が数多く持ち込まれた。私が費用についてうるさくないことは、みな知っていたからである。難詰されないとわかっていれば、他人の金を使うのは簡単なことだ。そして今、私はファイアブレイスとそれがもたらすものに目を向け、すでに自分のものになったと感じ始めていた。

それが実現するまで三ヵ月足らず。とるべき手順は頭の中ではっきり形を成していたものの、舞台についてのより詳しい知識が依然必要であり、私は今それを得ようとしていた。いずれも後日の会合に関するもので、年が明けて兄のマルセイユ到着の日が決まれば、私は現地で彼と落ち合い、二、三週間船上で過ごしてから帰宅する予定だった。ポータル一家もクリスマス明けに立ち寄り、その後、イタリアの港へ向けて出航することになっていた。

そこで私は休暇をとり、前もってマルセイユを訪れた。古くからある港湾地帯と周囲を埋め尽くす狭苦しい住居とが、私の主な調査対象である。そこは私が予想し、かつ望んでいた通りの場所だった。古い港の周辺には、ありとあらゆる不快極まる家屋が立ち並んでおり、それらに巣食う人間の屑の本質は容易に見て取れた。実際、夜更けにそのあたりをうろつかないよう注意を受けた上、短い滞在のあいだにも殺人事件が起きたほどである。しかし、その出来事はなんの話題にもならず、私はそうした無関心に感謝さえした。以前からわかっていた通り、この賑やかな港町の裏側では、人々がしばしばこのようにして減りゆくのであり、犠牲者の遺体は海岸から浅瀬にかけてのありふれた光景なのである。

私はある種の地理的知識と、将来の舞台となり得る人気のない波止場とを求めていた。だが実際の舞台は、ジェラルディン号の停泊場所に大きく左右されるだろう。目的にかなった地域はすぐさま見つけたものの、ジェラルディン号の停泊場所は当然ながら見当もつかない。そこでおおよその地形を摑み、個人所有の船が集まる場所を観察した。そして、その知識を基に、地域一帯と船着き場に特別な注意を払った。

必要な情報を得た私はイングランドに戻った。この旅行を知る者はなく、続く記述が日の目を見ない限り、永遠に知られることもないだろう。だが、それも疑わしい。この記述を完成させ、大衆を満足させるであろう一つの教訓を指摘したところで、私は結局この文章を廃棄してしまうはずだ。それを書き記すという作業は、精神の気晴らしをしばしば必要とする、肉体的苦痛からの逃避のために過ぎないからである。

第十九章

　ニコルは無事に航海を続け、新たな興味の対象について長々と書き送ってきた。曰く、汽船は気に入っているものの、うんざりするほど石炭を消費する。港湾使用料は高額なので可能な限り避けている。そのようなことを記した後は、地理入門書の正確さでアフリカやヨーロッパの沿岸部を描写していた。ささやかな小旅行の描写にこれだけの長さを費やすのなら、ジェラルディンははるかに冗漫な長話を聞かされているだろうと思い、同情を禁じ得なかった。私のほうは兄が喜ぶであろう出来事を伝え続けたが、そうでない他の多くのことには触れなかった。私はすでにニコルが自分の所有物となったかのように地所を支配していた。土地管理人はそれを喜びつつも、サー・ニコルが帰宅したらどう言うだろうかと不安になっていた。しかし私は、責任は自分が負うと断言し、不公平な支配を耐えてきた使用人たちの尊敬を勝ち取ったのだった。

　降誕祭の時期が来てもサンタクロースを演じることはなかったが、私はファイアブレイスの領民が例年にない贅沢なクリスマスを楽しむよう心を砕き、教区の司祭も妻そして娘三人と一緒に私を支えてくれた。

　ニコルはアルジェでイギリス人とともにクリスマスを送り、二週間ほどヨットを留守にしてホテル・セント・ジョージに逗留しつつ、砂漠を探検したという。彼はクリスマスの贈り物としてナツメヤシの箱を私に送り、酒を控えるよう手紙に記すとともに、可能な限り出費を切り詰めていることに謝意を伝えた。その手紙では私自身の出費には触れていなかったけれど、教区に贈る冬の薪と毛布とに金を使いすぎないよう念を押していた。

お前は気前のいい人間だし、そうした物事に対する気持ちは私も知っている。だからこそお前の好きにさせてやりたいのだが、将来があることを忘れてはならない。それに、ここの人たちから聞いたのだが、今年度末に所得税が二ペンス、あるいは三ペンス上がるという不吉な噂が流れている。

新年度が始まる前に兄は全ての問題から解放されているはずだが、それを本人に言うわけにはいかない。やがて兄と落ち合う日取りが決まった。ポータル一家の訪れる数日前にマルセイユへ着き、全員揃ったところでカンヌ、ニース、マントンと回ってジェノアとナポリを訪問する。落ち合ってから二週間後、私はニースで一行と別れ、地所の管理に戻るべく帰国することになっていた。ニコルはいつもの細かさで全ての準備をしていたが、将来に対する私の準備と比べてみれば皮肉な笑みが浮かぶだろう。

我々は予定通りに顔を合わせた。兄は陽気で血色がよく、素晴らしい健康を楽しんでいた。私に会えて嬉しいと口にする一方、私の足がいまだ不自由なことを残念がった。深刻ではないけれどリューマチにかかったのは確かである。しかし病状を大げさに伝え、足のこわばりを有り得ないほど強調できたのは好都合だった。兄は旅を満喫しており、とりわけあるコテージに備えてあったピアノに興味を持ち、ジェラルディン親子が到着する前に自宅へ発送するよう手配したという。

「これは秘密にしておくつもりだ」と、ニコルは言った。「何も知らせずにおけば、彼女の喜びもきっと二倍になるからな」

兄はジェラルディンのために他にも数々の計画を立てていたが、どうせ婚約者の顔を再び見ることはないのだ。マルセイユを発つ兄の汽船の行き先も、地中海ではなくイングランドになるはずだ。その時点ではまだ、彼女もニコルに同行させるかどうかは決めかねていたが。それは自然の成りゆきに任せることにして、ともかく兄に気づかれてはならない。

兄の汽船は予想通り、海岸から一マイルほど離れた場所に碇を降ろした。私が船上の人となって最初の二日間、ボート漕ぎを愛し、運動のおかげで健康そのものだと言って憚らないニコルは、特別に用意された小舟に私を乗せてしばしば陸に上がった。私はこの習慣を知っていたし、当然そうするものと予想していた。私も兄の出発後にボートを漕ぐ訓練をしていたが、もちろん相手はこの事実を知らない。兄に連れ出されたときはいつも小舟の舳先に座り、オールの扱いは向こうに任せていたのである。

友人一家が到着する二日前、ニコルは私を陸に連れて行き、治療薬を購入する私について地元の薬局へ同行した。このとき私は距離を測るとともに、いくつかの時間を計測した。我々はたいてい最も目立つ船着き場から上陸していたが、それは汽船搭載のボートで陸に上がるクルーも同じだった。しかしその左右には他の船着き場もあって、私はそれらの場所も詳しく調べていた。さらにその一つは、私が治療薬を買った薬局にかなり近いのである。

一月下旬のある夜、私はこれから記すやり方で兄の命を奪った。まずは実際にあったことを伝え、限られた事実を説明するため、後に行なった供述をその次に記そう。正確な事実だけでは誤った印象を与えるだけでなく、真実の上に別の絵が描かれてしまって、その下に隠されたもう一枚の絵が痕跡も残さず消し去られるからである。私はクルーと親しくなり、ボブ・メリデューとも旧交を温めた。あの出来事の中でそうとは知らず一役買ったのもボブである。全ての手順は念入りに計画され、ただ一つのいくぶん重要な点だけが、我が支配の及ばぬ力に左右されるはずだ。そして計画遂行に必要不可欠な晴れた夜は、今や遅しと私を待ち受けていた。

マルセイユの入り江はごく静かだった。いくつもの停泊灯が平穏な闇に蛍の如く瞬き、この大いなる港町は人工の光を浴びて輝いていた。ざわめきは船の停泊地まで届き、小さな汽笛の甲高い音や、移動する汽船が鳴らすサイレンの轟音によってときおり破られている。夕食後、ニコルが一時間ほど船室にこもって手紙を書いているあいだ、私は船長室にいた。メリデューが私のために酒を用意していたのである。船長は自制心の強い男だが全く飲まないわけではなく、新たな地位にふさわしいその他の贅沢品とともに酒を楽しんだ。我々が過去の思い出話にふけっていると、秘密が破られることはないと判断したメリデューは、兄に関する興味深い話を語りだした。私はすぐに立ち上がり、キャビネットからウイスキーとソーダ、そしてグラスを取り出して二人分の飲み物を作ると、ボブのグラスの中にある種の劇薬を一錠入れた。死に至らしめることはないけれど、数時間もすればひどく気分が悪くなるはずだ。錠剤はグラスを手渡す前に溶けて消えた。ともに酒を飲み、葉巻を相手に渡しながら、ファイアブレイスの近況を伝えてやる。メリデューにとってもそこは地元であり、イースト・デヴォンには友人が数多くいたのである。すると、これも私が親しく接し、蒸気機関を褒め称えることで信頼を勝ち取っていた、この船の機関長が姿を見せた。そこで私は船長室を辞し、ニコルを誘ってサロンに移った。しかしその夜は暖かかったので、我々はデッキに上がることにした。葉巻を手に語らいながらデッキを歩く。私は故意にそれを引き延ばし、普段の就寝時間を過ぎても兄をその場にとどめた。私は将来について話しつつ、自分の意図を告げることで、ある方面における兄の不安を取り除いてやった。

「兄さんが結婚したら」と、私は切りだした。「僕は家を出なきゃならないね。そうするしかないんだよ。もちろんそう遠くには行かないし、必要とあればいつでも駆けつける。だけど僕の考えとしては、ロンドンに住んでイタリア語の翻訳を続けながら、残りの人生を文学に捧げたいんだ。関節炎を患ったこの忌々しい膝がある限りどうにも身動きが取れないし、もう馬に乗るのも難しいから、美しい田舎で暮らす喜びも過去のものになってしまったんだ。だけど兄さんのお荷物になるつもりはないし、兄さんが歓迎してくれる限りファイアブレイスに永遠の別れを告げるつもりもないよ」

私はさらに続けた。

「もちろん、ジェラルディンのことはまだよく知らないけれど、僕も大切に思っている。だから、たとえ兄さんを想うがためであっても、彼女が僕を歓迎してくれないとなったら、きっとがっかりするね」

それに対して兄は、ジェラルディンもお前のことは尊敬しているし、ポータル夫妻だってお前を感じのよい人間だと思っていると告げた。しかし、私の意見に賛成なことは断言した。

「お前にはずいぶん世話になりっぱなしだったな。家に戻ったら地所の管理は自分でするよ。それが私の義務だし、おろそかにすべきではない。ジェラルディンが助けてくれれば、そう難しくはないだろう。彼女は頭がいい上に、金の価値を知っている。人々も彼女を知れば、すぐに喜んで受け入れるはずだ。私が心配しているのは、彼女が自分の仕事を真剣に考え過ぎ、自分の楽しみを犠牲にしてまで我が家に尽くしてしまうのではないか、ということなんだ。その点、並外れて献身的だからな」

それからもしばらくミス・ポータルのことや彼女の美徳、そして個人的な収入について無駄話を続けていたが、やがて待ちに待った瞬間がやってきた。時刻は深夜近く。港は静けさを増し、街の光も輝きを失いつつあった。絶えることなきざわめきもいつしか途絶えている。頭上には無数の星が瞬き、遠い惑星の光が静かな水面に反射していた。一人の船員が息も絶え絶えに駆けつけ、予期した通りの知らせを伝えたのはこのときである。

「船長がおかしいんです」と、彼は言った。「ひどく気分が悪そうなんですよ！」

船長室へと急ぐあいだに陸上のベルが鳴り渡り、日が変わったことを知らせた。ベッドに横たわるボブは苦しそうに激しく呼吸しつつ、腹のあたりをさすっている。

「何か飲んじまったに違いありません、サー・ニコル」と、船長は言った。「ちょっと前からこんな具合で」

メリデューは顔を青白くさせつつ大量の汗を流していた。まさに狙い通りだ。その脈をとり、温かい飲み物を持ってくるよう指示する。そして最後に口にしたものは何か、他の船員は大丈夫かと質問した上で、ここに残ってメリデューの様子を見るよう船員の一人に命じ、三十分後にまた来ると約束して船長室を立ち去った。症状はすぐに消え、なんの後遺症も残さないことは知っていたけれど、兄にはデッキの上で違う話を聞かせてやった。

「僕は――間違いないと思うんだが――何が問題かわかるような気がする。毒を盛られたんだよ。だから今すぐにも上陸して薬を処方してもらわなくちゃいけない。早ければ早いほどいいし、数時間もすれば良くなるはずだ。だけど薬がなければどうしようもない。どうやらプトマイン中毒のようだけど、すぐに対処すれば重くならずに回復する」

そして兄は、願った通りの言葉を返した。

「私が行こう」と、彼は言った。「お前を陸に連れて行き、薬局から戻ってくるまで待っている」

私が処方箋を書いているあいだに兄は小舟を降ろすよう命じ、我々二人は十分後に出発した。二人とも略式の礼服と帽子を身に付け、ニコルがオールを握り、私はいつも通り舳先に座った。兄はこちらに背中を向けており、オールを漕ぐたび、私の腕が届く範囲に頭が近づいてくる。私は楽観的な振りをし、心配しないよう兄に言った。小舟は静かな水面を進み、昔の波止場から半マイルほど離れた、近くに船がない場所に差しかかったところで、私の準備は整った。

ファイアブレイスの靴職人が所有する鍛冶場を何かの機会で訪れた際、私はくず鉄の山を目にし、自分の目的にぴったりだと判断してその一つをくすねていた。それはまさしく今夜のために作られたかのような金属の塊だった。しっかり握れる形をしつつ、折れ曲がった先端は鋭く尖っている。重さは二ポンドほどあって、正しく握ればかなりの傷を与えられる。私はこの武器と一緒に、きめの荒いありふれた紐を二本、ポケットから取り出した。そこから先の行動はあらゆる点まで考え抜かれており、闇というハンデキャップのせいで思ったほど迅速にはいかなかったものの、事はスムーズに進んでいった。

オールを漕いで前屈みになったニコルの首めがけて、全力を込めて金属片を振り下ろす。狙ったのは延髄のすぐ下であり、命中した瞬間にその部分の脊柱が砕けた。心臓を狙ったとしてもここまで即座に命を奪うことはできなかったろう。ニコルはオールを手にしたまま、前のめりに倒れた。帽子は舷側に落ち、今や行き先を失って静かな水面に浮いている。ここから先が最も難しい部分だった。なんとかして死体を船から突き落とさねばならない。まずは手からオールを離し、次に死体を船体の脇に転がし、最後に船縁から水面に落とす。まさに間一髪、あと数インチで船内に海水が流れ込むところだった。しかし死体が水面に浮かんでからは簡単だった。紐の一本を使ってくるぶしの上あたりで両足を結び、別の一本で背中に回した両手を縛り上げる。それから鎖つきの金時計と金の煙草入れ、同じく金でできたシャツの飾りボタンとカフスボタン、そしてルビーでできた印章つきの指輪――かなりの価値がある先祖伝来の家宝だった――を抜き取り、海面に投げ捨てた。それらはすぐに沈んでいった。札入れは軽く、沈むかどうか自信が持てなかったのでポケットにしまう。またニコルは皮のケースに入った何冊かの手帳を常に持ち歩いていたが、いずれも後で始末すればいい。私はこれらの所有物を将来活用するために調べ上げ、最後に出発前に書いた処方箋をベストのポケットに入れた。私が力を緩めればニコルはすぐにも沈むだろうが、ここで沈めるつもりはなかった。死体をボートに括り付けてからオールを手に取り、日中のうちに目星をつけていた、陸地から二百ヤード離れた真っ暗な場所へと向かう。そこで兄の死体を沈め、すぐに離れる。そして一息ついた後、凶器を帽子の中に入れ、しっかり縛った上で海の底に投げ入れた。今や証拠は何一つ残っていなかった。

それから再びオールを握り、人気のない埠頭へ向かう。薬局へ行くにはここが一番便利であり、水面と同じ高さにある浮き桟橋へ小舟を結び付け、船内にしみらしきものが残っていないことを確かめてから、一時間ほどその場で思索にふけった。やがて午前一時を十五分ほど過ぎた頃にボートを離れて階段を登り、侘しい波止場を歩きながら人を探した。突堤は静寂に包まれ人の気配もなかったが、その端には明かりが灯り、こちらの姿こそ相手には見えなかったものの、巡回中の警官が目に入った。私は声を上げながらそちらに近づき、あらかじめ用意した話を語った。私のフランス語は相手に伝わったらしく、警官はすぐに状況を理解すると、その後何度も繰り返される私の話に耳を傾けた。

「ジェラルディン号という汽船に乗っています」と、私は言った。「所有者はサー・ニコル・テンプル＝フォーチュンで、一時間ほど前、僕と一緒に小舟で陸地へ向かったんですよ。僕はサー・ニコルの弟で医者をしています。この埠頭に上陸したのは、薬局に一番近かったからです。深夜に船長の気分がひどく悪くなったんですが、船内に薬がないので、処方箋を持って上陸することになりました。それで一時間以上前に陸へ上がったんですが、兄がいつまで経っても戻って来ないので不安になっていたんです。僕は膝が悪くて素早く歩けないので、サー・ニコルが処方箋を持って街へ行くあいだ、ずっと小舟で待っていました。だけどいくらなんでも遅すぎです。不安ですよ。薬局へ行く途中には治安の悪い場所がありますからね」

警官は頭の切れる男のようで、口を挟むことなく私の話をじっと聞いた。しかし話が終わると、その首を横に振った。

「ここは夜遅くによそ者が一人で来る場所じゃありませんよ」

「何日か前に来たことがあるんです。そのときは大丈夫だと思ったもので」

「ここらの悪党は暗くなるまで姿を見せませんからね。我々警官も必ず二人一組になって巡回する場所があるほどですよ。ここは安全だからしばらくお待ちなさい。まず巡回を終わらせますから。同僚二人と上司が来ますので、一緒に戻りますよ」

私は警官の手に一ポンド紙幣を握らせた。

「なんとしても助けてください。金に糸目はつけません。兄は金持ちですから。それは上司の方にもきっと伝えてくださいよ」

相手は了解してその場を後にすると、十分後に上司を連れて戻ってきた。同じ話を聞いたこの警官は不安を隠さなかった。

「馬鹿なことをなさいましたね。道案内もなくこのあたりに来るなんて。よろしければ薬局までご一緒して、お兄さんが来ているかどうか確かめてみましょう」

「小舟は大丈夫ですか?」私は訊いた。「下の浮き桟橋に結んであるんですが」

「見張りをつけておかない限り、ここで安全なものなど何一つありませんよ」相手はそう答えて笛を吹いた。すると数分後、三人の警官が新たに現われた。上司はそのうちの一人に小舟を見張るよう命じ、そこにあるのを自分の目で確かめた上で、残りの二人を我々に同行させた。オードランという薬局の名を伝えたところ、この警官も知っているとのことだった。

膝を悪くした私のペースに合わせて歩くあいだ、彼はいくつもの質問をし、私はニコルの服装を説明した。顔から不安な表情は消えず、我々の馬鹿げた行為に文句を言い通しだった。しかし私はなんとか相手を宥め、兄は重要かつ裕福な人間であり、捜査で必要になるなら金に糸目はつけないと言ってやった。

やがて我々は薬局に着いたものの、夜が更けてから客は一人もいないとのことだった。一行を出迎えた店主は、最近訪れたばかりの私を憶えていた。しかしニコルには会ったことがなく、店を閉めた後で来た客もいないという。我々は店を立ち去り、警察署へ行った。今や私も同じく不安を顔に浮かべ、すぐに捜査を始めるよう懇願した。その場にいた警官たちは、さらに上の人間から許可が下りない限り何もできないと説明した上で、電話をかけた。その人物は程なく自動車でやって来た。私はまたしても同じ話を繰り返し、事態の重大さを説明するとともに、すぐに行動してくれれば金は惜しまないと言った。

警官たちは何やら熱心に話し合ったあと、すぐさま動きだした。兄の汽船を知っていた上司は、船に戻るか、それとも陸上で待つつもりかと私に尋ねた。それに対し、私はボートを漕げない上、何かわかるまで戻るつもりはないと答えた。

「だけど、船員には話しておかなければなりません」私は続けた。「僕たちが戻らなければきっと心配しますから。それに船長が身体を壊しているんです。お願いがあるんですけど、もう一度処方箋を書くので、薬局に行って薬を調合してもらってくれませんか？　それを兄の汽船に持って行ってくださるなら、翌朝まで戻らないという私のメッセージも伝えてほしいんです」

警官が頷いたので、私は再び処方箋を書き、五ポンド紙幣と一緒に手渡した。

「お望み通りにしますよ」と、相手は言った。「あなたはどうなさいます？」

「許していただけるならここにいます。それと、ワインをグラス一杯いただければありがたいんですが。どうにも落ち着かないんです」

相手は望み通りワインを持ってきて、私をくつろがせた。そして一緒に飲んでから、私をその場に残して捜査に出かけた。それから数時間後の午前四時に戻ってきた警官は、なんの成果もなかったと報告するとホットコーヒーを二人分持ってくるよう命じ、それを飲み干し再び部屋を後にした。

その間、私は事態の推移に思考を巡らせた。ポータル一家は今日の午前中にロンドンを発つ予定である。カレからリヴィエラ行きの急行に乗り、今から二十四時間後にマルセイユへ到着するはずだ。つまり翌日の午前四時から五時のあいだにニコルはサン・シャルル駅へと赴き、この不都合極まる時間帯に恋人よろしく一家を出迎え、彼らをそのまま汽船に連れて行くはずだったのである。しかしそれが実現することはなく、電報を打ってポータル一家の出発を止めるべきか否かが目下の問題だった。だが、私は一家を出発させ、兄が失踪したショックであなたがたのことを忘れたのだと言い訳することにした。これ以上に自然なことはないのだから、文句を言われる筋合いもないだろう。ポータル一家は自力でジェラルディン号に辿り着き、そこで兄の失踪を知る。その後、地元警察による捜査が失敗に終わった段階で反対の声が出なければ、スコットランドヤードから刑事を呼び寄せよう。数日中にある一つの出来事が起きるまで、できるだけ騒ぎを大きくするというのが、私の狙いだった。

夜明けのリヨン湾にシロッコが吹きつけ、底冷えのする朝の空気を暖めるまで、私は警察署にとどまった。いまだ発見には至っていないものの、水辺近くにとかく猥雑な一角があって、そこを丹念に調べつつ、多くの人間に聞き込みをしているという。犯罪者の中には情報と引き換えに警察の保護を受けている人間もいるらしいが、強盗があったという証言はまだ一つも得られていなかった。捜査が今後も続けられると聞いた私は、すぐ戻ると告げた上で小舟へと戻り、地元の漁師に事情を説明して、ジェラルディン号まで曳航するよう頼み込んだ。

汽船に上がった私はまずボブ・メリデューの姿を探した。すると身体の震えこそ続いているものの、快方に向かっていた。薬はすでに届いており、もう飲んだとのことである。私は彼と朝食をとりながら、ニコルの失踪を伝えた。するとマルセイユをよく知る彼は、強い不安を顔に浮かべた。

「奴らはサー・ニコルを格好のカモと見たはずです。狼の群れのようにあの方を追い詰め、何が起きたのか分からせぬまま隠れ家の一つへと引っ張り込んだに違いない。ここでそんな事件があったのを憶えているんですよ」

その日の午前中、兄の婚約者のために摘みたてのストロベリーや桃、そして外国産の珍しい花を積んだボートがやって来た。自分の想いを伝えるため、その他の品々とともにニコルが注文したものである。

　メリデューはそのボートを見て、ポータル一家の来訪が翌日に迫っていることを思い出した。

「我々はランチでサー・ニコルを陸までお連れすることになっていました。それからサー・ニコルは馬車二台を引き連れて駅に向かい、一家を港までお連れし、そのまま船に戻る予定だったんです」

　私は昨夜からの出来事でそんなことなど忘れていたと言い、苛立ちを相手にぶつけた。

「出発を止めるにしても手遅れだな。もうフォークストーン（英仏海峡に面したイギリス南部の港町）に向かっているはずだ。パリに電報を打って、一家をそこにとどめておこうか……しかしここに直行させないのがいいことなのかどうか、どうにも自信がない。こういう場合だから、ポータル氏がいてくれればありがたいとも思うんだよ」

　しかしメリデューは、暗い顔で疑念を口にした。

「私も取り越し苦労をする性質《たち》じゃないんですが、どうにも悪い予感がしますね。警察は当然ながらマルセイユを隅々まで知っていますし、捜査に乗り出したのもご主人が姿を消してからわずか一時間後です。なのに手掛かり一つ見つけられないなんて、それだけの理由があるんですよ。アーウィン様、もし私があなたの立場にいれば、お嬢さんがたをここには来させませんね」

「しかし、ボブ。あの人たちはサー・ニコルにとってかけがえのない存在なんだ。僕たちは希望を持たなくちゃいけない。しかし、兄が身代金目的の悪党に捕まっているのなら、ポータル一家がここにいてくれればどんなに助かるだろう。僕はそういうことに一人で立ち向かう勇気はないし、彼らだってここに来るのを邪魔すべきじゃなかったと言うだろう。ともかく事実を知れば、何があってもここに来るはずだよ」

我々はそこで話を打ち切った。それから数時間、なんの知らせも汽船に届けられなかったので、私は警察署に戻り、捜査責任者である署長と会った。捜査は今も進められているが、いくつかの手掛かりは袋小路に突き当たったという。私は誘拐の可能性について尋ね、兄の無事と金の要求をまず突き止めるべきではないかと言ったが、誘拐された可能性は低いと聞いて安心した素振りを見せた。「手中にある一つのものは、二つのものと同じ価値がある《アン・ティヤン・ヴォ・テュ・ローラ》。誰かを誘拐してその身内から金を奪うよりも、一人でいる人間に強盗を働くほうが簡単だし安全なんです」と、署長は言った。「時間が経てば明らかになるでしょう。十分に金を積めば、おとなしいネズミも鳴き声を上げますからね」

そのうえで、イギリスの同業者にはまだ連絡しないでほしいと頼み込んだ。

第二十章

私はそのときまでニコルの札入れを隠し持っていたが、その中に何が入っていたのか、兄の所持品で価値あるものが他にあったかどうかを、警察はまず知りたがった。そこで、カフスボタンと鎖つきの金時計、そしていつも左手の指にはめていた指輪のことを教えてやった。

「それは見事な宝石でしてね——我が一族に伝わる家宝で、少なくとも二、三百ポンドはするでしょう。札入れにはいつも三十ないし四十ポンドの紙幣を入れていました。フランスの紙幣かイギリスの紙幣かはわかりませんが」

警官たちは首を振った。港に巣食う悪漢を引きつけるのに十分な餌だと判断したのだろう。

私はヨットに戻って昼食をとり、自室に引きこもってようやく休息を得た。そして部屋の鍵がかかっているのを確かめた上で、札入れと中身の処分にかかった。最初に札入れを細かく切り刻み、洗面所で流し去る。紙幣のほうは燃やして灰にした——大半はイギリス紙幣だった。

私ほど忘れる才能に恵まれた人間は滅多にいない。大部分の人間であれば、不快な記憶ほどしつこく残り、下水の如く脳のあらゆる場所に染み渡ってゆく。いかに逃れようとしても逃れられず、心臓の鼓動が最も弱まる静かな深夜、それは絶え間ない洪水となって眠りを破り、休息を責め苦へと変えるのだ。しかし私は、スイッチで明かりを消すのと同じ早さで、記憶を消し去る能力を持っている。

よって穏やかな眠りに不足したことはなく、大半の人間が必要とするよりはるかに短い睡眠時間で十分なのだ。

その日は陸地からなんの知らせも届かなかったので、私は船上にとどまった。しかし翌朝は早起きし、十分着込んだ上でランチに乗ってマルセイユへ向かった。計画を変えてサン・シャルル駅に赴き、到着したポータル一家に状況を知らせることにしたのである。その後兄の汽船に向かうのか、それともさらなる知らせがもたらされるまで市内のホテルに宿泊するのかは、私にとってどうでもよかった。

長い旅路を終えた急行列車が到着し、三名の旅人が姿を見せた。そのとき知ったのだが、ニコルが出迎えることを彼らは知らされていなかった。とは言えジェラルディンは、まだ早い時間にもかかわらず婚約者が駅にいることを確信していたという。しかし思いもかけず私の姿を見た瞬間、心に不安が広がったらしい。私は汽船のボーイに一家のチッキを渡し、彼らと待合室に入った上で憂鬱な話を繰り返した。

ポータル一家は大いに心配したものの、私を気遣うだけの雅量は見せた。どうにか顔に浮かべた緊張と悲しみとを見て取ったジェラルディンなど、私に同情したくらいである。ポータル氏は汽船に乗ることをためらったものの、私はあらゆる準備が整っていると説明して、ぜひそうするようにと頼み込んだ。

「お願いですから、僕を助けてほしいんです。もう耐えられそうにありませんし、兄もそうしてほしいと望んでいるはずです」

ポータル氏は娘のほうを向いた。

「どうする、ジェラルディン?」父親にそう尋ねられたジェラルディンは、決心がすでに固まっていることを態度で示した。彼女は最初から冷静沈着で、並外れた勇気と知性とを見せていた。

「汽船に行きますわ。彼もそれを望んでいるはず。吉報がもたらされるのは間違いないんだから、希望を持たなきゃ。とりあえず汽船に乗りましょう。ママも列車の中で眠れなくて、とても疲れてるじゃない」

その直後にボーイが姿を見せ、一家の荷物をランチに運んでいった。重苦しい灰色の朝の中、我々は汽船に乗り、女性たちがそれぞれの部屋に入っているあいだ、ジェラルド・ポータルと私はコーヒー片手にサロンで話し合った。私はこれまでの経過を細かく語り、警察の捜査活動についても伝えた。しかし強い心を持ち、人生をいつも楽天的に見つめているこの男も、最初から不安を隠せないでいた。それまでの経緯を表立って非難することはなかったけれど、これだけの手掛かりにもかかわらず警察がニコルの消息を何一つ突き止められず、密偵を通じた情報収集にも失敗している事実は、ポータル氏を大いに心配させた。

「無用な気苦労などするべきではないんでしょうが、率直に言って見通しはよくないですね。身代金目的で誘拐され、今なお拘束されているはずだと、あなたが望みをつないでいるのもわかりますが、この地に巣食い、海からやって来る獲物を虎視眈々と狙っている陸上の海賊どもが、誘拐などという危険を冒すとは考えられません。狡猾極まりない奴らは、すでにこの海を利用して――いや、あなたをこれ以上苦しめる必要はない。恐れている事態がすでに起きてしまった可能性は高いけれど、その考えが間違っていることを願わずにはいられない――私に言えるのはそれだけです」

「警察はそこまで極端なことはまだ考えていませんよ」私は言った。

「それはそうでしょう。しかし警察が本心でどう考えているか、私にはわかります。警察のスパイ網は実に優秀で、犯罪を未然に防ぐことも珍しくありません。しかし予期せざることが起きれば、警察だって驚きますよ。どの街角や裏道にも警察がいるわけじゃないですし、サー・ニコルは埠頭から薬局に行くため、危険極まりないスラム街を通ったに違いない。そうしたペスト菌は雷のように犠牲者を襲い、すぐさま姿を消しますからね。それでいて自分の犯罪を隠すのに長けており、しかも奴らの巣の裏口はそのまま海に通じているんです」

その後もあらゆる可能性を論じていると、日の出からしばらくして朝食を伝える鐘の音が鳴り響いた。ポータル氏は女性たちの様子を見に赴き、夫人は熟睡しているので起こさないほうがいいけれど、ジェラルディンは一緒に朝食をとると伝えた。そのうえでもう少し待ってくれるよう頼み、自室でシャワーを浴び、髭を剃ってから、海上向けの服に着替えて戻ってきた。

朝食のあいだ、ポータル氏は口数も少なく、娘をさらに不安がらせることは何一つ言わなかった。しかし彼女は気丈に振る舞い、普段と変わらぬ様子を見せている。ジェラルディンもまたほとんど口を開かず、父親の話に耳を傾けつつ、ときおり私に質問を発した。それに対して私の要点は二つ。情報提供に多額の報酬を支払うべきこと、ロンドンに連絡し、スコットランドヤードのプロから助力を得るべきこと、である。ポータル氏は報酬については同意したが、イギリスから刑事を呼んだところで成果が挙がるかどうかは疑わしいと言った。

「地元の人間のほうが事情に通じていますし、何をどのように探すべきか、よくわかっていると思いますよ。残念ながら、彼らはこうした事件を頻繁に扱っているはずです。高額の報酬を出せば、そこに楔を打ち込めるでしょう。とは言え――」

そこで口を濁し、娘のほうを見た。

「私なら大丈夫よ」と、ジェラルディン。「わかってるわ、パパの考えは。だって、私も同じですもの。だけど希望を捨てちゃだめ。私も希望を持つよう自分に言い聞かせているし、ニコルのためにすべきことはみんなされているはずよ」

ジェラルディンは立派に冷静さを保ちつつ、その後も話を続けた。そして母親の世話をするため食卓から立ち去った彼女を、私は褒め称えた。

「そういう人間なんですよ」ポータル氏が答える。「現実から目を背けるなど、あの子に限って考えられません。しかし、あなたの兄上を大切に思っている——愛している——のも事実ですし、サー・ニコルがいなくなれば娘にとって深刻な打撃となるでしょう。それは私も同じです」そしてこう付け加えた。「あの方ほど評価と尊敬に値する人間を、私は見たことがありません」

「彼女の言う通りです」私は言った。「何かのせいで潰えない限り、常に希望は存在しています。我々の理性では把握できないものの、物事には隠れた理由がよくあるものです。多分私は悲観的になり過ぎていて、あなたも同じように感じさせてしまったんです。しかし、私が病人であることをご理解ください。肉体的な苦痛に悩まされていると、能力も勇気も発揮できないんです」

それから私は、上陸して警察署に赴く旨を相手に伝え、同行してくれるよう頼んだ。ポータル氏が同意したので、我々は直ちに警察署へ向かった。兄の失踪場所を正確に知りたいというポータル氏の言葉を受け、警官は大判の地域図を広げて我々兄弟が上陸した場所、私が兄を待っていた場所、そしてオードラン薬局に向かう兄が通ったと思しき道筋の一つを指し示した。新しい知らせは何もなく、報酬に関する問い合わせも届いていないらしい。私は一万ポンドを支払うとほのめかしたが、このあたりの人間には高額すぎるので、もう少し抑えたほうがよいと忠告された。

「実際に何があったのか、あるいは誰の仕業かを知っている人間が、犯人の発見と逮捕につながる情報を提供したとなれば、すぐに目を付けられてしまいます」と、我々は説明を受けた。「よって報酬はそれなりになくてはならず、我々警察が犯人に手を伸ばす前にまず、その人物を保護し安全な場所に隠す必要があります。さもなくば命そのものが危険に晒されますからね。とは言え、そうした人間にとって、一万ポンドという金額はピンときませんし、喜んで我々に手を貸してくれる人物がいるとすれば、その半分の金額でもすぐに駆けつけてきますよ」

警察署長はこのように説明したのだが、さりとて楽観的な見方をしているわけではなく、今後の事態は明るいだろうとも、報酬が大いに役立つだろうとも言わなかった。そのうえで誘拐の可能性を、一つの説に過ぎないとして暗に否定し、捜査の経過がはかばかしくないのは、残念ながら兄がすでにこの世の人間でないからかもしれない、とまで言った。それが成果の得られない理由として最も有力だと考えており、その言葉は長年の経験に裏打ちされていた。署長は真のフランス人が持つ洞察力と明晰さを兼ね備えていて、その論理は反駁不能であるように思われた。しかし家族を奪われたイギリス人としてそれに抗議するのが私の役目であり、ポータル氏の考えも同じようだった——つまりそれが真実らしいことは認めるけれど、あまりに悲観的で信じられない、というわけである。

「報酬をお出しになることで、謎が解けるかもしれません」署長が続ける。「しかし、サー・ニコル・テンプル＝フォーチュンがもうこの世の人間でない可能性は残念ながら高いようですので、状況はどうあれ、金を出す価値があるのかどうか、よくお考え願いたい。成果がない可能性だって十分あります。この事件が殺人なら、情報提供者はえてして真実を明かすことに躊躇しますからね。それは犯人の死を意味しますが、そういう人間は死に対して強い迷信を抱いているんです。そうしたことから血みどろの争いが起こり、仲間を裏切って死に至らしめた人間は、将来に対する恐怖と、自分の命をつけ狙う復讐に燃えた敵とに、いつまでも苦しめられるのです。報酬が一万ポンドだろうが五千ポンドだろうが、恐怖から逃れることはできません。もちろん、その危険を冒す人間もいるにはいますがね。大金を支払って何を得られるのか、よくお考えになるべきです。情報提供者が現われ、犯人を捕らえるだけでなく、ギロチン送りにできるだけの証拠が得られたとしましょう。そうなったところで、あなたが得られるのはそれだけなんですよ。つまりどれだけ大金を積んでも、それでできることといえば数名の殺人犯の首をはねるだけで、兄上の命を奪った犯人よりも悪辣な犯罪人はそのままなんです。兄上がすでにこの世の人間でないとすれば、どうしたところで戻りはしません。もしまだ生きているのなら、その証拠はすぐに発見されるはずです。なんの見込みもなくいつまでも生き永らえさせるとは考えらませんからね」

「もし捜査を諦めるというのなら」私は語気を強めた。「フランスのしかるべき筋に今すぐ訴えますよ」

「諦めるだなんてとんでもない」署長は宥めにかかった。「いや、ご指示通りに報酬の広告を打ちましょう。私は自分の知ることを言っているだけで、あなたはまだそれを飲み込むことができないんです。情報提供の申し出がない今の段階では、兄上に危害は加えられていないと考えても差し支えないでしょう。この事件には二人ないし三人、あるいは四人ほどの人間が関わっていると思われます。そいつら以外に犯行現場を目撃し、あるいは事件について何かを知っている人間がいるとは考えられません。もしくは、犯行そのものがなかったのかもしれない。ときには奇妙なことが起きるもので、無限の可能性の前に人間の知性なんて無力ですからね。高額の報酬を耳にした途端、サー・テンプル＝

フォーチュンが姿を見せて、自らそれを受け取ることになるかもしれませんよ」

私はこの皮肉に不快感を露わにした。しかし、報酬を五千ポンドに抑えるべきというのはその通りだ。また警察から兄の写真を求められたので、できるだけすぐに一枚送ると約束した。

「ジェラルディンが持っているはずですよ」と、ポータル氏が教えてくれた。

それから我々は汽船に戻ったのだが、私は今、そのときに見た一つの小さな出来事を思い出している。ニコルが失踪した件は新聞社に伝わったらしく、港ではカメラマンたちが兄の汽船にレンズを向けていた。船上に戻ったポータル氏が妻のもとに向かったので、私は女性二人のために用意された小サロンのドアを開けた。足音を立てずに入ってみると、小さなピアノに乗せた両手の中に顔を埋め、一人すすり泣くジェラルディンの姿が目に入った。先ほどまであれほど自制心を保ち、勇気のあるところを見せていただけあって、その光景は見る人が見れば下品とさえ評しかねないものだった。しかし私の目には下品でもなんでもない。私に言わせれば、そもそも人間の生命以上に下品なものはないのである。とは言え、この並外れて優れた女性がすすり泣いているのは意外な光景だった。人目を憚ることなく泣いていれば、それは涙の価値を知りつつ喜んで目に浮かべるという、女性ならではの技能に過ぎなかっただろう。しかし、乾いた目で現実を見つめながら密かに涙を流すからには、それだけの理由があるのだ。ジェラルディンについて言えば、自分がニコルを愛していること、そのニコルが永遠に失われたことが涙の理由である。私はそっとその場を後にした。彼女は私に見られていたなど露ほども気づかず、昼食の席についたときも、顔を青白くさせる以外に自分の感情を見せることはなかった。私がジェラルディンに興味を持ち始めたのはこのときだった。彼女と接する限り極めて優れた女性だと思わずにはいられないけれど、彼女の真の資質に対する私の評価は、ニコルへの愛情が本物だという事実のせいで損なわれていた。ニコルに全てを捧げる人間の資質など、本質的には中途半端なものに違いない。

　報奨金は予定通りに広告された。そのうえで私はポータル氏に哀願し、あと数日ここにとどまることを了承させた。希望が潰えつつあることは今や誰もが認識していたとあって、実に気の重くなることだった。情報提供の呼びかけがなんらかの成果をもたらすこともなかった。報酬に目のくらんだ誰かが暗闇から現われることもなく、警察もすでにニコルの死を確信していたが、私の目には怠慢に映った。

「彼らがこれまでしたこと以外に、何かできることがありますか？」警察への不満を漏らす私に、ポータル氏が訊いた。実際、それは答えるのが難しい質問だった。当時のイギリスにはシャーロック・ホームズがいて、大衆の想像力、そして探偵としての能力の最高峰として燦然と輝いていた。独創性溢れる探偵が数多く現われ、犯罪小説を愛する今日の大衆を喜ばせるようになったのは、ずっと後のことである。

　やがて、死を迎えた場所から半マイルと離れていない場所で、水面に浮かぶ兄の遺体が発見された。地中海の潮流はさほど早くなく、遺体が遠くへ押し流されることはなかったのだ。私と同じく警察もこの事態を予期しており、丁重な言葉遣いでその事実を伝え、深い哀悼の念を表わしたが、意外だった様子は見られなかった。

「残念ですが、今からお話しすることは全て事実です」と、警察の高官が静かに説明する。「この忌まわしい事件は、過去に起きた類似の犯行と全く同じです。兄上の死は強盗によるものでした。カフスボタン、金時計、指輪、札入れ、いずれも失くなっています。ベストのポケットには一枚の紙が入っていて、それを慎重に乾かしたところ、鉛筆で書かれたオードラン薬局宛ての処方箋であることが判明しました。所持品はそれだけです。死因ですが、頭蓋骨の底部に強い打撃を受けています――損傷から判断して即死だったに違いありません。検死の結果、犯人によって海に突き落とされる以前に息を引き取ったことがわかっています。いくつかの細かな点については今も捜査を続けていますが、事件の経過は明らかです」

ポータル氏が私に付き添って遺体安置所へ同行し、束の間の試練を支えてくれた。そこに疑わしい点は何一つなく、遺体の身元を確認した我々は汽船に戻った。大衆は事件をあれやこれやと詮索したものの、そこから何かが明らかになることはなかった。犯罪に詳しい人間によると、この事件は兄の所持品を狙った正体不明の犯人による強盗であり、兄を殴ったところ思いがけず死んでしまったので、両手両足を縛り上げて海に突き落としたのだという。そして例の通り、犯人を検挙できないことで警察が非難を受け、やがてこの事件はマルセイユの人々から忘れ去られていった。

その後、私は不撓不屈のイギリス人気質を発揮し、自国の警察に支援を求めた。ポータル氏はこれに反対で、フランス警察の言葉を思い出させて私を止めようとした。事件の調査が成功に終わったとしても、犯罪者が数人ギロチン送りになるだけで、犠牲者が戻ってくるわけではない、と。しかし私はあくまで自説を曲げず、それから二十四時間後、フランスで捜査を成功させたことがあり、高い評価を得ていた著名な刑事がイギリスを発ってマルセイユに向かうことになった。ポータル氏もこの人物に会うまでマルセイユにとどまることを了承したが、遺体の発見後に妻と娘を連れてジェラルディン号を去り、市内のホテルへ移った。そして私は、刑事の許可が下り次第、兄の遺体を汽船に乗せてイギリスへ運ぶつもりだと伝えた。

第二十一章

この頃、私は一つの問題に知的好奇心を刺激されていた。真の才能に恵まれた刑事ならば、兄の殺害から何を導き出すだろうか？　月並みでありきたりのやり方しかできないフランスの警察より、はるかに優れた知的能力を発揮するはずだと誰しも思うに違いない。さらにイギリス人とあれば、捜査にラテン的な気質を持ち込むこともない。この点、並外れた手腕の持ち主がもっぱらフィクションの世界に属しているというのは先に記した通りであり、シャーロック・ホームズが現実の存在となってこの謎を解き明かすという考えに、私は心躍らせた。しかし、この未知なる人物の思考回路を知っているわけではないのですぐに計算対象から外し、捜査に乗り出す自分の姿を想像した。事の真相を記憶から消し去り、人間のあらゆる感情や劇的要素を排した抽象的な数学問題として、自身の引き起こした殺人事件に向き合ったのである。

第一の問題は常に同じであり、被害者の死で最も利益を得るのは誰かを突き止めることから捜査は始まる。兄の場合、あらゆる証拠が一つの回答を指し示していた。兄は所持品を狙われ、恐らく偶然の結果として殺された。到着したばかりのイギリス人刑事に対し、マルセイユ警察がこの常識的な説明をするのは間違いない。彼らは明らかな事実に目を奪われているものの、同様の事件を頻繁に扱っており、刑事が事件の経過に疑問を呈することはないだろう。いくつかの要素はこの事件に特有のものだが、そのいずれもマルセイユ警察の確信を揺るがすことはなかった。さもなくば、私の耳に入っていたはずだ。しかし、探偵小説がこれでは困る。有能な探偵の捜査方法は全く異なり、明らかな事実だけでは不十分極まりないのである。

私は地元警察の意見を認める振りをしつつ、自分の役割をより高度で興味深い次元に引き上げる可能性に気づいた。すなわち、サー・ニコル・テンプル＝フォーチュンの死によって誰が最も得をするかという最初の問題には、もう一つの回答が存在するのだ。それは事件に深く関わり、詳しい事実を唯一伝えることのできた人物である。想像上の悪党どもが犠牲者を殺し、一人当たり数ポンドの利益を得たのは確かかもしれない。一方、犠牲者の弟は、それよりはるかに大きな利益を確実に得られるのだ。さらに、犠牲者の姿を最後に見たのもこの弟である。重要な点は立証不可能だから、話の信憑性は彼の誠実さ次第だ。ジェラルディン号のクルーは、兄が深夜頃に出発するのを目撃しており、その二時間後に弟が巡回中の警官と会っている。だが、これら二つの事実の隙間を埋めるのはアーウィン・テンプル＝フォーチュンの証言以外になく、しかも高額の報奨金にかかわらず、被害者を陸上で見たという人間はいまだ一人も現われていないのだ。

それでも私の中にある探偵としての素質は、この問題をさらに追求すべきか、あるいは明らかな事実を受け入れるだけで満足すべきかを私に自問させた。しかしあらゆる本能が、知的好奇心のためだけでなく個人的理由のために、捜査の経過を追い続けるよう促した。私としては、この線に沿った捜査活動が有能な探偵をどこに導くのか、そして彼が大成功を収めた場合、私自身がどうなるのかを見届けたかったのである。そうすれば、最近における自分の行動を客観的な立場から見直せるとともに、苦心して成果を挙げた人間が抱きがちの偏見なしに、公平な目でそれを判定できるだろう。

ニコル・テンプル＝フォーチュンの死によって最も利益を得るのは弟であり、事件を引き起こしたのはこの男だろうかと、刑事が自問するのは間違いない。残酷な殺人には等しく残酷な疑問が付きまとう。ニコルを殺し、その後で作り話をこしらえるのがごく簡単であることを突き止めた刑事は、十中八九私に目を向けるだろう。人間の性格を知悉し、無限の能力を持つこの人物は、完璧な技能によって捜査を進め、私を警戒させたり、疑惑を抱かせたりするようなことは何一つせず、また口にもしないはずだ。その一方で私の話にじっくり耳を傾け、私を研究し、私の精神構造や人生観、想像力、そして私が有罪であるか否かの可能性を判断する。このように考えを進めていくと、来るべき犯罪捜査のプロがこのような道筋を辿るなら、自分は相手を見くびることなく立ち向かう準備をすべきである。そうすれば大きな有利がもたらされる上に、捜査中も自分でない人間を振る舞う必要はない。かくも有能な人間の前で演技などしても、見破られるのが関の山だ。どう言い逃れようとも全てお見通しで、すぐさま私を追い詰めるだろう。

次に、この刑事が私に対する追求を無駄だと考え、はったりからか誠実な性格からかは知らないが、たとえ自分に不利なものであっても、私が真実だけを話していると判断した場合のことを考える。必要とあれば私は彼の注意を引き、自分にも犯行が可能だったことをあっさり認めるとともに、ニコルの漕ぐボートではいつも舳先に座ること、ゆえに背中を向けている兄を殴り殺せたことを説明するつもりだ。刑事の立場に立ってみれば、そのような態度は彼を満足させるだろうと私は感じた。しかしそれで済むはずはなく、疑いの種は残るに違いない。このような難事件を解決に導くのは刑事にとっての願望だろうから、覚悟を決めて捜査にあたり、全知全能を注ぎ込むはずだ。

刑事は次にどう動くだろうか？　答えは簡単だった。容疑者の過去を掘り起こし、彼の経歴を知り、彼の性格を知る人物の意見と経験に頼るだろう。

そうなると、この種の丹念な捜査は雑多なデータを刑事に与える可能性が高い。歴史は常に偏見に満ちた人物によって記され、その人物の信念は文章に影響を与えずにはいられない。ゆえに私の経歴は、私の犯行を暴こうと躍起になっている人間の心に、解決し難い矛盾を突きつけるはずだ。知る限り、私のキャリアにさほどの関心を持った人間はいない。しかし、この優れた探偵は違うだろう。偏見に満ちた目は一つの不吉なパターン——経験豊富な作家の手にかかれば絞首台を想起させずにはおかないパターン——を見出すに違いない。その一方で刑事が入手可能な手がかりの山は、いずれも立派で満足すべきものなのだ。

いったん手がかりを摑んだ刑事は、以下のことを知るはずだ。疑惑の対象は三人兄弟——いずれも男盛りだ——の末弟である。そのうえでハリー・テンプル＝フォーチュンとその幼子、そして乳母の死にまつわる事実を集める。この悲劇の捜査にあたった同僚とも話をするだろう。それでもなお、乳母と幼子の殺害を、その後に起きた父親の死と結び付けることはできない。少なくとも一瞥しただけでは無理だ。私はこの問題をさらに深く考え、どう振る舞うべきかを自問したうえで、二つの悲劇をつなぐ環が発見され得ることに思い当たった。実際、その環は二つあった。刑事がこうした可能性に突き当たったとして、どうしたら立証できるだろうか？　事件の核心にいる二人を尋問すればよい。かくして刑事は、最も好適な二人の人物から意見を聞き、かつてはごく近い存在で今は遠く離れているこの二人が、同じ意見の持ち主だということを知るだろう。当然私の頭にあったのは、ハリーの未亡人ステラ・テンプル＝フォーチュンと私自身である。また疑問が持ち上がったとして、我々二人の証言があらゆる点で矛盾しないのも確かだった。私はその可能性を歓迎し、来たるべき訪問者がやがて幼いルパートの死をハリーの死と結び付け、明白かつ確かなつながりを突き止めるようにとさえ願った。それが疑いを強める結果になったとしても構わない。いかに捜査を進めようとも必ず壁に突き当たるからだ。つまり、事実とフィクションを隔てる防壁である。

亡き兄が生まれつき向こう見ず――大酒飲みの乗馬好き――だったこと、結婚と息子の誕生以来それが穏やかかつ理性的になったこと、そして悲劇的な息子の死以降、精神の均衡を失って以前の荒れた生活に戻り、狩猟で無益な危険を冒したり、昼間から大酒を飲んだりし、ついには正気とはかけ離れた状態の中、狂気とも言える行動によって命を落としたことを、刑事は私の口から知るだろう。ステラも同じ話をするだけでなく、それ以上のことを告げるはずだ。私のことに刑事の質問が移れば、私が兄のため勇敢に戦い、嘆き悲しむ兄を全力で助け、支えていたことを知る。ステラが私の期待を裏切るはずはない。刑事はこの情報を頭にとどめ、その後に得られた知識と比較しつつ、次にニコルの殺害へと思考を進め、仮説を組み立てて私の犯行を示そうとするはずだ。まず我々兄弟の親密な関係と、常に変わらぬ友情とを確かめる。そして兄の病気とその後の驚くべき回復に関係する出来事が、彼の知るところとなる。

刑事の情報源はまずこの私、次いでポータル一家とローレンス医師になるはずだ。私は自らの恐るべき誤診を率直に認める。ポータル氏が兄の救助劇を詳しく語る一方、ローレンス医師は、ニコルが恐るべき病気という悪夢に苦しめられていたことと、そこから逃れて適切な治療を受けた瞬間、本来の健康を取り戻したことを述べるだろう。二人の話は考える材料を山ほど刑事に与え、私への疑いが軽くなることは決してない。事実に基づいて正しく説を組み立て、私がニコルに恐怖を与えて希望の扉を固く閉ざした上で、兄が自分の命を危険に晒し、小舟で海へと乗り出すことで人生を終わらせるように仕向けたことを突き止める可能性もある。兄の自殺の意図は彼と私だけの秘密だったから、それが私あるいは他の誰かの口から語られることはないけれど、危うく死から逃れた事実を長兄の死と比較すれば、ある種の特筆すべき類似に気づかぬはずはない。取り返しのつかない事態がハリーを無謀な行為に走らせ、最終的には人生に幕を下ろした。一方、死が迫っている恐怖はニコルを軽率な行動に突き動かした。それが彼の命をも奪っていただろうことは確かである。

そこまで仮定したとして、二人の軽率さに対し私はどれだけ責任があるとみなされるだろうか？ハリーの死を私と結び付けられるのは、並外れて鋭い洞察力を持つ名探偵だけである。しかしその宣告を下す根拠は確かに存在する。将来的な利益を得るために兄二人の死を望んでいたと仮定すれば、私による犯行という可能性が浮かび上がる。当然のことながら、私は実際の経緯について、外部の人間が突き止め得る以上のことを知っている。例えば、赤子を殺したのが父親の命を奪うため——直接的には回復不可能な打撃を与えるため——であることは、私以外に知る由もない。刑事がこうした見事ながらも不可能な推理を下し、まずはハリーの最期に目を向け、次いで論理の力によってニコルの殺害に思考を移したなら、私は彼を高く評価するだろう。

ファイアブレイス荘園での殺人事件については、まずノーマン・パクストン警部から話を聞くに違いない。捜査こそ失敗に終わったものの、かなりの重要性を持つ一つの事実を知っているからである。「赤子と乳母を殺したのはアーウィン・テンプル＝フォーチュンかもしれない」と、パクストンは語る。もちろん、私のような立場の人間を犯人扱いし、そうした犯行に結び付けるなど無理もいいところだと、パクストンは付け加えるだろう。しかし事件当時、私と同じ条件にある人間にその意思さえあれば、犯行は可能だったのである。パクストンは私を知っていることから、私と犯行を結び付ける馬鹿さ加減に気づいて当然だ。仮に私の犯行を立証しようと試みたとしても、証拠が何一つないことを思い知るだろう。だが、これから現われる刑事はいまだ私を知らないけれど、私についてパクストンよりはるかに多くのことをすぐに突き止め、過去と現在を関係付けるだろう。いったん自説を組み上げたら、後は卵を育てる鶏の如くそれに集中する。そのうえで試行錯誤を繰り返し、自分を待ち受ける未知の壁に突き進んでいくはずだ。

それからポータル一家と会い、ニコルとの出会いについて彼らが知る全ての事実を聞き出す。そして経験豊かなはずの医者が、ニコルに死が迫っていたと想像する可能性が果たしてあるかどうか、ローレンス医師から徹底的に話を聞くだろう。我々医者は原則として身内をかばい合うものであり、たとえ疑っていたとしても、この若き同業者が私の悪意を告発するとは考えられない。しかし巧妙な反対尋問を受ければ、サー・ニコルと付き合う中で私の言うような症状が現われたことは一度もないと認めるかもしれない。勤勉なる我が刑事は次に私の履歴を調べ、私が一定の名声を得ていること、とりわけリューマチ治療の分野で過去に有名だったことを突き止める。次の一手は微妙で難しい——あえてそれを打たず、他の方向に捜査を導くことも考えられる。ニコルの治療に失敗し、かくも誤った結論に辿り着いたのはなぜかと私自身に訊くことは、自分の手の内を晒し、試合終了を宣言するに等しいからだ。しかし相手がそんな愚問をぶつけるとは考えられない。私が刑事なら、自分の疑いを悟られないよう細心の注意を払い、あらゆる状況証拠がその人物を指し示していたとしても、彼の信用と信頼を勝ち取るよう努めるか、さらには心の中から疑いを一掃すべく、あえて助力を求めるかするだろう。このようにして、私は有能な策士を心に思い描き、これから来る訪問者を私と同じ洞察力の持ち主だとみなしたのである。そして私の犯行を強く指し示すであろう、マルセイユにおける捜査活動を予想するとともに、私が次兄を殺害したのみならず、恐怖という武器を通じて以前にもそれを試みたものの、ポータル一家の介入によって失敗に終わったことが突き止められる事態まで想像したのだった。

かくして私は真実を積み上げて一つの恐るべき罪の告発を導き出し、あらゆる点で疑いの余地がない説得力のあるものにした上、その結論に達した想像上の名刑事を高く評価してやった。私は自分の不利になるよう賽を振り、刑事が卓越した推理力によって真実に辿り着き、一点の曇りもなく私が犯人であることを突き止めるだろうとさえ仮定したのである。

この輝かしき成果を挙げた刑事は、次にどうするか？　探偵小説を読めば、私が想像もしなかった重要な証拠を手に入れることは明らかである。そして私は逮捕され、あらゆる弁護を突き崩す証明済みの事実を突きつけられ、自業自得としか言いようのない恥辱の中で死を迎えるより他にない。しかしフィクションと事実を隔てる障壁は私の中ですでに完成されており、どんな刑事も乗り越えるのは不可能だと悟るに違いない。人間の手の届く範囲内に、私の不利になる証拠は――状況証拠であれその他の証拠であれ――存在しないのだ。私の知る限り、偽の証拠をでっち上げるような敵はこの世界におらず、刑事が捜査を打ち切って自らの輝ける活動内容を報告したところで、それを基に私を逮捕する人間は誰一人いないのである。

残る問題は、捜査活動が別の方向に進むかどうか、つまりニコルの殺害に集中されるかどうか、である。たとえそうだとしても、私は一瞬考えただけですぐに確信を得た。つまりあの夜の出来事について、私自身の証言を覆せる証拠は何一つ存在しないのだ。

以上の思考を通じて気分を新たにした私は、スコットランドヤードに所属するウッドベリー主任警部の到着を待ち受けた。実際会ってみると、この人物は中年過ぎの頑健な男で、振る舞いも洗練されている。長旅による疲れは隠しようもなく、ジェラルディン号の快適さをありがたがっていた。到着後は朝食を軽く平らげると自室に引きこもり、正午ごろまで睡眠をとった。起床して紅茶を共にした彼は、自分に課せられた難題をすでに知悉しており、捜査から満足すべき結果が得られる可能性は低いと私に警告した。だが、失望の表情を見せた私に対し、できることは全てすると約束してくれた。

「とは言え、手がかりは薄いですがね。いや、手がかりと呼べるものすらない、と言ったほうがいいかもしれません。時間が経っていますし、海はいつだって犯罪者の味方です。以前にもここで捜査をしていますが、地元警察は非常に協力的でした。実を言うと、この殺人事件は私のほうから手を挙げたんですよ。最近どうにも体調が思わしくなくて、イギリスの天気から逃れて明るい太陽の下でしばらく過ごし、海から吹く温かな風を感じたいと思っていたんです」

見ると、左手に包帯が巻かれている。私は同情を示すとともに、体調が思わしくない原因は何かと尋ねた。

「リューマチなんです」と、相手は答えた。「そのせいで手がこわばっているんですよ」

「それはお気の毒に」私は言った。「僕も同じ悩みに苦しんでいましてね。それが皮肉なことに、僕はリューマチの専門家ときていて、何年もその研究に打ち込んだだけでなく、著書もあるんですよ。今はもう医学からは身を引いていますが」

「なんと！　ではあなたが、あの本をお書きになったテンプル＝フォーチュン先生なんですか？　お名前は存じ上げていましたよ。リューマチの本なら全て買いあさって、あなたのご本も読みました。素人には少々難しい内容でしたがね」

「私の知識がお役に立ったとしたら、何よりですよ」そう応じてやると、相手はすぐさま症状について熱心に語りだし、完全かつ詳細な説明をした。私はじっくりと耳を傾けつつ、不自由な左手を注意深く診察した。症状は深刻らしく、身体の他の部分にも痛みを感じているようだ。関節炎に悩まされている人間にしては、ずいぶん大げさにテーブルのありがたさを感じているのは明らかだった。

ウッドベリー主任警部はそれから地元警察と話し合うべく陸へと赴き、日没後に戻ってきた。個人的な症状に関心を見せてやったことで私は彼の信頼を勝ち取るのみならず、ランチとクルーはいつでも使っていいし、診察にも好都合だからと説明したうえで、今夜はここに泊まればよいとまで提案してやった。

いつも通りの豪華な夕食が用意され、我々はそれを十分過ぎるほど堪能した。話題はリューマチとワインだった。ウッドベリーも私と同じくワインを愛していたのである。しかし酒のほうは過度に抑制的で、どんなワインなら飲んでもよいかといたく気にしていた。

「赤ワインはどれも毒だと言うんですよ、先生。酒類は絶つべきだと言う医者もいます。挑戦はしてみたんですが、この身体はどうも少量のアルコールを必要としているようでしてね。蒸留酒は嫌いなので、バーンキャスラーのワインならどうでしょう?」

私は首を振った。

「わかりますよ、あなたが僕にどう答えてほしいのか。けど、それを口にすることはできません。僕はワインと名のつくものは全て試してみました。その件については耳に心地よい答えを申し上げたいところですが、相手が患者では——あなたが患者だとして申し上げますが——正直にならざるを得ません。発酵酒はあなたの健康にはもちろん、同じ症状を抱える人間にとっていいものではありません。

中には少量なら摂取しても害にならない人間もいますし、この私も嗜んでいます。しかし理論的に言うと、これは間違いです。僕はワインを愛していて、このテーブルにあるようなビンテージワインは大きな楽しみです。ただ、将来を考え、ワインを飲むことが人類に対する僕の貢献をどれだけ減じるかに思考を巡らせると、時々グラス一杯飲むことで我慢せざるを得ないのです。白ワインのほうが好ましいのはもちろんで、抱えているお仕事の重さを考えると、あなたの身体が一定量のアルコールを求めるのは当然でしょう。ですが、あなたは強い意志をお持ちですし、そうでなければこのお仕事は無理なはずだ。これ以上のことは二、三日様子を見てから申し上げます。明日には気分を落ち着かせる何かを差し上げますが、炎症がおさまるまでアルコールは極力控えるべきです。この極上のポートワインをグラスに一杯くらいなら問題ありませんけどね」

　私の親切な助言にウッドベリーは感謝を表わした。煙草も嗜むそうだが、他の点では健全であると判断し、その習慣には反対しなかった。二人して喫煙室に移ると、相手は一時間ほどリューマチの話を続け、その後でようやく自分をここに赴かせた件に話題を変えた。彼はフランス警察の捜査手法を高く評価しており、いくつかの点ではフランス式のやり方のほうが優れているとまで言った。

「私が自分自身ですべきことは全てなされている、そう言っても過言ではありません。有力な手がかりと思しきものもあり、事件後即座に危険地帯をくまなく捜査していますからね。どこを、あるいは誰を捜査すべきか、彼らはよく知っています。ところが捜査は初めから壁に突き当たり、密偵からも情報を得ることはできなかった。まず獲物をぶん殴り、海岸が安全であることを確かめたうえで、強盗を働きそのまま姿を消す、というのがこのあたりの悪党のやり方です。その後、被害者は目を覚まし、警察に通報する。ただ今回は殴る力が強すぎたのでしょう。獲物を殺してしまった犯人どもは遺体を海に運び、できる限り陸地から離れたところで沈めた。地元警察はそう判断していて、遺体が発見された瞬間に事件の経緯を知ったんです。指輪と現金はこの国のどこかで処分され、金時計も溶かされてすでに影も形もないでしょう」

「警察はいくつか変わった特徴が見られると言っていましてね」私は言った。「警察が正しいとお考えなら全く無駄なことでしょうが、そこから手がかりを得られませんか？」

「確かに、傷のひどさは尋常ではありません」相手は答えた。「即死だったはずです。犯人はそれを知っていたに違いない。あのような一撃を食らえば、まず命は助かりませんからね。凶器は先の尖った何か、例えば鉤つきの斧のようなものでしょう。単なる強盗であれば砂袋などを使い、獲物を気絶させこそすれ、命まで奪うことはありません。それに、遺体には他に傷がなかったんですよ。つまり争った形跡がないんです。誰かが背後に忍び寄り、一撃で命を奪った。これは普通のことじゃありません。犯行が狂人の仕業なら、被害者を殺した後はすぐに逃走し、所持品に手をつけることはしませんからね。だが、事実はその反対で、遺体は整然と処分された。とは言え、そこから推理できることは今のところありませんがね」

「この事件には痛ましい一面があるんです」そう言って私は、ポータル一家のことを話した。

「あなたが話を聞きたがっていることは僕から説明しました。お越しになるのをマルセイユで待っていますよ。我々はみな言い尽くせない悲しみを感じています——特にこの僕とミス・ポータルは。僕にしてみれば、一番の親友が失われたようなものですから。ここまで互いを理解していた兄弟は他にいないでしょう。ある意味、この事件は人生を滅茶苦茶にし、全くいわれのない責任、夢にも思わなかった責任を僕に背負わせたんです」

「ご同情申し上げます」ウッドベリーは言った。「ご友人には明日会うことにしましょう。一家がここに到着なさったのは犯行後ですから、さして期待はできませんが。まあ、結果は明日になってからです」

「ここに最上級のオールドウイスキーがあります。少しならお飲みになっても構いませんよ」と、私は話題を変えた。「手が痛むようであれば、陸から睡眠薬を取り寄せます。お勧めはしませんけどね」

ウッドベリー主任警部は眠れないことはほとんどないと言って、睡眠薬を断った。それでも年代物のスコッチを少量口にし、その味を褒めた。それから私が、何かあったらいつでも呼んでほしいと言ったのを潮時に、我々は親密な雰囲気の中、互いの部屋に引き下がった。

第二十二章

揺りかごから墓場に至るまで人間の本質が見せるあらゆることに、我々は笑みを浮かべる。しかし墓地に立った途端、我々は顔を曇らせ、もはや笑うことはない。なぜか？　私には笑みが浮かび始める場所が存在する。それは自分自身の最も人間らしい特徴だ。だが、私と同じく、死を笑うことのできる人間はいない。人生がどれほど些細でつまらないものであっても、死が訪れた瞬間、言葉では言い表せない崇高さが生まれ、崩れ去った肉体への崇敬が生じるという、普遍的な誤謬が存在している。この幻想はあまりに広まっているので、人間は誰でもこの世を去った兄弟に対し、一般的な良識が求める無言劇の中で個人を讃えるよう求められる。この世から消え去らない限り誰も幸福であるとは言えない、と反論しても無駄である。よって人は自らの幸福を表に出してはいけない。死者を哀れむことは、旅の終わりを迎えた旅人のために涙を流すこと、あるいは燃え尽きた蠟燭を嘆き悲しむことと同じである。ともあれ、そうした涙が慰めをもたらすことも、笑いがそれら涙の対象を煩わすこともないのだ。

そして今、常識なるものが私になんらかの態度をとるよう求めていたが、ポータル一家とジェラルディン号のクルーがいることもあって、その態度は決まっていた。ウッドベリー主任警部について言えば、亡き兄よりも自分自身に関係のある事柄に興味を奪われ、本来の客観的な精神を保てないでいる。ニコルが人生において私や他の誰かを楽しませたことはなく、その突然の死が、彼を愛した女性に本物の試練を、彼女の両親に悲しみを、そして主人の死で生活の糧を失う人たちに不安をもたらしたことは間違いないが、私には物質的な利益以外に何一つもたらさなかった。いや、それだけではない。状況を分析して犯罪そのものだけでなく、それを解決するために雇った人物の思考回路を再現してみると、大笑いの種が浮かび上がってきた。この不均衡はまた精神的安定をもたらし、絶対的に安全であるという考えほど笑いをもたらす材料はなかった。別の状況なら、ウッドベリー主任警部がより高い能力を発揮していたのは間違いない。しかし定年が目の前に迫る今となってはすでに限界が近づいており、肉体的な不安と将来への懸念に心奪われている。そして自らのキャリアにおけるこの時点で、私と出会った。つまり目下の悩みについて深い学識があり、病気に関する知識を提供してくれるだけでなく、価値ある情報を無料で与えてくれる人間だ。ウッドベリーははるか以前に名声を勝ち取っており、この事件がそれをさらに高めることはない。しかし私は彼の信頼を得、はるかに深く懸念している件で希望を目覚めさせた。さらに、ウッドベリーの健康状態に没頭しつつ、将来家を買うとすればどこがいいかについても真剣に検討すると約束した。辛抱強く話に耳を傾け、プロとして最善を尽くす旨を告げてやると、相手はそれにふさわしい謝意を示した。ときには私のほうから事件を思い出させ、状況の難しさを注意してやるほどだった。しかし彼を責めることはできない。いったん陸に上がれば精力的に活動し、持てる手腕と経験を捜査に注ぎ込んでいたからである。そのうえフランス語に堪能で、疑わしい点は何一つ見逃さなかった。とは言え、それらはいずれもマルセイユにとどまっており、後に他の人々と話をした私は、ウッドベリーが過去の事件には目を向けていないと確信した。ニコルの生涯について私に数多くの質問をぶつけるものの、私自身についてはこちらが述べる以上の情報を必要としていない。彼の私に対する主な関心は犯行以外のところ、すなわち私が提供する知識に集中していたのである。

続く数日間、ジェラルディン号にもう一人の客が滞在した。それは一家お抱えの弁護士事務所からやって来た人間で、悲劇の詳細を聞こうと私を待ち受けていたのである。私はその男に、ニコルの件については何も知らず、今のところ犯人の検挙にしか関心はないと告げた。聞けば、新たな遺言書が弁護士のところにあるようで、来るべき結婚の前に署名されるはずだったという。だが私は、ウッドベリーの許可が下り次第、兄の遺体を汽船でイギリスに送り届ける意図を伝えただけで、現在の遺言書の中身については興味を示さず、また尋ねることもしなかった。相手はしかるべき同情を示し、犯人が逮捕されることを信じていると述べた。そして一泊した後で帰国の途についたのだが、私はその前にいくつかの指示を与えた。

「署名されていない遺言書の中身を知らせてほしい。僕としても兄の遺志はできる限り叶えてやりたいからね」

ウッドベリー主任警部はポータル一家からの聞き込みをすぐに終え、捜査の役には立たなかったと告白した。私は親密な態度で彼らの出発を見送った。心からの同情と憂慮を示す数多くのさりげない振る舞いに、ジェラルディンは感謝したことだろう。また同じく親愛の情を示していた一家に対しても、再会を心から願っていると伝えた。

「あなたがたと会えば、この恐ろしい悲劇を思い出さざるを得ないでしょう。だから、僕たち自身のためにも再会すべきではないと言う人がいるかもしれません。だけど、僕たちのあいだには一つの絆が生まれたのではないでしょうか——つまり生者への愛から生み出される絆より強い、故人に対する愛情から生まれた絆です」

一家はこの言葉に心動かされ、その通りだと言った。そして彼らの姿が遠ざかる中、私は探求者としての性格から、熟練した小説家は私の無害な性質について記すとき、友情の証しでなく、最終的に私の破滅をもたらす疑いと不信の種を彼らの心に深く植え付けることはあろうかと考えた。しかしポータル一家は親愛の情を見せつつ私のもとを去り、兄の親しい友人となったのだからなんとしても葬儀に参列してほしいと私から請われると、その言葉に感動し、ぜひ参列したいと言った。私がニコルの遺体をイギリスへ運ぶという事実が、彼らを感謝させたのは間違いない。

これらの人々に対する義務から解放された今、私は成功を求めるウッドベリーの情熱と、彼のリューマチに対する関心とのあいだでバランスを保ちつつ、スコットランドヤードの代理人に意識を集中させた。相手に貸しを作り、知り合えたことに感謝を示すとともに、彼自身の経験から見れば正しい一方、真実とはかけ離れた私の虚像を心の中に作り上げたのである。

私が診療したことでウッドベリーの症状は軽くなり、我々は親密な空気の中で食事をとるまでになった。ともに食事を楽しみつつ、互いにワインを控え、将来のためにその決意を新たにする。私が自分と同じく弱い人間であることに警部は気づき、その事実をありがたいとさえ感じているようだ。共通の弱点以上に友情を確かなものにする方法はない、ということだろう。

日中は陸上で活動するウッドベリーにしばしば同行し、役立つと思えば出費を惜しまなかった。その一方で地元警察の少なからぬ人間と親交を結んだが、彼らのほうは、事件の真相が明らかになる見込みは低いと私に告げるべきときが近づいていた。警官たちは遺憾の意を表わし、捜査の失敗に意気消沈しつつも、活動をこれ以上続けたところで事態が好転する可能性は低いと、イギリスの同業者も断言したことを明かした。そしてその根拠を一々挙げていったが、フランス警察が我が主任警部をどの程度評価していたのかは今もわからずじまいである。

私はしぶしぶ敗北を認めてウッドベリーを大いに安心させつつ、一緒に帰国することをほのめかして親密な関係をさらに強めた。当然ながら彼は本国に報告を行なった。その中で、捜査はいつもの経緯を辿ったと説明したと思われるが、イギリスからどのような返信が送られてきたかは、それまでひと言も口にしなかった。しかし今、ウッドベリーが帰国の必要性を強調したこともあり、私は次のように提案した。

「もう少しここの空気を吸えば、体調もきっとよくなるでしょう」と、私は言った。「今度会うときまでに、どう治療を進めるべきか考えておきますよ。ともかく、あなたには深く感謝しています。あなたは全力を尽くしてくださった。あなたの到着前から、この事件はもう見込みがないのではと恐れていたんです。犯人がいつの日か報いを受けることを期待しましょう。ですが、あなたがもう少し時間を割いてくだされば、とてもありがたいと思います。同意してくださるなら今すぐにも出港し、プリマスかサウザンプトンまでお連れしますよ」

この提案にウッドベリーは心動かされたものの、警察本部に説明する必要があるらしい。私はすぐに素晴らしい理由を思いついたものの、自分で考え出すほうがよかろうと感じ、それを伝えることはしなかった。結局、彼は自力でそれに辿り着いたのだが。

「お気遣い感謝します。せっかくですのでお受けしますよ。この船の人たちをよりよく知ることは、私にとっても望ましいですからね」

かくして我々はマルセイユを後にした。私の指示に従い、マストに半旗を掲げての出港である。少なからぬ数のイギリス船が答礼するのを目の当たりにして、ウッドベリーは感銘を受けていた。兄の死は大きな反響を生み、港に集う船乗りの話題になっていたのだ。

帰国後、ニコルはしかるべき葬礼に則って父祖とともに眠りについた。彼の死は我がささやかなる地所と、テンプル＝フォーチュン家の統治する地に束の間のさざ波をもたらしたけれど、兄の記憶は朝露の如く消え去り、いつも通りの日常が始まった。伝統に執着しない私は人々と幸福を分かち合い、その満足を高めてやったので、彼らは私の到来を歓迎し、過去の支配と喜んで比較した。汽船のクルーはじめ職を失うことになった人間に対しても、私は彼らの職探しを助けるとともに、慰労金を支払うことで失意を慰めた。ファイアブレイス荘園が受けた打撃は並外れて大きかったものの、それが私を悩ませることはなかった。十分すぎるほどの金がまだ残されていたからである。

兄の遺志をポータル氏に知らせた後、私は彼の支援を受けてジェラルディン号を売却した。もともとポータル氏は娘に汽船を譲るつもりで、私もそれを受け入れてくれれば嬉しいとジェラルディンに告げていたのだが、彼女は断ったのである。また我が家の大仰な葬儀に一家が参列することはなく、悲しみと同情を記したメッセージと一緒に高価な花を贈っただけだった。その後、私がポータル一家と会うことは二度となかった。両親はとうの昔に亡くなったはずであり、ジェラルディンも看護婦として大戦に従軍中、命を落としたと聞いている。

一方のウッドベリー主任警部についてはその後も忘れることなく、リューマチに関する情報を与え続けるとともに、引退後の安住の地としてヘイスティングスとボーンマスを推薦した。海を眺められることが絶対条件だと言うので、後日こちらに赴くよう私は伝えた。すると、訪れた主任警部の顔には、このうえない満足感が浮かんでいた。私は言わば恩人となったのであり、日曜日に教会へ行ったときも、彼をテンプル＝フォーチュン家専用の席で私の横に座らせ、我が家に伝わる数々の珍しい遺物を見せてやった。そのときの喜びは誰の目にも明らかだった。そしてウッドベリーも、闇を進む船の如く私の人生から姿を消したが、その後も死ぬまで幸福な生活を送ったという。

かくして私は、現世のもたらす望ましき利益がいまだ手の届く範囲にある年齢で、領主として、そして主人として、ファイアブレイス荘園の門をくぐったのである。そこで待ち受けていたのは奇妙かつ新しい経験の数々だった。

私にとって、皮肉以外に享楽をもたらす感情は他になく、他人には無理でも私は常にそれを味わってきた。同じ人間が織りなす光景は、この享楽を増す無限の可能性を秘めている。しかし、その辛辣なユーモアを一人楽しみ始めた今、そこに別の要素が混じり込んでいた。人生と文学は、哲学こそ最も価値あるものだと主張する人物との接触をもたらした。自分自身を正直に笑い飛ばせる賢人と出会うことは、現実においてはもちろんのこと、書物の中でも滅多にあるものではない。他に笑うべきものが残っていないことに気づいて初めて、我々人間はそこから享楽を得られるのである。

第二十三章

善悪という厄介な問題に取り組む哲学者は、まず次のように問うはずだ。「誰の善、誰の悪か?」やがて両者は相対的なものであり、不可分の意味を持つことがわかる。善が存在するのは、それなくして悪は有り得ないからである。しかし私の目には、悪のほうが有益なものとして魅力的に映り、よって悪は私の善となり、次第に悪たる存在でなくなったのである。歴史とは強者による一週間ごとの征服の記録に過ぎず、今日のドイツではこの原理を支持するかのような独裁者の著作が、他のあらゆる黙示に取って代わっている。ドイツ人は物心ついたときから行進と演習を教え込まれ、戦争に向けて訓練される。イギリスでは戦争に向けた心構えが叩き込まれることはなく、せいぜい自分の死を避けるべく防毒マスクの使い方を教わるくらいである。我々イギリス人は、力こそ正義という自然の摂理をまだ受け入れてはいないのだ。

時は絶えず移り変わるが、人間の性質は我々の知るところから一つも変わっていない。進化を引き起こす賢明さを見出し、それによって自分たちを損なうのではなく新たに形作れるようになるまで、我々は耳にする機会こそ多いけれど滅多に見ることのない超人ではなく、むしろ猿や虎に近い存在なのだ。私にとって人間の性質は常に下劣であり、それゆえ私自身の企みには好都合だった。

しかし今、私は腰を落ち着けて経験を積む一方、病の進行とともに生まれついての活力と良好な健康とを失っていった。苦痛が片時も離れぬ友となり、私から安眠を奪い去ったのである。

肉体的な快楽がなくなり、取り戻せる見込みも消え去るにつれ、私はますます傍観者としての立場を強め、我が孤独の砦から世界の動きを眺めるようになった。人間の姿たるやまるで害獣のようであり、いずれの世代も有史以前の人間が陥った昔ながらの誘惑に負け、新たな世代を生み出す必要性を自然に与えていない。麻薬や高品質のワインがはびこり、女性はますます危険な存在になっている。しかし見方を変えれば、これらの罠は以前と同じままなのだ。我々は教育による恩恵を女性や労働者にも広めたが、それは我々自身の背中を打つ鞭を与える結果となり、今や彼らは大いにそれを振るっているではないか。

世界大戦が起きたけれど、私は積極的に加わるつもりはなかった。その代わりカーキ色の服に身を包み、年老いた卑怯者と一緒のテーブルにつきつつ純真無垢の若者を戦地に送り、そして死なせたのである。政治家や外交官にしても人間の形をした蚊やツェツェ蠅に過ぎず、そのはかない生涯のあいだに疫病を生み出し、より優れた人間に熱病と死をもたらしている。彼らは物事の秩序の中で有害な位置を占めているにもかかわらず、大抵の場合ベッドの上で安らかな死を迎え、その後は顕彰すらされるのだ。

社会が不正極まる秩序を根づかせ、献身的な行為に罰で報いていることに私は気づいた。しかしその事実は、罰を無視できるほど邪なる者が強いわけでなく、自らの身を守るためにやむを得ずそう認識していることを示すに過ぎない。有能な人間は犯罪的あるいは反社会的な革命を引き起こすことになんの不安も抱いておらず、いったん事が成れば、自らの残虐行為を敬意とともに認めるよう教会や国家に求めている。よって行為とは善悪の埒外にあるものであり、結果のみに支配される。つまりは成功こそが正義なのだ。

文明はこうした英雄的行為に不平を漏らすものの、長い目で見ればいつもその前に跪いている。自分より強い者との争いは時間の無駄に過ぎない。だが、各個人はそれと異なる行動をとるものであって、大衆の意見を嗤ったり法を嘲ったりすることはしない。それだけの力がないからである。それゆえ彼らは自らの悪行を隠し、それが突き止められないようにする。さもなくば自らの正体が暴露され、罰を受けることになるからだ。

私はこのように考え、今や収穫を刈り取りつつ、それにかかった費用を計算していた。私と同種の人間であれば、私が安全であることを見て取り、天分と幸運が手に手を携えたことでその費用は避けられたと言うかもしれない。しかしそれは間違っている。あらゆる行為には代償が伴うのだ。私の場合はその費用を計算する必要こそなかったけれど、それでも真剣に利益を算出してみると、必然的に費用も浮かび上がってきたのである。当然ながら、予期せぬ罰が自らに下るまで悪に気づかない、我々が悪人と分類する人間も数千とおり、何が悪で何が悪でないかを決めるのは社会であることを愚か者に思い知らせているけれど、私について言えばその啓示は中から現われた。

私が思索を巡らせるのは、今や貴重品となった少量のワインを独り楽しむ夕食後である。そしてある夜、一つの仮説に辿り着いたのもワインのことを考えている最中だった。私はワインの歴史——それは独特で、古典ともなるべきテーマである——に思いを巡らせ、自分にはいずれも欠けていることを忘れつつ、ウィットとユーモアの傑作を思い浮かべた。その一方で、ワインの特質、味わい、香り、産地、泡立ち、色あい——つまり、私を真に惹きつける唯一のテーマに関する書籍を、想像の中で執筆していた。そして、この野望から頭を切り換えてより広い視野で見渡してみると、面白い結論に到達した。しかし、それに笑みを浮かべたのは間違いであって、肉体的苦痛が増すに従い、そうした間違った笑みを口の端に浮かべがちになっていたのだ。だが関節炎のせいで、やがてはそれすらも困難になるときが来た。

私がそのとき見出しつつあったのは、過去の行動とそれによる利益とのあいだに運命が作り上げた、驚くべき不均衡である。実際、四人の命を奪ったことが、それまでに有していた以上の本質的価値を付け加えることはなかったのである。追跡に情熱を燃やすことで、なぜ追っているのかを忘れてしまったのだ。獲物が貴重なものであることは認識していたけれど、狩りの中で自己を見失い、狩人に求められる心身両面の諸要素を忘れ去っていたと言えるだろう。

私の基礎を形作る自我は決して大金を求めず、怠惰も求めなかった。また個人的な強欲や、あるいは富によって促進され得る哲学的・倫理的熱意が私を突き動かしたわけでもない。私はリューマチの秘密を——ただ科学的な理由で——追いかけ、捕まえることに熱意を燃やし、その勝利は他の何にも増して価値あるものになるはずだった。芸術やスポーツなど私にとっては封印された書籍も同然であり、絵画も詩も、彫刻も音楽も、ヨットも馬も、私は欲していなかった。それゆえ、典型的な富の費やし方が私自身の気質によって妨げられた一方、自分の天職と科学的探究を諦めたとき、その気質すらも消え去ったのである。

我々は誰しも現実を愛し、機会があれば現実を歓迎しようと待ち構えつつ、自分が住む非現実に嫌気を感じることがある。しかし今、現実の中に自分を満足させるものが何一つ残されていないことを私は知った。現実の訪れはむしろ私を圧倒しつつあり、募るばかりの苦痛は、これまでになく醜い現実、より醜さを増す現実を、ひたすら私に突きつけていた。

自由――肉体と精神の完全なる自由――意志と思考の自由――こそが私にとっての理想であり、今もそれを享受していた――ただ一つの例外を除いて。肉体の自由は永遠に失われ、勝ち目のない戦いを続けている。二人の愚かな兄が富から多くのもの――私が得たよりもはるかに多くのもの――を手に入れていたことに気づくと、その皮肉な現実に思わず笑みが浮かぶ。二人は劣った頭脳のせいで権力を享受できなかったが、私も自らの肉体にそれを阻まれてしまった。金は私の苦痛を取り除けなかっただけでなく、楽しみを増すこともなかった。私にできること、あるいは喜んでしたいと思うことは、それらを実行に移す機能が失われる中、一つ、また一つと否定されてゆく。自然の摂理がそれらを奪い去る一方、私は笑みを浮かべてその様子を眺めつつ、中年を迎えることができたら自分はどのような人生を送るだろうかと頭に思い描いていた。

私が悲痛を感じることはない。心は悲しみを閉め出し、悔悟の念が入り込むのも許さない。世界中の苦悩が束になっても、私にため息一つつかせることはできないのだ。それは人類に対する憎悪が原因である。私を含めた人間は当然の報い以上のものを得ることはできず、ティモン（紀元前三二五頃〜二三五頃。古代ギリシャの思想家）もこう記している。「我々の呪われし性質には、全くの非道さ以外に不変なものはない」と。いや、そうではない。私の精神機構はずっと完璧だったのだ。自ら感じることのできる罰を私にもたらしたのは、肉体の荒廃に他ならない。秘かなる神の怒りは肉体への責め苦だけをもって私を苛み、関節炎によって私の節々を化石のように固める一方、神経は全く機能を失っておらず、その突き刺すような痛みを残さず感じている。そしてついに、自分の足で立つことができなくなり、足元の地面が文字通り崩れ去るときがやって来た。

これについて、私は青年期の夢と現実とを見比べ、後々これが自分をも襲うとは夢にも思わず、この病気に立ち向かおうと決意したこと、いつの日か帝国リューマチ委員会の一員——恐らくは議長——となり、この国民的厄災に立ち向かう高名かつ尊敬を集めるリーダーたらんと夢見たことを思い出した。そのうえで、健康促進に向けたチームワーク、一般大衆への啓蒙活動、研究機関の拡張、そして新たな治療技術に関する昔の計画を心に蘇らせる。しかし今、この偉大なる任務は他の人間が担っており、私がはるか以前に提起した病院施設もすでに建てられつつある。先駆者だった私は完全に忘れ去られ、より優れた書籍がその後出版されることで我が著作も時代遅れのものとなった。とは言うものの、私は目下の現実にいまだ苦笑いを禁じ得ないでいた。自らの類い希なる才能をこの病気に注ぎ込んでいれば、リューマチに関する知識が現在の水準よりずっと先に進んでいただけでなく、無数のつまらぬ人間のみならず私自身をも救っていたはずなのだ。そう考えると、我が犯行への罰がなんと巧妙に形作られたものかとただ嘆息するのみであり、自然の法則は実に見事な審判を下したものだと感じずにはいられなかった。私にとっては人生最後のユーモアであり、本書を読んだ者——そういう人間がいるとして——にとっては一つの教訓、あるいは説話のテーマになるかもしれない。

しかし人類にいくらかの貢献をなし、この世界をより健康に、より幸福にした人間についての無味乾燥な巻本に、アーウィン・テンプル＝フォーチュンの名が記されることはない。むしろ私は、善をなした者が忘れ去られたはるか後も人類に恐怖を呼び起こす、反社会的ながら卓越した破壊者たちの系譜に名を連ねるべきだろうし、そうなることを願っていた。

最期を迎えるまで残り十年を切った頃、私は経験豊かな看護の手が必要だと感じ、二人の優秀な人間を我が家に雇い入れた。いずれも上等の教育を受けた若者で、しかも献身的だった。古くからの執事であるトム・ドリューは酒の飲み過ぎがもとで戦時中に死んだものの、後任は簡単に見つかった。

極上のワインをグラス一杯嗜むことはあったけれど、関節炎の神へ捧げる酒はたいてい生のレモンジュースだった。

長らく引き延ばされた死は、突然死んだ者には無縁の様々な恥辱を私にもたらした。看護人と口論することはなかったが、彼らを必要としていること自体が疎ましかった。私が大事にしていた数少ない物事の中でも、肉体的に独立していることは最も貴重だったからである。軽率な看護人が不用意に傷つけることもあったけれど、私は何一つ文句を言わなかった。狂犬病患者はその病を広めるだけで、そこに合理的な理由はない。私は患者の役を演じ、残り少ない日々をひたすら数え続けていた。

通常、夢というのは道化芝居や愚かな行為に関係するものであり、眠りについた人間の無意識は愚行を演じる以上のことはしない。しかし、この頃は私もよく夢を見るようになっており、自分によって命を奪われた過去の人間が頻繁に夜の孤独を破っていた。威嚇的な姿や不気味な形をとることはなく、いずれも生前そのままの姿――生きていたときと同じはっきりとした姿――で現われる。二人の男、一人の女、そして年端も行かぬ乳児。みな顔を歪めることもなければ、恨みの言葉をぶつけることもない。彼らが動いているのはベッドのそばでも、今やすっかり狭くなった私の視界の中でもない。それは彼らが熱心に働いていた場所、あるいは享楽を得ていた場所である。ハリーは真紅の上着に身を包み、狩猟に熱中している。ヨット服を着たニコルはかつて所有していた帆船の上に立っている。ニタ・メイデューはヴェールをはためかせつつ、白手袋をはめた手で我が甥の乳母車を押しながら、グレイ・レディーズ・ドライブを歩いていた。いずれも平穏な過去から姿を現わし、私を苦しめることはしなかった。今や現実も非現実も渾然一体となっており、絶え間ない苦痛が他のあらゆることを閉め出していたのである。

そして黄昏が迫る現在、愛、憎しみ、そして祈りをも超越した私が霧のように横たわるこの場所で、最後の日々は仲間の出現によって明るく光り輝いた。それは一匹の猿と一人の男だった。

第二十四章

まずは、私がより大きな関心を持っていた猿の話から始めよう。話せるか否かを除いて人間と猿とのあいだに本質的な違いはなく、ゆえに猿が自分の考えを隠せないことに思い至った私は、一匹のマーモセットを買ってほとんどの時間を一緒に過ごすようになった。この猿は病室に置いた台の上で暮らし、ぬくもりが恋しくなると私の横にやって来て、小さな手を私の手に重ねて眠りにつく。猿の中でも高い知性を持つものは怠惰な平均的人間よりも賢く、優れた類人猿は劣った人間よりも精神的に優れているという。しかるべき研究者が実験を行なったところ、劣っているはずのこの動物が理解力・記憶力とも人間より優れていることを突き止めた。それよりはるかに知能の低い私の猿すらも、この驚くべき真実を納得させるのに十分だった。類い希なる観察力を示して私の認識を改めさせたのみならず、私の好意を汲み取って孤独な生活をともにし、口答えすることも媚びへつらうこともなく、知力を尽くして私を利用しつつもあらゆる手を使って楽しませる。私を信頼している一方で、茶色の油断ない目を私に向けながら、何時間もかけて私の性格を見極めようと試みる。自分の考えを言葉で伝えることはないけれど、理解は十分に可能だった。人間社会に放り込まれた猿がきっとそうであるように、私の猿も主人に似通っていることを間違いなく認識しているものの、それでいながら背信、不正、そしてごまかしという、人間を人間たらしめ、猿にとって理解も尊敬もできない存在にしている深い溝に隔てられているのだ。人間の気配を感じ取った動物と同じく、この猿も常に警戒を怠っていないことは私の目に明らかだった。理解されていないことを知りつつ、呼吸の下でときおり小さく鳴いているが、こちらから話しかけてやると喜んで耳を傾け、理解したとでもいうように顔を輝かせることもある。しかし、その表情はすぐに消え失せ、私の言ったことなどどうでもいいという様子で、自分に関心を戻すのだ。笑ったりふざけたりすることはなく、神経質で誇り高い。笑われていると疑おうものなら、背を向けて不快な態度を見せながら、私の不作法を許す素振りも、仲直りする素振りも見せないのである。

私はこう言ったことがある。「いつか寒い夜を迎え、お前は僕に近づいてキルトを引っ張り上げ、いつものようにぬくもりを求めようとするだろう。だけど、そこにあるのは冷たい死体だ。お前は怒り、僕の顔を叩いて甲高い鳴き声を上げるだろうな。でも、僕がそれを知ることはない。いや、お前がその後どのような扱いを受けるのか、あるいは重荷をともにする僕がいないこの場所で、お前がどう暮らしていくかを知ることはないんだ」

一方の人間だが、こちらは引退した教師――かなりの名声を誇る古典学者だった。彼はその才能が約束しているかに思われた学者としての栄達の道を断たれ、失意の日々を送っていた。ジョン・ロマックスの名前は輝ける業績とともに記憶されていたものの、その自由放埒な意見のために権威の側から睨まれ、学会のより高い地位から閉め出されたのである。彼はこの避けがたい運命を笑うのでなく、人生に一層苦々しげな視線を向けていた。知り合いになってみると、この人物と私のレモンジュースとのあいだには大きな違いのないことがわかった。ロマックス氏は細身で背が高く、このような人間に特有の細いながらも濃い眉毛が特徴である。口を固く結び、灰色の瞳にはくすぶる不満が浮かんでいた。今は亡き両親がいずれもファイアブレイスの出身ということで、引退後は生まれ育った地に移り住むことを決意し、丁重な手紙を私に送った上で、この教区の土地を数エーカーほど買い上げ、海が見える場所にこぢんまりした家を建てる許可を求めてきたのである。土地は買うものであって売るものではないというのが、今も変わらぬテンプル＝フォーチュン家の家訓だったが、ファイアブレイスが間もなく開発業者の手中に落ちることを知っていた私はそれを許したのみならず、手紙の鋭敏な筆跡を気に入り、ぜひ一度お越し願いたいと返信した。

我が家に現われたロマックス氏は私を大いに喜ばせた。恐れを知らぬ学者という表現がまさに当てはまり、土地の件を片づけて人生や文学に話題が移ると、相手が同意するかどうかなどは一向に気にせず、驚くべき辛辣な意見を述べた。そして、こちらがその大半に賛成なのを見て取ると、ある種の驚きによる興奮状態に入った。反対意見に囲まれながら人生を過ごしたのは明らかで、自分の異端とも言える意見に賛同する人間を発見したことは、どう受け取ればよいかわからないほどの珍しい経験だったのだ。最初私は、こう判断したのだろうと考えた。つまり体調の悪い私には議論する気がなく、会見を穏やかに終わらせるために相槌を打っただけだろう、と。しかし私の個人的感情が自分のそれと共鳴したことで事態はすっかり変わり、胸襟を開きだしたのである。

私の記憶が確かなら、初対面の際の話題はシェイクスピアで、彼が描く女たちの無謀さと馬鹿さ加減に自分はしばしば驚かされると、ロマックス氏は述べたようである。

「なぜです?」私は問い返した。「なぜ驚かれるんです? 善と愚行は双子であり、離れることは滅多にないと、シェイクスピアは知っていたに違いありませんよ」

後日ロマックス氏が我が家を再訪した際、私は長椅子の横に彼を招き、紅茶をともにした。その頃にはもうファイアブレイスに居を移しており、まず私の招待に謝意を示した。このようにして我々は互いをよく知るようになったのだが、この人物は私にとって恰好の暇つぶしになった。氏は並の学者よりもはるかに世界を知っており、人間の本質に対する洞察力も鋭かった。会う人間が一様に、自分を守り内なる真実を隠すべく、自分とのあいだにすぐさま壁を築くことを、私と同じく認識している。物事の性質から言って、絶対的な率直さは不可能である。中にはより多くの秘密を明かそうとする人間もいるだろう。だが友情の中で何かが生み出されるとしても、その大半は一見明白な親密さの裏になおも隠れているのだ。

その後も頻繁に顔を合わせる中で、ロマックス氏が私を評価していること、そして私の意見に耳を傾けつつ、それらがカモフラージュなのか本心から出たものなのかと自問していることに、私は気づくようになった。一方の私も熱心に話を聞きながら、相手の人間嫌いを試すべく様々なテストを行なった。ロマックス氏は独身であり、私には理解できない若者への敬意を口にした。しかし彼らが成長するにつれて関心は低くなり、成人に対しては嫌悪以外の何物も感じないという。愛情、それが昂じるあまりの怒り、そして愚かな言動は、ジョン・ロマックスにとって無縁の存在だったのである。「人間のエネルギーは限られていますし、そんなことに無駄遣いしたことはないのです」と、彼は私に言った。

我々の関係はさらに深まり、やがて週に一度はこの学者と夕食をともにするまでになった。ロマックス氏は私の長椅子の横に座って食事をとる。私は何も食べられないけれど、客が食事を満喫することに心を砕いた。彼は選び抜いたワインを褒めてくれたが、自分自身で飲めないのであれば、別の人間が飲むのを眺め、その感覚を想像することで満足するより他にあるまい。

私と同じく、ロマックス氏も善悪を論じるには哲学的すぎた。さらに、失望に満ちた自分自身の人生に囚われ、興奮のあまり語気を荒げることも度々だった。しかし、それが収まると必ず後悔し、私に謝罪する。この人物には詩人の血が流れており、しばしば美麗な言葉をもてあそぶものの、根は誠実な人間だった。

私は今、邸宅の一階で暮らしている——車輪付きのベッドに横たわり、天気のいい日には窓の外へ押してもらう。ロマックス氏が私と親交を結んでいた一年間、彼はしばしば私に付き添い、グレイ・レディーズ・ドライブを一緒に歩いたものだ。通りの端まで来ると、私はしばらく離れているよう付き添いに命じ、通りの終点にある大理石の小さな聖堂でロマックス氏と会話する。それはローマのテベレ川のほとりに建つ、ケレスに捧げられた礼拝堂を模したものだった。あるとき、ロマックス氏はいつものように自らの過ちをくどくど述べた後、これで二十回目になるだろうか、平信徒というだけで公立学校委員会に校長の座を拒否された経緯を語りだした。その昔、こうした職に就けるのは聖職者のみだと見なされていたのである。そして彼は怒りに任せ、憎悪を剥き出して次のように言った。

「人類に疫病を！　人間の生涯など所詮、自我——忌々しい永遠の自我——という紐の上で踊る、酔いつぶれた人形の馬鹿騒ぎに過ぎん。この世界は操り人形の寄せ集めであって、人形遣いも自分が操っている人形と同じく、無価値で分別のない能無しなんだ」

「〝博愛〟に生涯を捧げた人間にとっては、悪いことじゃないかもしれませんよ」

その一言でロマックス氏は落ち着きを取り戻し、悲しげな表情を浮かべた——それは私にとって耐え難い光景だった。

「何もかも違っていたはずなんです」と、相手はため息をついた。「暗黒の時代が訪れるまで、人間はなんの問題もなく――さらには希望を持って――生きていたんですよ。そして星一つない闇の中、我々は道を見失い、いまだに迷い続けているんです。意識ある存在というもの言わぬ祝福から、我々は何を悟ったのか？　今、何を悟りつつあるのか？　無数の死火山がそそり立つ月の姿は、地球にいる我々の行為を映しているに過ぎんのです。我々は戦争による永遠の殺戮を通じ、陸と海で過ちを犯してしまった。そして現在、空中でもその過ちを繰り返そうとしているんです」

「人間が当然の報いを受ける危機に瀕しているのは間違いないでしょう」と、私は認めた。「当然の報い、すなわち人類の滅亡です。自然は我々を試し、知性が欠けていることを突き止めた。人類はこの世から消え去るでしょうし、進化の神がより有望な生物を作り上げようと全力を注いだとしても、それを嘆き悲しむ者などいないはずです」

「天上界の悲しみが心に浮かぶ」ロマックス氏は詩的精神を発揮してそう口にした。「我々が籠の中の鳥に目を向け、自由に飛ぶことの喜びに思いを致し、その哀れなる境遇を哀れむように、より高貴な場所に住む人間以上に優れた存在も、我々の存在に気づいたならばきっと哀れむことでしょう」

「馬鹿らしい！」私は思わず声を上げた。「かくも増長し、地獄行きにふさわしい行為を延々と続ける生物が、どんな哀れみを受けると言うのです？」

ロマックス氏には一貫したところがなく、今日は苦しみつつ生きているこの地球をけなしたかと思うと、次の日には褒めちぎるという具合だった。このように言動が二転三転することは、私の興味を大いに引いた。

あるとき、私の猿が遊んでいる姿を見て、彼は無益な感情を吐露した。

「サー・アーウィン、私は時々こう考えるんですよ。種の進化が類人猿で止まっていれば、地球はより幸福で美しい場所になったのではないかと。人間となった我々が住んでいるのは、意識によって汚された最上の世界なんです。最初の原人の目に映った煌めきと、かの恐るべき疫病の予兆とにケルビムが気づいていれば、虹色の羽で顔を隠しつつ、その全てが濡れるまで涙を流していたことでしょう！」

　このくだらない詩的表現は退屈だったが、自らの痛烈な非難に対する一種の謝罪として、真実やら慈悲やらロマックス氏の口から時々飛び出すのもまた事実だった。

　我々は互いをよく知るようになり、危険なまでに親密さを増していた。私の判断するところ、それは今や行き過ぎの域に達しており、親密さというものが常にそうであるように、我々の友情を打ち壊してしまうと思われた。微妙な問題を巡って亀裂が生じているように感じたあるとき、ロマックス氏はとある意見への批判を口にする中で個人攻撃を強め、かえって自分の低い出自を露わにしてしまった。彼は教師としての習慣から自分の精神を完全に切り離すことができず、議論が熱を帯びたときなど、私が出した結論を倫理的に有害極まると叱責したり、私の性格におけるある種の特性に異議を唱えたりした。私の身体は今や屍同然だったものの、精神は健在で、いつもの精力をもって攻撃を跳ね飛ばすこともまだ可能だった。絶え間ない苦痛が思考を刺激していたのである。

　ケレスの聖堂の中、私の横に座ったロマックス氏は、破滅的感情を私の口から聞いて立ち直れない打撃を受けた。

「ラブレー（フランソワ・ラブレー。一四九四？～一五五三。フランスの作家。著書『ガルガンチュワ＝パンタグリュエル物語』は教会など既存権威を風刺する内容のために禁書とされた）のような物言いですな」と、悲しげな灰色の瞳を向けながら相手は言った。

「そうではないでしょう」私は答えた。「偉人なのは確かですが、私は全く尊敬していません。あまりに下品かつ扇情的で、人間性への情熱に満ち溢れ過ぎているんです」

「彼はこう言いましたな。良心なき知識は魂の荒廃だと」

「そうかもしません」私は認めた。「ですが、知識によって形作られた土台から魂や良心なるものが神話の領域へ消え去ったのであれば、次に何が起きるでしょう？ そのとき初めて、我々は澄んだ目で航海に乗り出し、視界が常に良好な中を進んでいけるんですよ」

「羅針盤や錨なくして、どうして航海などに乗り出せましょう？」と、目の前の学者は反駁する。「あなたはそう仰ることで、生存を無秩序に陥れるだけでなく、人間のあらゆる希望を難破船も同様にしているんですよ。そんなものはニヒリズムに過ぎない。あなたと同じ感性の人間は明日にでも殺人を犯し、それでいて良心の痛みを感じないんです」

「あなたのような臆病者でいるよりも、そのような人間になったほうがましですよ。あなたは批判を通じ、それがもたらすであろう個人的優越感を得たいと望んでおられる。だから僕も同じことをし、僕の態度のほうがあなたのそれよりも無限に好ましいと述べるんです。生命のないあなたの言葉からは、軽蔑すべき考えしか生まれない。あなたは風に揺れる葦に過ぎず、高潔な情熱に突き動かされたかと思うと、次の日には前日の発言を後悔して顔を赤らめる。少なくとも僕は、自分の考えを変えることはない。オークの巨木の如く風に吹き飛ばされることはあっても、たわむことは絶対にないんです」

　相手は笑い声を上げて話題を変えた。この薄いくさびは我々の友情にひびを入れ、気乗りのしないままその傷を修復しようと試みたロマックス氏は、私がうんざりしていることにすぐ気づいた。私に連絡しても断られることが度々で、週に一度の夕食もいつしか中断された。そして氏の自尊心がこの事態を一層悪化させた。彼はいつしか私の視野から消え去り、あの長い顔と一貫性のない哲学、そして絶え間ない節操のなさに接しなくてもよいと思うだけで、私は満足だった。それよりも小さな猿のほうが私にとっては大切で、その純粋な現実性は私のそれと見事に共鳴していたのである。

右手は今も動き、力を込めれば右肘を曲げることもできる。私はこの衰えゆく力をもってペンをとり、ここに記した物語を書き上げようと思い立った。その作業は体の痛みを和らげ、しばし心配事を忘れさせた。一度か二度、病状が悪化して執筆を中断することもあったけれど、回復して作業が可能だと判断するたび再開してきた。

その物語も今や完結した。明日の夜に睡眠薬が用意されたとき、私は手の届く範囲にそれを置くよう看護人に命じるだろう。そして彼が立ち去った後で、さらに睡眠薬を加えるつもりだ。三時間後に戻って来た彼は、私がいつものように安眠している姿を目にする。そして再び一人となった私のもとにファイアブレイスのグレイ・レディーが訪れ、窓から手招きするはずだ。

自らの想像力を死という考えと調和させさえすれば、何一つ恐れることはない。実際の衝撃を知る者など誰一人いないのだから。それは生誕という謎と常にペアを組んで現われるのであって、いずれにおいても人間は意識を有していない。死は我々を終身刑から解き放つ看守に他ならず、その後は再び永遠の無へと立ち戻り、審判を受ける。それこそが生きることの賛美であり罰なのだ。臆病者も勇敢なる者も、あるいは罪深き者も無垢なる者も、人間はみな永遠という荒波の上でごくわずかな間だけ踊りに興じ、再び永遠に消え去る存在なのだ。

訳者あとがき

本書はイーデン・フィルポッツ著“Portrait of a Scoundrel”の全訳である。

著者フィルポッツは一八六二年、イギリス統治下のインドに生まれ、その後イングランド南西部デヴォン州の港町、プリマスで育った。ちなみに言えば、フィルポッツの生誕から遡ること約二百四十年、清教徒（ピューリタン）を含む百二名のピルグリム・ファーザーズがメイフラワー号に乗り込み、新大陸アメリカに向かったのもこのプリマスからである。フィルポッツは十七歳の時にロンドンの会社に就職、その後ある週刊誌の編集部員を経て、デヴォン州ダートムア地方が舞台の小説（ダートムア・ノヴェルズ）で名を挙げた。また執筆の際はハリントン・ヘクストという別名義も用いており、その一冊『Who Killed Diana?（だれがダイアナ殺したの?）』は本叢書にも収載されている。

英版 *Portrait of a Scoundrel*（*1938,John Murray*）

本作『極悪人の肖像』は、名家に生まれた頭脳明晰な三男坊が、先祖伝来の地所及び資産を我が物にすべく凡庸な兄二人を死に至らしめる、というのがストーリーの骨子であり、その過程が自らの手記という形で提示される。殺害を実行する手段が暗示というのが本作を特徴的なものにしており（もっとも、その前段階で甥とその乳母を自らの手で殺しているのだが）、結果として受けることになった予想外の報いと合わせて、主人公が語るところの「一つの説話」をなしている。

本書の解説でも検証されているが、文中にて散見される手がかりから、事件の発生年代は一九〇七～八年ごろ、手記が書かれたのは一九三七～八年ごろと推測される。一八三七年から六十三年の長きにわたって在位、大英帝国繁栄のシンボルだったヴィクトリア女王の崩御が一九〇一年。アーウィンが殺害に手を下したのは、「太陽の沈む事なき帝国」にようやく衰退の兆しが見られるようになった時期にあたる。その後、第一次世界大戦を経て国力の低下はますます進み、新興国アメリカが名実ともに超大国としてイギリスを凌駕する。そしてドイツとイタリアでファシズムが台頭、イギリスは最終的に第二次世界大戦で勝利を収めるものの、インドをはじめとする植民地が戦後に次々と独立し、大英帝国の終焉は決定的となった。第二次大戦の勃発は一九三九年だが、その前年にはチェンバレン英首相とヒトラー、ムッソリーニの間でミュンヘン会談が行なわれ、ヨーロッパはファシズムの脅威に晒されつつも束の間の平和が続いていた。そうした時期、アーウィンはリューマチと闘いつつ、自らの恐るべき悪行を手記にしていたのである。事件の発生と手記の執筆がいずれも大英帝国衰亡のターニングポイントという、暗い世相の時期にあたっているのが興味深い。

本作の訳出にあたっては、主人公アーウィン・テンプル＝フォーチュンの思考及び心理の描写が難しく、かついささか冗漫な感じを受けた。主人公の持つ傲慢なる利己心が上手く表現できたかどうか。その点は読者諸兄の寛恕を請うものである。また『だれがダイアナ殺したの？』のダイアナなど、特異極まりない性格を有する、極悪ながら魅力的な犯人の描写に長けているのもフィルポッツの特徴だが、本作の主人公アーウィンもその類型に当てはまるだろう。現在ではそれがかえって古めかしく感じられるという評価もあるようだが、猟奇的な犯罪がなお引きも切らない今の時代、果たしてそう言えるだろうか。未訳作品にも、読むべき価値のあるものはきっとあるはずだ。

最後に、本作の舞台について触れてみたい。まず惨劇の場となったファイアブレイス（Firebrace）だが、これは当然と言うべきか架空の地名のようだ。十七世紀末、当時のイングランド国王ウィリアム三世によって准男爵に叙されたサー・バージル・ファイアブレイスという人物（王室御用達のワイン業者であり、贈賄でロンドン塔に収監されたこともあるという）がいるものの、これは本作とは無関係だろう。ゆえに、本作の風景を思い描こうとするならば、デヴォン州の田園風景を想起するのが近道である。

前述の通り、デヴォン州はイングランド南西部、コーンウォール半島の中程に位置している。北大西洋海流の影響で気候は温暖、起伏に富んだ田園が広がり、多くの観光客を集めているという。インターネットやガイドブックでこうした風景、とりわけ切り立った崖が遠くまで延びる海沿いの光景を写真で見ると、本作の舞台がどのような場所かについて、かなり具体的なイメージを得られるだろう。なだらかな起伏がどこまでも広がる、イングランドの田園地帯。そうしたイメージを思い描きながら読んでいただければ、本書をより一層楽しめるのではないか。

訳者記す

二〇一六年二月

あるエゴイストの犯罪

真田啓介（探偵小説研究家）

1　倒叙探偵小説略説

本書は、英国の作家イーデン・フィルポッツの長篇ミステリ *Portrait of a Scoundrel* の翻訳である。原書初版は、第二次世界大戦前夜の一九三八年、ロンドンのマレー社及びニューヨークのマクミラン社から刊行された。

作者の経歴等については、先に本叢書に収められたハリントン・ヘクスト『だれがダイアナ殺したの?』の解説を参照していただきたいが（ヘクストはフィルポッツの別名義）、この年、作者は七十六歳の高齢にして他に普通小説や児童読み物も書いているし、執筆活動はこの後さらに二十年余りも続くことになる。その精力と創作意欲の旺盛さには驚嘆のほかない。

本書については、既に昭和二十年代から江戸川乱歩により紹介されていたが、長く邦訳の機会に恵まれなかったので、マニアの間では「名のみ知られた」幻の作品の一つと化していたようである。いよいよ刊行成った本書を前に、いささか感慨を催しておられるオールド・ファンも少なくないのではあるまいか。

終戦後、さかんな評論活動を行った江戸川乱歩は、評論集『幻影城』（一九五一）の冒頭で「探偵小説の定義と類別」について説き、類別としては、①ゲーム探偵小説、②非ゲーム探偵小説、③倒叙探偵小説、の三類型を提示した。そして、その補足として並べた論稿において、倒叙探偵小説の代表的作例としてフランシス・アイルズの『殺意』（一九三一）、フリーマン・ウィルス・クロフツの『クロイドン発十二時三十分』（一九三四）、リチャード・ハルの『伯母殺し』（一九三四）、そしてフィルポッツの『極悪人の肖像』の四長篇の内容を詳しく紹介している。

といっても、本書については必ずしも傑作として推奨しているわけではなく、『赤毛のレドメイン家』の犯人とも共通する主人公の特異な人生観や「プロバビリティーの犯罪」ともいうべき犯行の方法に注目しながらも、「四篇の内、このフィルポッツの作が一番つまらない。……全体に「赤毛」や「闇からの声」などに見た情熱がなく、人を打つ所が少いのである」と率直な感想を述べている。（ここで注意していただきたいのは、「つまらない」というのはあくまで他の三篇――〈倒叙三大名作〉と称され、いずれもオールタイムベスト級の傑作として定評がある――との比較における評言であることである。この作品をそれ自体つまらないと思ったのであれば、あえて長々と紹介する労もとらなかっただろう。）

この作品の犯罪手法については別稿「プロバビリティーの犯罪」（『探偵小説の謎』所収）等でも取り上げられているし、『海外探偵小説作家と作品』におけるコメントも「プロバビリティーの犯罪をハッキリと取扱った倒叙探偵小説で、異色の作品」というものだから、乱歩は主にトリック論的な観点から本書に興味を感じていたようである。
しかし、筆者の見るところでは、本書の犯罪手法は厳密には「プロバビリティーの犯罪」とは言えない。さらには、本書を倒叙探偵小説と呼ぶこと自体、適当ではないと思うのである。前者の犯罪手法の問題については後述することとし、ここではまず後者の問題を考えてみよう。

倒叙探偵小説(Inverted Detective Story)とは、字義どおり逆さまに書かれた探偵小説のことである。通常の探偵小説と異なり、犯人は初めから正体を隠さずに登場して、読者の目の前で犯行を演じる。それは充分に考え抜かれ、注意深く実行された犯罪で、発覚のおそれはないように見えるのだが、後半、探偵が捜査を進めるうちに犯人が見落としていたミスや手がかりが見つかり、結局犯罪は発かれるのである。

この形式は、名探偵ソーンダイク博士の生みの親オースティン・フリーマンが創始したもので、中篇集『歌う白骨』(一九一二)に収められた諸作で試みられたが、当時は後に続く者がなかった。二十年の時を経てアイルズの『殺意』が新たな意匠のもとにこれを復活させるや、次々に追随者が現れ、一つの流派を形成するに至ったのである。

乱歩は、自身もこの型に属する「心理試験」を書いていたこともあって、早くからこの形式に注目していたが、戦後、アイルズ以降の発展のもようを知るに及び、熱心にその紹介を行ったわけである。だが、そこに本書を含めてしまったのは適切ではなかった。

『幻影城』の「探偵小説の定義と類別」を補足する「二つの比較論」において、乱歩は倒叙探偵小説と犯罪小説との差異について次のように述べている。

「両者とも、純探偵小説のように犯人を隠さないで、小説の初めから犯罪者の心理を描いて行く点では一致しているが、倒叙探偵小説となると、そこに作為が加わって来る。犯人は単に激情のために罪を犯すだけではなくて、その犯罪が容易に発覚しないような欺瞞を案出しなければならない。そして小説の後半に於て探偵の側がそのトリック発見に、機智と推理を充分働かさなければならない。ここに探偵小説本来の興味が加わり、単なる犯罪小説と区別されるのである。そういう要素を欠くか、又は極めて稀薄な犯罪小説、犯人の社会環境や動機や心理を描くことを主眼とし、犯人のこざかしき奇術的トリックなんかは却って邪魔になるような作風のものは、探偵小説ではなくて、普通小説に属すると考えるのが正しいと思う。」

すなわち、倒叙探偵小説というためには、犯人の側の欺瞞工作と探偵の側の機智と推理といった要素が不可欠である、というのが乱歩の見解であり、筆者もそれを妥当と考える。この基準に照らして見ると、『極悪人の肖像』は、犯人の欺瞞はさておき、探偵の推理が全くといってよいほど欠けており（そもそも犯罪が最後まで発覚しない）、これを倒叙探偵小説と呼べないことは明らかである。探偵的要素は多少含まれているにしても、犯罪小説の側に軸足を置いた作品と見るべきだろう。

実は、この点は乱歩も気づいており、本書は「極悪人の計画が成功し、結局法の処罰を受けないで終るという変った筋なので、正確には倒叙探偵小説とは云えないかも知れぬが、その形は前記二作〈引用者注、クロフツとハルの作〉によく似ている」という断わりを記している。しかし、〈倒叙三大名作〉と並べて紹介されたというだけで、本書も倒叙物なのだという誤解は探偵小説ファンの間に確実に定着してしまったのだった。

2　探偵小説と悪

フィルポッツは、悪人を描くのがうまい作家であると言われる。実際、『赤毛のレドメイン家』、『闇からの声』、『テンプラー家の惨劇』、『だれがダイアナ殺したの?』……と思い巡らしてみれば、代表作のいずれもが、探偵小説としての趣向や仕掛けと並んで、あるいはそれ以上に、その犯人像の特異さ、鮮烈さによって印象づけられている。生彩ある悪人の肖像を提示することにかけて、フィルポッツは他の追随を許さぬ技量を有しているのだ。「極悪人の肖像」というタイトルは、個々の作品の副題として添えることもできるし、また、フィルポッツ・ミステリの総題とするにもふさわしい。

だが、悪人を描くということ——探偵小説家は、本来それを求められているのだろうか。悪の要素は、探偵小説にとってどのような意味があるのか。

江戸川乱歩の探偵小説の定義——「主として犯罪に関する難解な秘密が、論理的に、徐々に解かれて行く径路の面白さを主眼とする文学」——の中には、「悪」という言葉は含まれていない。「主として犯罪に関する」という文言によって、犯罪者=悪人との連絡がつけられてはいるが、悪を描くことが必須の要件とまではされていない。「その秘密は犯罪などには少しも関係のないものであっても無論差支ない。原則としては何らかの謎さえあればよいのである」という説明なのだが、ここでの乱歩は本音を隠している。

それが露わになるのは、具体的な作品評価の場においてである。戦後最初の本格長篇として横溝正史の『本陣殺人事件』が登場した時、乱歩は長文の批評（『随筆探偵小説』所収「本陣殺人事件」）をもってこれに応えた。『本陣殺人事件』は右の探偵小説の定義を完全に満たす作品だったが、乱歩はそれだけでよしとはせず、「この小説に悪の要素が欠如していること」に大きな不満を表明している。

「探偵小説は、ことに長篇のそれは、なぜ例外なく殺人事件を取り扱うのであるか。それは探偵小説がいうがごとく単なるパズルの文学ではないからである。謎と推理のみが唯一の条件なれば、殺人や犯罪を素材とする必要は少しもない。それにもかかわらず始祖ポオ以来探偵小説には犯罪ことに殺人がつきもののようになっているのはなぜであるか。その理由は、探偵小説の魅力の半ばあるいは半ば以上が、殺人のスリルと、犯罪者の悪念から生れた絶望的な智力と、そして、世人が経験することを極度に怖れながら、しかも下意識においてはかえってその経験を願望しているところの、犯罪者の戦慄すべき孤独感等にあるからである。」

同様の批評が坂口安吾の『不連続殺人事件』に対してもなされており、「犯人の悪念と孤独と恐怖とが、全篇を読み終っても余り感じられないこと」に対する不満が述べられている。こうして見ると、乱歩が悪の要素を探偵小説に不可欠のものと考えていたことは明らかであり、少なくとも、それを欠くものを高く評価することはなかったのである。

「探偵小説に現れたる犯罪心理」（『随筆探偵小説』所収）では、シムノンの『男の首』、ヴァン・ダインの『僧正殺人事件』、そして『赤毛のレドメイン家』の犯人像を論じているし、「探偵小説に描かれた異様な犯罪動機」（『続・幻影城』所収）では、犯罪動機を四種に大別した上で特徴的な作例の紹介を行っている。これらの論究も、悪を探偵小説の本質的要素とする認識に基づくものであろう。

探偵小説は裏返しに書かれた犯罪小説であり、犯罪小説が悪を直写するのに対して、これを発く者の側から間接的に描写するのである。犯罪者の欺瞞（トリック）が悪を覆って裏返す作用をし、探偵の推理がこれを表に返す働きをする。そこに閃く機智や知的操作に探偵小説の特色があるわけだが、この面を重視すればするほど探偵小説はパズルに近づき、その出自たる犯罪文学の悪の要素は忘れられていく。これにあきたりない思いをする作家は、パズル的要素を縮小し、存分に悪を、すなわち人間を描こうとするだろう。そうして作品は次第に犯罪小説ないし犯罪を扱った普通文学へと近づいていくことになる。その途上にある作品の一つが、本書である。

3　『極悪人の肖像』を読む

※以下は、本文読了後に読まれることを想定しています。

〈物語の枠組〉

まず、基本的な設定を確認しておこう。

主人公アーウィン・テンプル＝フォーチュンは、長い家系と莫大な資産を誇る準男爵家の三男。ケンブリッジ大学を首席で卒業するほどの優秀な頭脳の持ち主で、医学を修め、ハーレー街で開業しながらリューマチの研究を続けていた。

アーウィンは、準男爵家の富を我が物とするため、長兄ハリー、次兄ニコル、ハリーの息子とその乳母の四人を、直接的又は間接的な手段で死に至らしめる。この時、彼の年齢は四十歳前後と推定される（四十五歳で結婚したハリーの息子が乳母車に乗るくらいの幼児であることから）。

事件は犯人を突き止められぬまま長い時間が経過し、自身リューマチに苦しみつつ老年を迎えたアーウィンは、犯罪を告白する手記を残して自殺した。

――そのような成り立ちの手記、という設定の小説であるわけだが、こうした一人称スタイルのミステリというのは、常に微妙な問題をはらんでいる。そのテキストの記述をどこまで信用してよいのか、という疑問がつきまとうからだ。

このアーウィンの手記の場合は、状況的に見てもはや彼が嘘をつく理由もなく、事実を包み隠さず述べているように見える。だが、書かれている内容が意図的な虚偽ではなくとも、結果的に真実ではないということはありそうだ。たとえば、彼は兄二人を品性の卑しい俗物として描いているが、実際その通りであったのかどうかは疑問の余地がある。もしニコルが彼なりの美質を備えた人間でなかったら、アーウィン自身その人間性を賞賛したジェラルディン・ポータルにあのように愛されることはなかったのではないか。こうした人物評価や価値判断におけるアーウィンの偏見や認識力の限界が、ある部分では彼を「信頼できない語り手」にしているのである。

物語の時代設定については明示されていないが、いくつかの手がかりから、年代をある程度しぼり込むことはできる。

まず、事件当時の年代であるが、ジェラルディンの服装に関連した記述において「当時のエドワード時代」（一七〇頁）という言葉が見えるから、エドワード七世の治世（一九〇一〜一〇）の十年間に限定できる。

その下限は、「戦前の当時、無線というものはまだ使われておらず」（一三八頁）という記述とも整合する。犯罪捜査に初めて無線が使われたケースとして有名な、ウォルター・デュー警部による殺人犯クリッペン医師の海上捕物は一九一〇年七月のことだったからである。

一方、「ロシアで最近起きた革命」（三八頁）というのは、「血の日曜日事件」に端を発するロシア第一革命のことと考えられるから、上限は一九〇五年まで下げられる。

労働党が勢力を増している政府への不満が何箇所かで語られているのは、アスキスひきいる自由党が一九〇六年に発足した労働党の協力を得て、社会民主主義的政策を推進したこの時期における富裕層の感覚を伝えるものだろう。

これらのことから、事件の発生年代は一九〇七〜八年頃と考えて大過ないと思われる。

なお、年代の特定にまではつながらないが、ヴィクトリア朝からエドワード朝にかけての時代、英国では魂の不死性を信じる心霊主義が台頭し、大きな社会現象となっていたことは、作品の背景として知っておいた方がよいだろう。霊の存在を信じるニコルのような人間は珍しくなかったし、それを利用したアーウィンの犯罪計画もあながちナンセンスなものではなかったのである。

次に、手記が書かれた時期については、世界大戦（ここでは無論、第一次大戦のこと）後であることは間違いなく、ムッソリーニやヒトラーへの言及があるから、彼らが独裁政権を確立していた一九三〇年代と考えられるが、作者が作品を執筆していた時期と重ね合わせて考えてもよいとすれば、一九三七〜八年頃ということになる。事件から三十年後、アーウィンは七十歳前後だったはずだ。

第二章、三兄弟の食後の会話において語られるミステリ文学論が興味深い。

〈ミステリ文学論〉

ここでは犯罪小説（stories of crime）ないし殺人小説（murder story）という言葉が用いられているが、議論の内容からして、探偵小説（detective story）を中心とした広義のミステリが対象と見てよいだろう。

初めこの部分を読んだ時、筆者は時代設定を一九二〇年代と考える誤りを犯していた。「殺人小説の隆盛は、戦争の時代に遡る」（二五頁）という文中の「戦争」を第一次大戦のことと思い込んでしまったためだ。さらに、物語が現実からかけ離れる傾向にあり、人間性について真実を語ることは稀で、パズル的興味を満足させるにすぎないという指摘が、二〇年代のトリック重視の探偵小説になされていた批判とピッタリ重なったせいでもある。

だが、時代設定が先述のとおりとすれば、「戦争」は世界大戦のことではありえず、一八九九年から一九〇二年にかけて南アフリカで戦われたボーア戦争（第二次）を指しているものと考えられる。この戦争で英国は最終的に勝利したものの、空前の大兵力を投入しながら非常な苦戦を強いられた。その戦後の荒廃した空気には、第一次大戦後のそれと共通するものがあったのだろう。こうした背景のもと、この時期には「シャーロック・ホームズのライヴァルたち」を中心とする短篇ミステリが、第一次大戦後には新時代の本格的な長篇ミステリが大流行したのである。

ちなみに、このくだりに「我が国における黄金時代の巨匠たち、またはそれに続く偉大な小説家たち」（二六頁）とあるのは、両大戦間のいわゆる探偵小説の黄金時代とは関係なく、十八世紀初めの英文学の黄金時代に活躍したポープ、デフォー、スウィフトらと、その後の小説勃興期におけるリチャードソン、フィールディング、スターン、スモレットらの作家を指していると思われる。

さて、アーウィンの考える偉大な作品の条件とは、殺人に疑惑の目が向けられることなく、殺害犯も決して疑いを招かないこと、つまり絶対的に安全な完全犯罪が成し遂げられることだ。殺人の名匠は、犠牲者の思考や性格を十分研究し、暗示ないし心理操作によってその精神に働きかけ、自ら破滅に至らせるのだ。——必ずしも独創的な意見ではないが、ともすれば奇抜な犯行手段や荒唐無稽なトリックといった袋小路に迷い込みがちな作家へのアドヴァイスとしては有効だろう。

奇妙なことに、ミステリ文学について語っていたはずのアーウィンは、しだいに現実の犯罪の実行を論じる口ぶりになっていく。「良心や悔悟に影響を受けない鋼のような魂があれば、その人物は心の痛みや恐怖を感じることなく目的を遂げるだろう」（二〇頁）というセリフを語りながら、彼は自らの魂をのぞき込んでいたのではなかったか。この小説は、どのような人物に「鋼のような魂」が宿るのかを示す症例記録でもある。

〈犯罪の動機と方法〉

先にアーウィンは「準男爵家の富を我が物とするため」殺人を犯したと書いたが、それだけでは彼の犯行動機を言い尽くしていないように思う。むしろ、資産の獲得など彼にとって二の次ではなかったか。別段金に困っていたわけではないし、莫大な財産を使って何をしようというあてがあったわけでもないのだから。

彼の犯罪は、直接的には第二章のミステリ／犯罪談義に端を発したものだった。そこで語った完全犯罪の着想が悪魔の導きの手となり、その理論を実践してみたい欲望にかられたのである。それを現実に行うことで、彼は自己の優越を確認できるだろう。

その動機が形をなす前提として、彼は兄たちを憎悪していた。兄たちは、能力的には凡庸ながら、体格もよく端正な容姿の持主で、ほがらかに人生を楽しんでいる。アーウィンは一族中の変り種で、小柄で色黒、顔立ちもよくない。すぐれた知的能力はあっても、あるいはそれ故に、人を嫌い、世間を嘲っていた。自分では決して認めなかっただろうが、彼の心の底には癒しがたい劣等感が蠢いていたのではないか。

実際の犯行は、しかし、心理操作による完全犯罪の理論の実践とは言い難いものだった。最初のハリーの場合は、溺愛している息子の命を奪うことにより、彼を自暴自棄の精神状態に陥らせ、危険な行為を意に介さぬよう仕向けて自滅させるというもの。ハリーに直接手を下さない点では理論の線に沿っているが、その手段として息子と、さらに乳母まで巻き添えにして、普通のやり方で殺してしまっているのでは、名匠の手になる犯罪からはほど遠いようだ。

次のニコルの場合は、主治医の立場を利用しての致命的な病気の診断と、一族の伝説に基づく幽霊話によって、余命いくばくもないものと信じ込ませて自殺に導くもの。これも薬品という証拠になるものを使用している点で理論に合わないし、結局成功はしなかった。やり直しの殺人には心理的要素は何もなく、まったく普通の直接的な手段によっている。

これらの殺人手法を江戸川乱歩は「プロバビリティーの犯罪」と評したが、それには疑問がある。

「プロバビリティーの犯罪」とは、谷崎潤一郎の短篇「途上」に描かれた犯罪手段に乱歩が名付けたもので、「うまくいけばよし、たとえうまくいかなくても、少しも疑われる心配はなく、何度失敗しても、次々と同じような方法をくり返して、いつかは目的を達すればよいという、ずるい殺人方法」(『探偵小説の謎』所収「プロバビリティーの犯罪」)をいう。

この方法のポイントは、犯人が用いる手段自体は(外見上)犯罪性がなく、露見しても罪を問われる心配はないという点だが、アーウィンの犯行においては、殺人そのものや毒物の投与という犯罪行為が手段となっているのだから、その要件に合わないのは明らかだろう。「倒叙探偵小説」の件といい、乱歩の本書の紹介の仕方は的を外していると思わざるを得ない。

探偵の推理が欠如していることが、本書を倒叙物と呼べない理由だったわけだが、本書においてはそれが少々変則的な形で語られているのだと見られないこともない。

第二十一章では、アーウィンが才能ある刑事なら事件をどう見るかと考え、「捜査に乗り出す自分の姿」を想像しながら、探偵の捜査活動のシミュレーションを行っている。だが、それは自らの犯行を跡づけるだけの結果に終わっており、事件に対する新たな見方などは(ましてや見落とされていた手がかりなどは)提示されていない。いくら探偵の立場に身を置いてみたところで、犯人としての記憶を消し去ることなどできないのだから、それは当然のことだ。

こうして探偵の推理が犯人の頭の中に囲い込まれることによって、倒叙探偵小説の可能性は封じられたのである。

〈ある人生の決算〉

フィルポッツの作品には、痛風やリューマチにかかっている人物が頻出するが（人間だけでなく、ファンタジー小説『ラベンダー・ドラゴン』の主人公のドラゴンまで痛風を患っているのには苦笑させられた。親交のあったアガサ・クリスティーの証言によれば、作者自身が痛風に悩まされていたらしい）、本書においてはリューマチが特に重要な意味をもって描かれている。

アーウィンは、リューマチの研究に情熱をもって取り組み（人類のためではなく、もっぱら自分の探究心を満足させるためだったが）、この分野で先駆的な業績を上げた。ところが、自身がリューマチに冒され、足が不自由になり、やがて苦痛が片時も離れぬようになって安眠を奪い去った。彼の「鋼のような魂」が感じることを拒否した心の痛みが、肉体の痛みに姿を変えて彼を襲ったのだ――という見方は図式的に過ぎるだろうか。

彼は、自分の才能をこの病気の研究に注ぎ続けていれば、自分自身をも救っていたはずだと述懐しているが、そうだとすれば、彼が手を下した犯罪がこの結果を招いたことになる。彼が医学から身を引いたのは、ニコル殺しの最初の試みが失敗した後で、ニコルに対し重大な「誤診」を取り繕うためだったのだから。

一方で、アーウィンの犯罪は、彼の人生に何の利益ももたらさなかった。四人の命を犠牲にして得た金は、彼の苦痛を取り除けなかっただけでなく、楽しみを増すこともなかった。彼は、兄たちのように人生を楽しむ能力を欠いていたのだ。芸術にもスポーツにも無関心で、女性の魅力に惹かれることもない。皮肉は好きだが、ウィットやユーモアの才もなく、ワインの味が分かるばかり。金はうなるほどあっても親しみ合う友もなく、心を許せる相手は猿だけ、という生活を誰かうらやむ者がいるだろうか。

この荒涼たる人生は、彼の人間嫌いな性格に由来するものだが、その底にあるのは怪物的に肥大した利己心だ。利己心は「生命という血管を流れる血液、その体内で脈打つ心臓」（二一七頁）であり、「生きとし生けるもの全ての原動力、梃子、そして背骨として機能している」（一二六頁）という彼の認識にも一面の真理は含まれていたかもしれないが、彼はあまりにそれを信奉し過ぎた。人間に関していかなる錯覚も持たず、良好な視界を確保していると自負しながら、悪魔主義に対抗する諸価値には盲目だった。彼は生涯にあって一度でも、他者の存在の意味というものを真面目に考えたことがあったのだろうか。

エゴイズムの砦にこもって一生を送ったアーウィンだが、この手記を執筆していた晩年にあっては、自分を「絶望的な価値観の混乱に囚われる者」（三〇頁）と見る目は持ち得ていたようだ。これに関連して、一つ印象的なエピソードがあった。ポータル一家がファイアブレイスを訪問した際、ジェラルディンの歌を聴いて「もう一つの世界」を垣間見る間際まで来たというアーウィンの体験である。「私自身のものとは全く違う価値を持った世界」（一八二頁）の存在をおぼろげに察知しながらも、彼はそれを馬鹿げた非現実とみなし、その世界への扉を開けることはなかったのだ。

〈もう一つの肖像〉

フィルポッツは、本書とよく似た小説を他にも書いている。本書の三年前に出版された『医者よ自分を癒せ』がそれだ。

どちらの作品も主人公は医者で、リューマチを専門に研究している。徹底したエゴイストで、自分の目的のために平然と他人の命を奪う。犯行は発覚しないまま時が過ぎ、晩年に至って過去の犯罪を告白する手記を執筆する。——物語の大きな枠組は共通しており、両作はほとんど姉妹篇といってもよいのではないかと思う。両者のタイトルを交換しても、特に違和感はないほどだ（アーウィンの患ったリューマチのことを考えれば、「医者よ自分を癒せ」というタイトルは本書の方によりふさわしいともいえる）。

『医者よ——』の主人公は、大恋愛の末に結婚するし、リューマチの研究を継続して晩年にはその大家となっている。その他アーウィンとの違いは色々あるけれども、エゴイズムを柱とした基本的な性格は同じであり、ニヒリスティックな人生観にも変わりはない。そして、彼らの犯罪が大きな皮肉に裏切られる点も共通している。だが、両作品の味わいとなると、かなり異なるものがあるのだ。その類似と相違を読み比べてみるのも一興だろう。

『極悪人の肖像』が出た翌年（一九三九年）、アントニイ・バークリーは、フランシス・アイルズ名義の犯罪心理小説『被告の女性に関しては』を刊行した。これは「性格の自然の成り行きとしての殺人」を扱う三部作の第一作として構想されたものだったが、第二次世界大戦の勃発に妨げられて続刊はなかった。フィルポッツの二作は、アイルズのこの斬新な試みを先取りしていたようにも見える。

※江戸川乱歩の文章の引用のテキストとしては、講談社版「江戸川乱歩推理文庫」所収の該当各巻を用いた。

〔訳者〕
熊木信太郎（くまき・しんたろう）
北海道大学経済学部卒業。都市銀行、出版社勤務を経て、現在は翻訳者。出版業にも従事している。

極悪人《ごくあくにん》の肖像《しょうぞう》
——論創海外ミステリ 166

2016 年 2 月 25 日　　初版第 1 刷印刷
2016 年 2 月 29 日　　初版第 1 刷発行

著　者　イーデン・フィルポッツ
訳　者　熊木信太郎
装　画　佐久間真人
装　丁　宗利淳一
発行所　論 創 社
〒 101 - 0051　東京都千代田区神田神保町 2 - 23　北井ビル
電話 03 - 3264 - 5254　振替口座 00160 - 1 - 155266

印刷・製本　中央精版印刷
組版　フレックスアート

ISBN978 - 4 - 8460 - 1502 - 2